白俄罗斯文学译丛

[白俄]
阿列斯·巴达克
著

韩小也
译

阿列斯·巴达克作品选

Избранные произведения Алеся Бадака

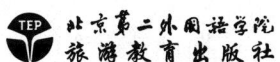
北京第二外国语学院
旅游教育出版社

图书在版编目（CIP）数据

阿列斯·巴达克作品选 /（白俄）阿列斯·巴达克著；韩小也译. -- 北京：旅游教育出版社，2024.4
（白俄罗斯文学译丛）
ISBN 978-7-5637-4712-2

Ⅰ.①阿… Ⅱ.①阿…②韩… Ⅲ.①诗集－白俄罗斯－现代②短篇小说－小说集－白俄罗斯－现代③中篇小说－小说集－白俄罗斯－现代 Ⅳ.①I511.425②I511.445

中国国家版本馆CIP数据核字(2024)第070161号

北京市版权局著作权合同登记图字：01-2024-1450

白俄罗斯文学译丛
阿列斯·巴达克作品选
［白俄］阿列斯·巴达克 著
韩小也 译

责任编辑	何 玲
出版单位	旅游教育出版社
地　　址	北京市朝阳区定福庄南里1号
邮　　编	100024
发行电话	（010）65778403　65728372　65767462（传真）
本社网址	www.tepcb.com
E - mail	tepfx@163.com
排版单位	北京旅教文化传播有限公司
印刷单位	唐山玺诚印务有限公司
经销单位	新华书店
开　　本	880毫米×1230毫米　1/32
印　　张	14.375
字　　数	264千字
版　　次	2024年4月第1版
印　　次	2024年4月第1次印刷
定　　价	56.00元

（图书如有装订差错请与发行部联系）

用文学传递生命

阿列斯·巴达克（亚历山大·尼古拉耶维奇·巴达克），白俄罗斯诗人、小说家、时评家、文学评论家、儿童文学和歌词作家，对白俄罗斯文学发展做出了杰出贡献。曾被授予弗朗齐斯卡·斯卡里纳奖章及弗朗齐斯卡·斯卡里纳勋章，是白俄罗斯共和国国家文学奖、独联体国家"联邦之星"奖、"金丘比特"文学奖和瓦西里·维特卡奖获得者。

他很早就开始从事文学创作。1979 年，阿列斯·巴达克仅 13 岁时，他的第一部正式作品就已出现在《白俄罗斯少先队员》报上。巴达克的第一部诗集《日常》于 1989 年出版，之后出版了诗集和散文集《忧郁太阳的阴影背后：诗歌与歌曲》（1995 年）、《闪电中的权杖：抒情诗》（2004 年）、《孤独的八年级学生想认识一下》（2014 年）、《永别了，永恒》（2019 年）、《理想的读者》（2021 年）、《风之王》（2022 年）等。

阿列斯·巴达克是一位十分专业的作家。自幼就对文学颇感兴趣，一生专注于文学事业。这位未来作家就连学习阅读的书籍也并非通常的识字课本，而是白俄罗斯作家伊万·纳穆门卡的小说《松林风》。在学校里，阿列斯·巴达克最喜欢的课程也是语言和文学，因此，阿列斯·巴达克选择白俄罗斯国立大学语言系就读也就不足为奇了。他的恩师是奥列格·洛伊卡、德米特里·布加耶夫、维亚切斯拉夫·罗戈伊沙、亚当·苏普伦、列昂尼德·布里亚克等白俄罗斯文学领域的知名学者。大学毕业后，曾在文学杂志《白桦树》《火焰》《青年》《涅曼》工作，现任文艺出版社社长。阿列斯·巴达克多年来一直专注于作家作品的编辑工作。在他的努力下，很多才华横溢的优秀作家的作品得以在文学杂志上或以书籍的形式出版并与读者见面。阿列斯·巴达克在接受《教师报》采访时曾表示："对我来说，文学杂志和文学是这样一种概念，尽管我在文学出版领域工作了多年，但总能在其中找到新的东西。时代在变，作者在变，文学时代也在变，每一个新的文学时代，我们也会感受到自新。对于作家而言，重要的是不仅要多与同行接触，还要多与文学出版物接触。我喜欢阅读年轻人的作品——年轻人会给文学作品带来新的方向和新的风格。这也一定会给我自己的写作带来新的影响。"

阿列斯·巴达克对白俄罗斯文学发展的贡献，受到了读者和文学同行的高度赞赏。他的同事、白俄罗斯作家联盟主席阿列斯·卡尔柳克维奇支持阿列斯·巴达克的观点："阿列斯·巴达克的作品在白俄罗斯当代文学中占有重要地位。作者的地位决定了读者对其作品的关注度。这适用于诗人和小说家阿列斯·巴达克工作的所有领域。作为一位洞察深邃、言语尖锐的抒情诗人,他在作品中会真实地叙述一个人,讲述他对人生道路的选择。阿列斯·巴达克的诗中有很多悲伤和焦虑。但今天还有其他选择吗?作为一名小说家——短篇小说和中篇小说的作者,作家时时在自己思想深处和内心渴望中寻找着秘密的灵魂之弦。"

巴达克曾多次强调,文学对他来说是一种精神财富。他是一个幸运的人,因为通过文学,他能够听到自己的声音:"您可以在不知道自己是诗人的情况下度过一生。拥有自己的文学声音很重要,而原创作者的风格从第一页就可以辨认出来,无论是诗歌还是散文。"

阿列斯·巴达克最初是一位诗人,但如今他的笔下已诞生出越来越多的小说作品。作者本人对此的解释非常简单。每一种文学体裁都只是作者表达当下所关心之事的工具。人年轻的时候,常常会相信自己的直觉、瞬间的精神震撼,诗歌便由此诞生。而成年后,会更加深思、带着成熟的目光看待世界,这就是散文对作者的要求。"我甚至会说,散文是一种比诗歌更具复调性的体裁。它不是一个单独的乐器,而是一个包含许多乐器的完整管弦乐队。我喜欢复调音乐,但我也同样喜欢独奏音乐。因此,就像我年轻时一样,我也在继续写诗。"

通过作品也可以窥探作家的创作历程:"我喜欢这样写书,每写几页,就走出家门,去城市的公园和花园、大小街道、商店和咖啡店走走,坐坐公共汽车和地铁,去观察人,试图根据人们的面容认出——首先是,我这本书为谁而写,谁能准确无误地体会到哪些页面让我受的煎熬最多,以及在哪些地方我曾停下来在城市中漫步。"阿列斯·巴达克的小说《理想的读者》中的这句话是由俄罗斯和白俄罗斯文学翻译家、北京第二外国语学院俄语系主任韩小也先生用中文翻译发表的。他和他的学生辛萌将巴达克短篇小说《另侧投影》《理想的读者》《已婚妇女诱惑指南》翻译成中文,并发表在白俄罗斯—中国文学关系史上的第一部合集《白俄罗斯当代文学作品选》(中国国际广播出版社,2023年)中。

单独出版阿列斯·巴达克的中文作品集似乎很自然,而且在某种程度上也有需求。新书收录了作者的诗歌和散文作品。诗歌有:《草》《什么还会发生?什么还能期待?》《当你不在我身边》《魔鬼》《静默》《我们永远不会成为亲戚》等。短篇和中篇小说有:《雨如倾盆》《浸礼宗女教徒》《忘了自己名字的狗》《你心明朗》《孤独的八年级学生想认识一下》《不合群的人》《蓝河那边阴暗的森林里》《女妖之国非凡之旅》等。在翻译家韩小也的努力下,中国读者将有机会更加深入地了解阿列斯·巴达克的作品,并更广泛地了解白俄罗斯当代文学的杰出典范。"中国翻译家对白俄罗斯当代文学感兴趣这一事实,对于白俄罗斯的文学本身以及白俄罗斯与中国在文化领域的关系非常重要。文学会丰富读者对作者所属国家和人民的了解,就这点而言,它绝对是能促进两国民心相通的独特且不可替代的媒介。"阿列斯·巴达克指出。

近年来,白俄罗斯在中国的影响显著增长。随着白中关系的进一步深化,中白作家、文学评论家和翻译家之间建立积极、直接关系的时机已经到来。如今,联合项目的倡议既来自高层，也来自其直接执行者——译者和出版商。令人欣慰的是，中国和白俄罗斯的高等教育机构正在成为连接痴迷于文学和跨文化交际的、才华横溢的研究人员和翻译家的桥梁。在中国设有十四个白俄罗斯研究中心，白俄罗斯语在北京第二外国语学院、天津外国语大学、西安外国语大学、北京外国语大学都已开始教授。在中国定期举行白俄罗斯研究科学会议。例如，自 2016 年起，每年在北京第二外国语学院举办白中关系及白俄罗斯形势国际会议，中国研究人员对白俄罗斯政治、经济、文化等领域进行着广泛的研究。至于中国的白俄罗斯文学研究，也正成为中国年轻学者关注的焦点之一。他们不仅熟知雅库布·柯拉斯、扬卡·库帕拉、马克西姆·唐克、伊万·沙米亚金、瓦西里·贝科夫等 20 世纪下半叶被译成中文的白俄罗斯作家的作品，而且还去积极熟悉白俄罗斯当代文学状况。现在白俄罗斯文学已经被视为一种独立的文学，而不再是俄语文学的一部分。白俄罗斯当代一流作家阿列斯·巴达克等人的作品集的出版，是白俄罗斯文学在中国普及的重要一步，这将加深中白两国人民之间的了解。

维罗妮卡·卡柳凯维奇（韦兰妮）

明斯克

2023 年 12 月

目 录

诗 歌

草 ··· 3
什么还会发生？什么还能期待？ ············· 5
当你不在我身边 ································· 6
魔 鬼 ·· 8
静 默 ·· 10
我们永远不会成为亲戚 ······················· 11
我们头顶久久凝固的树木那绿的云海 ····· 12
小屋像老椋鸟窝一样 ·························· 13
落 叶 ·· 15
落叶的苦楚 ·· 17
你我又成陌路 ····································· 18
雷雨过后 ··· 19

隐秘花园……………………………………20

思　念………………………………………22

藏在心里的话语……………………………23

天　蛇………………………………………25

地下水………………………………………26

长　笛………………………………………27

面　具………………………………………29

蚂　蚁………………………………………30

告诉我，魔法师在哪里生活………………32

你不要站在路上风的身旁…………………33

梦……………………………………………34

从战场上归来………………………………35

落叶的悲伤…………………………………37

窗　口………………………………………38

你我曾了解的幸福…………………………39

闪电中的权杖………………………………40

光……………………………………………43

依然可以见到他们…………………………44

多愁善感……………………………………45

我何时才会相信……………………………46

嗓　音………………………………………48

石　头………………………………………50

移　民 ………………………………………… 58
地久天长之后 ……………………………… 67
马 …………………………………………… 68
老　爹 ……………………………………… 70
在这个街心花园 …………………………… 72
孩提时——青草吸引了我的目光 ………… 74
枫　叶 ……………………………………… 75
当一切都一去而不复返 …………………… 77
希罗多德海 ………………………………… 79

短篇小说

雨如倾盆 …………………………………… 85
浸礼宗女教徒 ……………………………… 94
忘了自己名字的狗 ………………………… 107
你的灵魂充满光明 ………………………… 124
理想的读者 ………………………………… 148
诱惑指南 …………………………………… 165
逃向雨的尽头 ……………………………… 174
另侧投影 …………………………………… 187

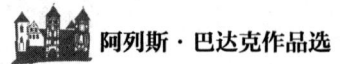

中篇小说

孤独的八年级学生想认识一下 …………………………… 195
不合群的人 ………………………………………………… 229
蓝河那边阴暗的森林里 …………………………………… 286
女妖之国的非凡之旅 ……………………………………… 354

诗歌

草

蛇嘶,
　　鸮叫——
密林深处
　　绽放的草,
无尽的黑暗
眼中荡漾——
白花黑花,
　　影影绰绰。

找到它的人,
　　便留在了
密林的中央,
　　无望的地方。
可是你,灵魂,
　　却开始痛伤,
纵然想离开,
　　却很绝望。

过了一天,
　　还是多年?

没有足够的力气,
　　却有足够的灾难。
无尽的黑暗,
　　周围,梦一样——
白花黑花,
　　片片惊惶。

什么还会发生？什么还能期待？

什么还会发生？什么还能期待？
乌云又一次代替太阳升起来。
懦夫当先，勇者不再。
盲人默默为明目者把路带。

白马放慢了脚步，
棕红劣马再次超出。
狼，像人一样，孤独，
跟着我在墓地里边走边哭。

当你不在我身边

当你不在我身边，
当你还相距遥远，
我虽有无尽思念，
却因思念而不孤单。

在对你深深的思念里
有着如此甜蜜的欢畅。
于是没有你我也惬意，
就像我一直在你身旁。

在狂热的幻梦里，
欣赏、抚摸、怜爱，
并在你胸前的小岛上睡去，
然后醒来

手触摸到——
惊涛骇浪的海，
于是，把小岛放开，
又不知疲倦地抓起来。

当你不在我身边,
当你还相距遥远,
我虽有无尽思念,
但我也毫不孤单。

当你归来,
一切又将如常:
淘气的腔调、冷讽的目光、
嘲弄狠毒的话还会挂在嘴上。

我在傍晚把你等待,
但约会前再次祈祷,
希望这不是现在……
想要拉长我的期待。

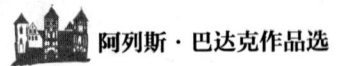

魔 鬼

河水干涸:那有什么?!
森林砍掉!而后如何?
浓烟如柱,
魔鬼被赶出沼泽!……

它光着身子,双脚赤裸,
步步都见粉尘之色,
乡村里乞讨,
城市中奔波。

地窖和水坑,
酷暑和寒冬,
背着袋子走在
深夜街区的寂静。

人们啊,如果与魔鬼相逢,
不要高傲得无动于衷,
请给魔鬼一点同情,
魔鬼就在我们每个人的心中……

但却有如此祸殃：
时光飞驰得越来越快——
而在我美丽的土地上
似乎无人相信魔鬼的存在。

静 默

是什么打破
这静默：
是孩子的欢笑，
飞机的声波
还是快马的
马蹄在跺，
是什么在对谁的期待中
一直静默？
在村庄上空扬起尘土的
是汽车，
马车里
载的是隆隆的欢乐……
疲惫的风
在被遗弃和孤独的
学校门口
一直静默。

我们永远不会成为亲戚

我们永远不会成为亲戚。
我们自己也知道,可惜。
我们之间本可能发生的,
看来很快都会成为回忆。

我们匆匆赶赴难得的相聚,
越来越多地彼此分离。
我们的幸福——橙色的烟雾,
从悲伤到痛苦寂静的路。

苦涩地爱着告别,
为你送行在无眠的夜,
小心亲吻着你的脸庞,
就像白色小教堂里的圣像。

我们头顶久久凝固的树木那绿的云海

我们头顶久久凝固的,
树木那绿的云海,
白天,可以听鸟儿唱得开怀,
夜晚,流浪的风睡得痛快。

树木了解我们的今天,
也记得前尘往事如烟:
它们扎根于地下的古老,
把大地苦涩的汁液饱餐。

疯狂、邪恶、污秽里,岁岁年年
是什么力量历久弥坚
让这绿色的云海
冰清玉洁、气若幽兰?

它们最终一定会知道,
人类的生活如此荒谬可笑——
把根从土壤里拔出来
静静地插入云海。

小屋像老椋鸟窝一样

小屋像老椋鸟窝一样
靠在村边
年轻的白桦树旁。
小屋不知不觉地往下降,
但白桦树伸展着枝杈
固执地向上生长。
院里见过一个老太太,
斧头摇晃着闷声敲,
锯子嗡嗡叫。
她把小猪喂养——
平淡生活,对人没有伤害——
于是她被人们遗忘。
通向她院子的小道
像煤灰一样,
盖着杂草。
……
小屋正在往下降,往下降,
外面的烟囱都没了。
白桦树却变得更强壮。
人们突然想起——吉祥的土地!

他们开始播种小麦和三叶草……
白桦树也开始欢闹。

落　叶

你把大门敞开，
要踏入落叶中来，
无法让你回头，
我世上唯一的爱。

起初你匆忙地离开
我只当是嬉戏
我也会跟着你
走进天穹下黄叶的窸窣中来。

不祥的预感让我们痛苦不堪，
我对着自己说："空虚！"
"有我在你身边陪伴！"
你的声音如树叶扶风
在背后轻吟低语。

"我无处不在，我——在大地的景色里。
但你不要用目光把我寻觅，
如果你想和我在一起，
就变成如火的

叶落满地。

交给爱——把全部的自己
我们被它的浪花托起,
我们将到达永恒的天堂,
我们将踏着春天的绿叶返航。

你若不是诗人,
就会把爱当成一句空话,
那边的长椅上,是我的肖像画,
带上它和枫叶一起走吧。

但你自己要有备无患:
千百年后在对幸福的思念里
你还会再回到这个公园,
我凭枫叶还能认出你"。

落叶的苦楚

落叶燃烧在公园里——
烟雾升起,消融在天际,
仿佛灵魂飞向天堂,
带着暗淡的悲和伤。

风把燃尽的篝火吹起——
烟雾猛然一抖将道路隔离。
静静地我走进烟雾,闻到:
枯叶
的灵魂
进入我的身体。

我会像无家的人在公园里徜徉,
与落叶的苦楚和风的吟唱。
而心底——是无以名状、深不见底、
苦涩的沉积——那是落叶、是记忆……

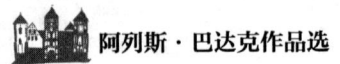

你我又成陌路

你我又成陌路。
没有责备,没有乞求,没有伤悲,没有眼泪。
伤心的约会,痛入骨髓
留在心底仔细回味。

没有责备,没有眼泪。

我们幸福的低语和欢笑
曾充满孤寂荒芜的花园。
那回声美妙而遥远,
悲伤地哭泣着飞回我们身边。

雷雨过后

轰隆隆的雷雨下到天亮。
紫罗兰
感冒了,
沮丧地张望:
满身条纹的蜜蜂,
像温度计一样
给它们
把体温测量。

隐秘花园

给妻让娜

在那里,视野
把蓝色和绿色的世界连接,
隐秘的花园在绽放,
只有我们两个人了解。

在那里,天使
用声音甜美的圣歌把我们迎接,
在约会时的每一秒
我都对着你的双膝祈祷,

对着你的嘴唇,对着你的声音——
对着你的全部和整个身心。
因为有你和我在一起,
我才有对尘世命运的感激。

啊,花园奇妙而隐秘!
别墅客在车厢里孤寂,
火车正载着他们归去——

我们的花园没人留意。

我们的花园
把我们与红尘万丈隔离。
它会一直鲜艳欲滴,
只要我们还在一起。

思　念

有感于阿纳托利·维柳金"……镰刀的火焰"

我思念脚的火焰。
当它飞升九天，
百眼之夜也曾目眩，
于是退却了黑暗。

我思念手的火焰。
当它全身跑遍，
地球正绕着自己的圆圈，
把我们身下的床单点燃。

我思念唇的火焰。
我自己曾死在里面。
因为我对爱的专一，
你让我的生命瞬间再现。

藏在心里的话语

多想能再次记起那些对我的表达,
那些常常拉近你我距离的话。
你曾时刻准备归来,
只要我呼唤,
哪怕是海角天涯。

走进这老屋徒剩四壁,
踏上的门槛破碎支离。
我们在硬硬的床上睡去——
房顶已飞到了天空里!

这里早已是另一些门槛,
早已是另一些墙壁。
早已时过境迁,
倒的酒也今非昔比……

多少个正午从天而降!
多少个月亮在大地上升起!……
我已忘记,就算你要我命,我也没有记忆
那些藏在心里真诚的话语!

我要呼喊,穿越沉沉天际:
"我想你再次归还故里!"
但将听到的是别人,而不是你,
他们会找到路,归途可期。

天　蛇

撕裂的乌云低垂着大地,
疲惫的天空发着脾气。
顺着冰冷的手腕和脸颊
水滴像蛇一样爬进夜里。

一切都凝固在枷锁的嘶嘶声里——
蛇从门廊散开去。
用舌头捕捉着夜蛾,
舌头比闪电还要锋利。

仿佛在重重迷雾里丢了东西。
大地翻江倒海地给它们展示。
脚下总有一条蛇,目光所及,
还有新的蛇从天上落到这里。

我在烟雾缭绕中寻找救赎,
蜷缩在心里的恐惧会僵住。
房子摇摇晃晃,莫名的力量
把它举到高处。

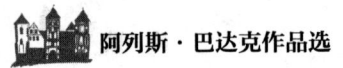

地下水

你趴到地上,为了止住忧伤
并改变痛苦的方向。
为了在寂静中听见
身下地下水的声响。

如何艰难地穿过沙子,
一滴水把另一滴水汇集。
你听到——这是地下的小溪。
好像地球正在焕发生机。

它在这里流淌,它来自远方
在自己不变的路上
水流突然淙淙作响,
好似空间不够宽敞。

长 笛

美酒变成了毒药，
告别——没完没了。
小鸟打破了一扇窗，
为了放进夜的光芒。

轻盈、纯洁，沁人心脾，
长笛声声如此神奇。
近在咫尺的别离消息
也变得不足为奇。

灵魂深处
是温暖和欢乐的溢出。
火光照着，
从上帝到地狱的道路。

魔鬼朝我伸出手掌：
"天堂不是想上就上，
在那烈火熊熊燃烧的地方，
饱受折磨的是谁家姑娘。"

天使却对我低语耳旁：
"你对他要小心提防。"
轻轻扇扇翅膀——
便熄灭了一切火光。

面　具

你是个演员。你喜欢表演。
时笑时哭，疯疯癫癫。
我试图看清你的脸，
但你却把脸藏在面具下面。

眼泪——是你的，却是面具在哭，
用你的声音让人头晕目眩。
但有时会令人恍惚：
不是面具为你——而是你在为它服务。

于是你的灵魂进入到面具里。
但有一天你自己（或者迫不得已？）
忽然想摘下面具，
但面具下已没有你。

蚂　蚁

啊，这散发着芬芳的草地，
我们拼命地扑进草里！
在你的秀发里
一只蚂蚁不经意迷失了自己。

于是它进了城，
走进了一栋装饰好的高楼，完全陌生。
爬遍了屋子，上了阳台，
钻进一道道沉重的门里来。

而当雷雨声大作，
因见不到水而被吓坏。
愁看黄蜂喝着糖煮水果
又飞到窗外。

它好像没发现我们，
惊讶着："咦，这是怎么回事？"
它身边的每个"人"
都不由自主地感觉被大自然排斥。

之后总是不止一次地感觉，
在大汗淋漓醒来的午夜，
总有一种伤感的目光，
带着责备和忧伤。

告诉我,魔法师在哪里生活

给女儿娜塔莎

告诉我,魔法师在哪里生活,
哪里的冬天会有花开朵朵。
人群中我已不习惯会有奇迹。
我自己也常常欠缺新奇。

我们俩走,把手给我
或远或近——都听你说。
你的梦在哪里沉睡,指给我看,
还有美人鱼栖身的河湾。

就算日后谁都不信,
都曾有过,我们知道。
但是,女儿,不要炫耀
火鸟曾抖落给你的羽毛。

你不要站在路上风的身旁

你不要站在路上风的身旁。
难道你看不见风的疯狂？！
它昨天掀翻了屋顶，
这又谋划好大干一场。

它会穿透你，
用一股无情而可怕的力量。
你会把痛苦和愤怒饱尝，
就像肉搏战中所受的伤。

你和它一起，你会想，
度过的就是自己世上最后的片刻时光。
它会把你的魂儿吹出来像烟雾一样，
在海角天边四处游荡。

梦

我有这样的梦,想留在一个空间,
那里痛苦没什么了不得。
爱所有人,不惧邪恶,
自由到永远,而不是片刻。

我有这样的梦,希望有一天
在梦里把身体和灵魂融合。
把身后的门紧关,
闭上眼踏入如烟的夜色。

从战场上归来

忘却的梦想成真。
落叶把道路指引。
无声地正从战场上归来的
是那些杳无音信、那些逝去的人。

你不会问,他们来自哪里。
我们见到他们并不容易。
仿佛幽灵从地上升起,
像透明的雾气。

在那里,他们默默经过的土地,
还留着看不见的痕迹:
过去的、被遗忘的战争气息,
燃烧岁月火药的烟火气。

他们走过我们身旁,
看着自己老去的儿孙,眼里满是忧伤,
他们正走向,
只有对他们仍在战斗的疆场。

我捕捉到一个刚能听见的声音:
——在自己的梦里,你会遇到他们,
因为现在他们
还艰难地在祖国把故国追寻。

落叶的悲伤

叶子燃烧成苍白的火焰。
烟雾依依不舍地飘向云端。
仿佛灵魂飞到天上,
充满着苦涩的悲伤。

一阵风把火吹散,
烟雾缭绕弥漫。
落叶的灵魂在里面打战,
和我融为一体,生命再现。

我会在花园里徜徉,就像流浪,
似乎另一个生命已被遗忘。
落叶的心荒凉无际,
让我的心绪愁思万缕无法自已。

窗　口

你可能再也不会踏上归航。
只有在"可能"这个词里才有那么多希望。
岁月越来越快地飞翔。
我的窗口望着道路的空旷。

啊，它们多想再与你相见，
亲身感受你双手的温暖。
但离别把爱带得越来越远。
我的窗口被离别的痛苦刺痛了双眼。

你我曾了解的幸福

你我曾了解的幸福
在烈火与寂寞的空虚之间？！
全能的激情之神，年轻的雄鹰
日夜为我们守护着宁静。

你我曾了解的誓言
在温暖和醉酒的遗忘之间？！
猫头鹰从黄昏到日出
用翅膀保护着我们的家园。

你我曾了解的眼泪
在希望和邪恶的狂热之间？！
年轻的雄鹰飞过风暴，
从翅膀上掉给我们一根羽毛。

闪电中的权杖

它像一条河,如河水般宽阔——
消除时代间和人民间的隔阂,
时而会从脚下消失片刻,
时而会彻底永远地遗落。

苍天赐给大地的路,
曾经也是部分银河,
当祖先的灵魂准备去赴圣宴,
就曾飘浮在路上方的云幕间。

我们无力走到路的尽头,
它赐给我们就是为了永远的悲伤……
"尽头是什么?——请唤醒圣人。"
他会回答说:
"和起点一样。"

那些话不会被听到的……可惜。
因为它们远离田野和草地。
人们艰难地走向无尽的天际
有人追求自由,而有人追求荣誉。

漫不经心地踏上它的旅途——
天真的我了解多少那条路？！
我梦见在路上迈开我的脚步。
感觉它能给我最大的幸福。

走在路上我一无所有——
是的，没有响当当的荣誉，没有自由。
这条路我又不能不走，
这种幸福对我已经足够。

为了沿着它求索寻觅，
要穿越多少个百年，穿越多少国家的疆域，
时而徘徊在被遗忘的过去，
时而迷失在未知的世纪。

而当这条路全然不见——
我带着疑问来到上天。
我在等待上苍的怜悯——
一根权杖现于闪电。

我将权杖握在手上，
为了让我的灵魂能辨清方向。

我想要的不多不少——
对路的感受懂得的只有双脚。

光

突然间灵魂少了光芒,
它突然感到了暗淡,
邪恶已在滋长,
穿过我的心间。

如今邪恶拥有了灵魂的宽敞,
而灵魂却像出了窍——变得空虚。
如果让邪恶感到恐惧,
那只有光,它一定来自上方。

"给我点光!"我喊……静默。
"给我点——光!"街道张口结舌。
给我—— 一点光或者哪怕是——火,
它会让一切问题都有结果。

依然可以见到他们

依然
可以见到他们——
所有人——都来自遥远的过去。
有的还活着,有的已经死去。
所有人——
只是把自己除去。

好像没能去过那里,
好像今天也不能去。
你遮住脸——
手掌变得透明,
像玻璃。

你一个人走在城市里。
你的灵魂已不再熟悉。
人流透过你,
流着,流着,毫不在意。

多愁善感

作为年龄的标志——多愁善感,
它标志着:小心为盼!
但春天蒙蔽了我的双眼。
太晚了,兄弟,太晚!

灵魂俯向深渊,
仿佛飞上天。
那里有什么?
带着桦树之光的祖国
倾听苦难。

突然
在田野里,
摘掉帽子,像在教堂。
遥远不再遥远。
天鹅群在天空飞翔
就像天使一样。

我何时才会相信

我何时才会相信,
我不在意:
你将停止还是继续
来我梦里,
你会打开通往我世界的窗
小心翼翼。
和第一场敲打我窗棂的
暴雨一起。
我的低语会不合时宜:
"你知道,和你一起
许多的障碍
造成的都是我们自己,
你现在变成了,
幽灵一样的异己,
已经被遗忘了
我们之间所有的联系。"
我会听到
一个平静的回答,极其
充满永恒、神秘、
女性的悲戚。

"也许曾经的爱,"
你会对我说,"已不在,
但有机会
一切从头再来。"

嗓 音

为纪念弗拉基米尔·穆利亚温

对舞台上
他的嗓音
如饥似渴。
听他唱歌的人们来自城市和村落。
来自乌克兰、俄罗斯和白俄。

就像弥赛亚出现在舞台上。
嗓音像是对狂怒世界的布道:
"田野里的柳树已经快倒……"
从欧洲到美洲
人们听其音,信于心,
凭的是共同的信仰。

时光在飞逝,我们的世纪也会匆匆而过。
今天的舞台上到处赤裸,
女孩出来几乎一丝不裹,
日后回忆起我们也会因怀旧而难过。
但仍然是没有这嗓音的赤裸,

就像没有矢车菊的路边抽出的花朵。

而家里有的已不只是稀罕——而是经典：

唱片里穆利亚温的嗓音和他的脸。

怪异的被卡住的光盘，

"哦，伤口……哦，伤口……"——重复百遍。

石 头

献给阿列斯·卡尔柳克维奇

1

我被深深吸引,只因
河流闪光,森林很近!
还有个少妇——是近邻!
她貌美如花——让我挑也会选她。

还有菜园。没有它
还算白俄罗斯人吗?
我被深深吸引——于是买下。
他卖了
和房子一起,还另带——其他——

带着最清澈的河流,
带着附近的森林,
带着美丽的近邻,

（因此价格更贵！）
卖给我一切的这个人，

我和他不认识根本。
近邻说："他不是本地人。"
但这个女侦探再也没有打探到
关于他的任何情报。

2

有了菜园——就不能抱怨，
干活累得我苦汗横流。
但干完一看，
那里长的都是石头。

整个菜园长满石头，
大自然，看来，很疯狂。
然而，我却找到了理由，
隔着篱笆墙

和那个近邻开始搭讪：
"这么多石头，我都想哭！"
她却笑了起来：
"对您来说什么是别墅？"——

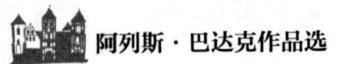

我的眼睛像蒙了层烟雾。

是的,我急忙拭去她刻薄的话引出的泪珠,
就像拨开烟雾,
(我想这个问题我就不会对近邻提出),
"灵魂!"
然后我对她说出。

"您买过灵魂?"
"我自己买了自己,
在这一切都可以出卖的世纪,
暂且还没有扼杀掉
一个乡村人身体里一直都在的灵魂。"

"您如此热爱土地?"
"我爱!
那个我记忆中的村庄,
它常常让我热泪盈眶。
我总能认出它的模样

根据那些莫名其妙
突然凭空出现的迹象。
这个村庄一直在我身后飞翔,
无论在世上我是谁、身处何方。

在这里为它选了个地方——像从前想的那样：
森林很近，河流闪着银光。
还有邻里。首都就在一旁，
这样忙里偷闲就可以去一趟。

想在这里把我的根寻求。
用铁锹挖过的地看不到头，
播下的是祖先曾播过的种子。
为什么长出的却是石头？"

3

"您最好向学者们请教，"
近邻说道。
"他们在村里虽然见不着，
可他们从远方就全能看到。

我们在这里生活，像过去的人们一样，
也像他们一样，用心信仰，
每年的春季，为自己的土地，
与种子一起——奉献自己。

没有它，对周围一切我们都是异己，

没有它，周围的一切我们也不熟悉。
我们与土地如此亲密，
早就在土地里认出了自己。"

我点点头：
"你们这里不是土地——而是天堂！"
而她说：
"所以我一人独挡，
不让有罪过的人进入自己的天堂，
而谁是圣人——你自己去认出他们的形象。"

那时我站在她的前方
如同对着忏悔时的圣像。
无论地上或天上的律条
让我的心里一无所扰。

4

"……看来，是时候把石头收起。"
不是对她，就是对那些罪过的思绪，
我离开神庙之前这样说。
神庙里看不到墙壁。

我听到：

"收起什么,
如果你心里装着石头,
就像人们忍受的痛苦,
就像不忍心赶走的内疚。"

5

夜里我梦见
我把我的灵魂奉献。
我好像从自己身边回到自己身边。
我在梦里拜见

长着艾蒿和苦苣菜的家乡土地。
正是它让人挂肚牵肠,
正是它让人泪流成行,
它比首都的舒适更加甜蜜。

家乡我已经很久没见到
我被离得很近深深吸引
上帝啊,是离明斯克,而不是内心!——
内心似乎已经无关紧要。

我感觉现在已经理解
把自己别墅卖给我的先生。

想和他一样改变自己的人生——
轻松得就像挥手告别。

于是就挥了手:朝着空荡荡的菜园,
朝着森林,朝着闪光的河流。
在少妇家的门口。

6

我走了。我的亲人也和我一起。
有的还活着,有的已经离去。
他们走在我的身旁,谈天说地。
所有人
和火车站的人流汇成一体。

然后收款机
用男中音问:"去哪里?"
没有掩饰倦意。
"回家。"我冷漠地答道。
就拿到了一张车票。
于是
时而花园,时而田野在窗外闪过
我的邻座言语不多
他也是回自己的家乡

就像在开庭前一样紧张。

思绪都是遥远的回忆。
我们不多的话语却有着同类的含义：
他来自格罗德诺，我来自利亚霍维奇的郊区。
每个人心驰神往的都是自己家乡的土地。

每个人都载着记忆一片，
在沉默的时候——这事常见——
我们已经到达，却没听见
明斯克——最后一站。

移 民

1

"世上的善良总是多于邪恶?"
问过自己,开始疑惑,
这才明白,到了烦恼的时刻。
心里温暖的阳光越来越暗……
只在潜意识里留下了答案。

我觉得,是我自己创造出
我所希望和见到的人间生活。
但就连太阳的温暖也有尽头,
我用朋友替代朋友
并用孤独让心难受。

现在请你试着——向自己解释,
生活如何继续,当白昼如夜,
而夜如晨曦……
无法改变——是责备别人还是自己。
灵魂它想要的是莫名的东西。

2

就在我觉得，改变这个世上
某些东西已是无望——
石头像星星一样开始发光，
寂静中传来水晶般的声响，
一条路爬到脚下带着惊惶。

我小心翼翼踏上
并尽可能放远目光，
但天乐盈空飘在路的上方
它的神秘让人向往——
于是我不再惊慌。

走在我最好的路上，
它让我对拥有的一切释怀。
脚下飘散着星空尘埃。
突然出现一个陌生的门槛（从哪儿来？）——
一个女人为我把门打开。

我曾经一无所知——什么叫美丽，
还没参透美丽的全部神秘含义。
那个女人把一切都已——看透……
"请到房里。"

于是我，远方的客人，
急忙乖乖地跟在她的身后。

我正走着，像浓密草里的蛇
整条归路蜷缩一起。
一闪而过的是瞬间还是一个世纪？
一个陌生的世界为我开启，
在陌生的门槛里。

一个未知的世界向我敞开——
那是家的舒适和富足。
星星在阳光灿烂的酒里闪烁，
我相信：真相就在酒杯的底部
虽然那里没有任何沉淀物。

从杯底把救星找到——
立即摆脱了所有的曲折和烦恼。
然后我在上面看到了自己的世界，
里面的诗人永远穷困潦倒，
为了打碎这个世界，我把杯子扔掉。

我不想回去——
为何要回到无人认可中去？
为了用一个世纪虚构的奖励？

我现在是谁？一个普通的移民而已——
迁移的是灵魂，而不是肉体。

3

"这栋房子现在已属于你。"
女人微笑着对我说。
人们陌生地在房子里
吵吵闹闹地讲着自己……
窗外大自然变换着景色，忙碌不已。

村庄和城市不断闪现，
突然飞过的时而是花园，时而是山峦。
"哦，亲爱的，我们要飞向何方？"
女人说：
"那个地方，
我们从未去过的方向。"

有理想的生活，就像一枚响当当的硬币。
富有之人不是锱铢必较，
而是敢下赌注，想用游戏
来检验可能是命运的东西，
信任赌注就像信任兄弟。

我们时而飞上山,时而飞下去,
插翅的房子自己淹没在嗡嗡声里。
我问:
"你所有的朋友都常怀善意?"
"没有时间和朋友们谈天说地,
这里……只有我们需要的人而已。"

狂野日子里的人们如昙花一现,
出现,又消散。
我来不及把他们记在心间,
给每个人嘘寒问暖,
新的人们不断出现,心烦意乱。

我不理解他们……可能,他们也一样……
他们又在谈天说地,已成惯例。
女人说:
"你要变成像他们那样,
他们说的每个字你就会清晰
永远涌入记忆。"

于是我的灵魂和肉体开始改变,
如她所愿,
但有时过去在夜晚
在梦里像针一般……

我醒来,疼痛在心间。

我在另一个房间里寻找平静,
桌子和笔闪着金光。
可……天上的神灵俯身在我的上方,
剩下的是空虚的心灵
还有洁净的纸张。

爱的旋风,被我们展开了翅膀,
把我们卷起在大地上空飞翔,
只是在黎明,天使唱诗班将自己隐藏,
心爱的人进入了梦乡,
我感觉到针密如网。

我又在另一个房间里躲藏,
桌子和笔闪着金光。
可……天上的神灵俯身在我的上方,
剩下的是空虚的心灵
还有洁净的纸张。

我绝望地把它撕碎、焚烧,
我恨透了这个人间世界……
难道母语也能忘掉?
我捕捉到美妙的声音,就像呼吸,

但心灵无法把它们理解。

背对着我的远方——朝我转过了方向。
那些早已放下的过往，
忽然又浮在心上
就像似乎已被遗忘的现实
带来的完全猝不及防的惆怅。

4

惆怅又开始在我身上滋长，
并开始往无底的世界里闯，
要把它全部占据，或者拥有。
……于是我告诉那个女人：
"请放我走！"
我在这怪异的房子里已客居太久！

"难道你忘了，"她喊道，
"你是如何被自己的贫穷击倒？！"
"你不用提醒我，我没有忘掉，
但如果心灵只是偶然把满足得到，
那会更糟。"

"难道是温暖的柔情不多？

还是这房子里没有欢乐?"
"生活把你慷慨地给了我,
但你只是在幻梦里获得
被称为诗人之死的爱情之火。

放我回到我不平静的世界,
远离巴黎和纽约,
那里有无数的邪恶和种种烦恼,
回到我自己都憎恨的世界,
还有诗人永远的穷困潦倒。

也许一个美好的时刻将会到来——
国与国的边界将被抹掉,
不再有什么把我们分开。"
我会说:
"我没有把你忘怀,
多想再回到你家来!"

"啊,我的上帝,不是自己回我家,
哪怕小住,我也要用信笺和一篮子玫瑰花
当作你来我世界的邀请函。
来我的世界,它会为你改变,
它将更贴心,你会爱上它。"

我听到的是若有所思:
"好吧,
我不敢在这里对任何人死乞白赖。
你自己选择了,哪里会有最好的期待。
我什么事都不会把你责怪,
可现在还是完全弄不明白。"

5

我悄悄地从门槛里迈出来,
整条路上长满了草,
在我的脚前铺开。
告别时我能说什么?
只要说——就没完没了?!

我边走边不停地回望,
她的房子消失在地平线上。
路上的尘土——就是旅途中偶遇的兄长——
时而高兴地超越我的目光,
时而又伤心地回到我的身旁。

地久天长之后

她随着黑暗的降临而来,
燃起一支小小的烛光。
"烛光会熄灭的,"她低声说,"只有我们,
才会地久天长。"

你很久不在我身旁。
"是啊,"我低声说,"好像隔壁的烛光
已经熄灭了,你许诺的天地
已不再久长。"

"烛光熄灭了,"我低声说,"窗外——
没有地久,没有天长。"
一切都消失了,除了信仰,
你会走进我的房,
为了新的
地久天长。

马

这世上的眼泪哪里都不缺少,
它们有时像火一样把灵魂燃烧。
见过一次,我永远都不会忘记,
一匹被卖掉的马在草地上哭泣。

年老的主人无论寒暑
都用心关爱,把你照顾。
甚至梦见过:世上只有你们两个——
就像是给疲惫地球的礼物。

这是神也解不开的秘密,
和地球上最费解的难题。
看得出爱从来不会偶然:
找到了让彼此亲近的东西。

一直怎样听懂对方的话
白发的老人和年轻的马!
刚刚在无声的悲伤里
结束了人间的一天、一晚、一个世纪。

寡居和家务都不是幸福。
多少的琐事——整日忙碌。
她将不得不卖掉这匹马,
没有男人的晚年无人羡慕。

院子里走进了买主,
他用手擦擦嘴唇,湿漉漉。
那边草地上马正在等着他,终生为奴,
它已经明白,另有其主。

菜园里的白发寡妇,
正忧伤地看着他们,沉默痛苦。
我真希望和您从未谋面,
我最好还是走另一条路。

这一天简直是惊人的晴朗,
简直是迎来了这样的时光:
仿佛世界上发生的一切——
都是为了美丽、爱和善良。

老 爹

老爹又对母亲说:
"明天大学生就会回来。"
他会在菜园里四处环顾。
从菜园边界上把小石子挑出。

真的,我会回来。脱了鞋,进屋
有了他,菜园就不会百无聊赖,
和去年一样,从田埂上采摘,
芳香和长成的蔬菜。

充革① 布靴子迈一步都很痛苦,
只是还没有坏。
我踩着柔软的沙土,
就像在天空中漫步。

沿着天堂的小路
我父亲从久远的夏天走来。

---

① 致密多层织物,用作皮革代用品。

身后的人们和他在天堂同住,
迈着轻柔的脚步。

在这个街心花园

在这个街心花园,和温柔的妈妈并肩的男孩,
正漫不经心、银铃般地笑得开怀。
我朝他加快着脚步,
今天谁还会悄悄地告诉:

"对她说'我爱你'!"
很认真,并带着孩子气,
直接和发自内心地,
亲爱的小伙子,暂时还来得及。

可以说得毫不尴尬,
说吧:"我爱你,妈妈。"
你遇到心爱女人的时刻总会到来,
你总要向她把爱表白。

但在此之前你会注意,
因为不好意思,你不擅于
对自己的妈妈说"我爱你"。
我目送着男孩离去,

虽然我和这个家庭并不熟悉。
我只是观察着你们，不由自主地，
回想起那些话，
在自己久远的童年从没对妈妈表达。

孩提时——青草吸引了我的目光

孩提时——青草吸引了我的目光。
那里,在曾是沼泽的草地上,
我曾盯着云彩飞翔,
我的头慢慢转着方向,
我和草一起飘向远方。

草教我言语,
但只是不是与人,而是与上天,
它用迷人的声音呼唤,
想告诉我自己的秘密
并许诺会遇到奇迹。

还有那天边——就像世界的边缘,
我还缺少很多,
而生活只是把一切许诺,
我知道天堂是什么——
为此需要的并不太多。

枫 叶

枫叶,别跟着我飞,
不想让你受到寒风吹。
今天从幻梦般的路上
我又重新开始生命的轮回。

我过着从未有过的生活,
自己也不知道何处有着落。
也许命运把你送来与我一起,
为了让你带来过去的消息。

毫无疑问,如果是过去,
我一定准备好帮助你。
并给你无价的建议,
如何从冬季的寒冷里逃离。

世界很大,当然,在某个地方
会有严冬里温暖的天堂。
也可能在真正的夏天
带你回到自己的家乡。

但现在,一个人在寒冷的屋里,
我用另一种目光看着这个世界。
而飘飞的魂灵,
比空着寄出的信封还轻。

别飞了,秋叶,留下吧。
哪怕你明天就消失在雪下,
但最后的时光
你将和自己的家人共享。

当一切都一去而不复返

当一切都一去而不复返，
孤独的日子，让我感觉：
虽然逝者无路回还——
你真会回来，而非梦幻。

我有这么多话要对你讲，
我们会聊到地老天荒。
如果生命不能重演，
哪怕用言语再演一遍。

我会忏悔不是和你度过的，之后
上帝赐予的每一天。
所有这些日子都充满了思念，
只有黑夜的影子被带到你面前。

……而如今，属于我和不属于我的
你站在我面前的门槛，
作为上帝的使者出现，
但你无语……我也无言。

而眼泪在流淌,它们比言语更有力量……
你是奉上帝的命令来的吗?
或者只是狂热和谵妄,
比孤独的日子更要珍藏?

希罗多德海

上帝,请把我从忘川里救出来!
对你而言,人民没有好坏。
……而一个孩子突然想问你:
"世上哪有希罗多德海?"

可能是他在梦里看见,
那些久远年代曾有过,
世上的人们已不记得,
像幽灵在社交网站出现。

可能孩子是一时迷恋
新词的神秘意义。
早上问过,到了傍晚
他将回忆不起自己不经意的问题。

而孩子又问了一遍:
"世上的希罗多德海在哪里?"
有人会挥挥手说:
"那里
早就成了最寻常的沼泽地。"

孩子会长大，到了那时，
还会像祈祷一样，重复这句话。
也会听到这样的回答：
"永远消失了。"
"没有什么会永远消失。"

他会走出家门到世间来，
时而快乐，时而忧伤
为了寻找白俄罗斯的希罗多德海，
无数幽灵般的岁月虽然漫长。

他会走过所有湖泊和河流的边缘，
他会渴望一个发现。
他会变成雨中的雨，变成雪天的雪，
和炎热里的光线。然后有一天

在某人预言的日子和时间
一个人爬上一座高山：
他看见一个平静的无限宽广的海面
出现在他的面前。

他快乐地盯着远方的海面，
努力看见未知的海岸，

碧海中航行着大船，
用船帆撑起蓝天。

"有海！"他会在寂静中低语。
"有海！"他的话会被风拾起。
在大地上明亮的高空，
它会把它们瞬间带到世间各地。

那时上天就会听见：
通往天堂的永恒之路上，
并非这里的人们，而是人民
喧哗和呼声在不断滋长。

短篇小说

雨如倾盆

"'雨如倾盆'……为什么是'倾盆'呢?"

"什么?"

"为什么是'倾盆'呢?"

"就是这样一个固定表达。大家都这样说。"

五十岁左右的男人耸了耸肩:

"没了?对于一个作者来说,这更像缺点,而非优点。"

他从左边口袋里拿出一条手帕,但额头上的一颗汗珠还是滚落到了他面前小桌子上的短篇小说手稿上。男人感觉很尴尬,在这偌大的图书大厅里,他的心里变得沉重起来,比这更主要的原因,是他已经预感到他白来了。

"女作家是蝴蝶,男作家是蜜蜂,"他心里想,冷漠的目光一直盯着描写倾盆大雨的那句话,"不想再继续往下读了。怎么向她解释这根本不是散文呢?"

在今天见面之前,他们只是电话交谈过。一个月前她从莫斯科给他打过一次电话,恳请他来参加图书节,以推介他不久前在她们出版社出版的那本书。很遗憾,她说,负责这本书的编辑图书节期间正巧去土耳其度假了,所以进行推介活动的任务就交给了她。没错,她在出版社工作刚三个月,但没关系,她应付得了。他同意来与其说是因为她,还不如说是因为她那能让人产生好感的声音。当他终于看到了这个姑娘,他觉得自己上当了，似乎被玩弄了，承诺的是一个东西，但真实展示的完全是另一个。但最让他感觉上当的是，种种迹象表明，他的书不会有任何推介。时钟显示11：55，距离开始只剩下五分钟，在临时搭建的舞台周围，几十把塑料椅子摆成半圆形，还都空着。他现在就坐在这个临时舞台上这样一把塑料椅子上。

他想知道，她将如何自圆其说呢？

她注意到他看了看表：

"分给我们的不是最好的展台——在距离正门最远的角落里。"

千真万确：最基本的参观人群都是在展馆的中心走动，大多数人都挤在中央舞台附近，一个悦耳的女性声音已经通过扬声器邀请好几次了，说可以与一位感伤散文体裁畅销书的作者见面，作者的名字对他来说无关紧要。

而他同意来的时候，他期待的是什么？这里谁认识他，这里谁读过他的书？

"雨如倾盆"。这雨还是让他念念不忘。顺便说一句，要想写伤感散文体裁的畅销书，就需要用这样的固定短语来思考。

"喝咖啡吗？"

看来这就是一个暗示，推介取消了。

他瞥了一眼塑料椅子，像分成三排立正待命的士兵。突然，在第一排的中间，他看见了……。……静静地坐着，像一个优秀的学生坐在严厉的教授的课堂上，但他感觉到了……内心的紧张,好像担心占了别人的座位,马上就会被赶出去一样。

那一刻,他感受到了自己的兴奋,这种兴奋不止一次在他绝望前几分钟来到他身边,并推着他去做在平静状态下无法做到的事情。

"咖啡?十二点了,我们开始吧。"

他看到了姑娘眼中的困惑,这让他更增添了几分兴奋。

"我的情况就不用介绍了。"

他轻松地站了起来,以熟悉的动作从桌上拿起话筒,走上前去。现在他只看着……,嘴唇上露出了一丝果敢的微笑。

"下午好!我就不自我介绍了:我认为对我而言这是多余的。顺便说一句,如果所有出版社都拒绝将作者的名字,甚至作品的标题放在书籍的封面上,这将是合理的。请你们相信我,读《战争与和平》的读者数量会明显增加,今天许多时尚作家的书籍发行量就会减少。想象一下都很可怕,全世界有多少人会放弃写作,最终开始做一些更有益于社会的事情。我们不知道是谁写的《伊戈尔远征记》,但如果我们知道的话,它会成为天才作品吗? 19世纪白俄罗斯文学中有一部著名的讽刺长诗《塔拉斯在帕尔纳索斯山上》。没听过吗?请相信这句话:这部长诗其实很神奇。难怪它的作者一会儿被写成杜宁—马尔金科维奇,一会儿写成巴古舍维奇——哦,当时他们曾是我们文学界最大的明星。我小时候在学校里是学习过这部长诗的。今天也在学,但过去它被认为是佚名作品。现在作者身份已被确定:康斯坦丁·维列尼岑。批评界慌了:这是谁?

从哪儿来的？原来，他来自维捷布斯克省，奥斯特洛乌梁内村。很有可能，他母亲，是一个农奴，和农奴主生下了他，后来农奴主给儿子解除了所谓的农奴身份——正如常言所说，还真得谢谢他。这篇长诗是维列尼岑21岁时写的，当时他正在戈雷-戈尔基农学院学农艺。手稿佚名在人们手中流传——先是一个手抄本，然后就接二连三地出现，没人知道曾有过多少个——几百个，也可能几千个。维列尼岑同时代的民族志学家耶夫多吉姆·罗曼诺夫满怀激情地肯定说，每栋房子里都可以找到这部长诗。那么，我亲爱的，"他似乎仍然用他的目光拥抱着第一排坐在他面前的那个……，"您认为维列尼岑会去搥胸顿足地说：我才是作者啊！即使在差不多35年后，在长诗最终出版的时候，他也没有过任何举动来宣称自己是作者。当然，他可不是生活在21世纪！我真想看看，今天谁还会愿意放弃这样的荣誉。亲爱的，21世纪正在使文学受到破坏，使其被腐蚀。但文学并不像大多数人习惯认为的那样，是写在纸上的东西。文学——这是我们内心深处的东西。像透过沙子的水一样，在没有经过我们自身的想象之前，印刷的文字都是死的。让一千人阅读同一篇文字：里面的内容每个人的理解都各不相同。读者——是作家的合著者，天才的合著者。但对文学而言，这也是邪恶的天才！有时就是魔鬼，它牵着作家的手，迫使他为了荣誉或金钱去创造街头小报式的东西。"

他顿了顿，脑子里反复筛选着，拿什么可以与街头小报相对比，但他的思绪被一个软绵绵的、甚至甜蜜的、仿佛从绞肉机里出来的男人的声音打断了：

"我能问个问题吗?"

他惊讶地把目光投向了左侧,投向这个临时小厅的最边上:他甚至没想到还有个旁观者正在盯着他们。

"旧书商",他注意到了这个男人破旧而没有熨烫的、紧巴巴的西装,种种迹象让人感觉,西装是二十年前的,也注意到了他像圣像一样贴在胸前的更破旧的书,他马上给他起了个外号。

"请。"

"您不会承认,来与您见面的人数就是最有说服力的证据,它可以证明今天多数读者持不同观点:我们的时代,很遗憾,没有产生自己的列夫·托尔斯泰,这也不是他们的错。不能责怪人们在炎热的日子里满足于树荫下的清净,而不去努力弄懂树叶的语言。顺便说一句,为了弄懂这种语言,首先必须有风刮起,而风是不受他们左右的。"

"旧书商"的话并没有让他感到惊讶。这些话他在不同场合和电视上听过几十遍,在报纸和互联网上也读到过。这些话不断变换着说法,有时变得面目全非,但意义却保持不变:今天没有伟大的文学。他也是在保留通常的内容和意义情况下,以不同的方式在回答问题。

"说出来的话总会让人感觉有欺骗性,永远正确的只有沉默,这就是为什么需要学会理解它。"他自信地回答道,并同时想,"旧书商"的话听起来不是讽刺,而更多是同情,"正是在沉默中才保留着深度和智慧。书里不是作者写了什么,而是他在写的时候思考什么。那些要么根本没读过托尔斯泰的史诗，要么是在阅读托尔斯泰小说时半途而废的人，却要求今天的作家写出今天的《战争与和平》，您不觉得这自相矛盾吗？这样的人怎么能识别出自己同时代的天才呢？"

他平静地说着，甚至声音很小，但麦克风为他的声音增添了坚定，用声波把这种坚定充满了整个空间。于是人们开始朝这个声音聚集——有一个人过来的，也有两个人结伴而来的；有人放慢了脚步，又若有所思地继续走了，但也有人留在舞台前或坐在了某把没人坐的塑料椅子上。

"您承不承认，文学中天才的时代已经一去不复返了？"一个那种质疑任何一种理论的年轻人问道，"我们生活在一个后工业时代，人类将其所有智力和创造潜力首先投向当下更需要的东西。"

"我不承认，因为天才不属于特定的时间或特定的时代，就像一棵茁壮的树不仅只属于大地或只属于天空一样。与没有时空界限的精神现象相比，他们的物理现象对世界而言微不足道。您说了：当下，好像这是创作活动中最重要的导向。然而，总是看着自己脚下的人，就看不到前方发生了什么，而只看着前方的人，就不知道脚下发生了什么。此刻，对不被人所需要的恐惧正是那些写街头小报之人的境遇，是那些总是只看自己脚下之人的境遇，因此他们的视野非常狭窄，而作品的生命也很短暂。"

"那您能说出我们这个时代至少一个文学天才吗？"一个中年妇女问。她的外表让人感觉她这个年龄卖弄本就不应该受到指责——这在她说给陌生男人的每个字中都能听得出。

他耸了耸肩:

"我说不出来。"

此时站在他面前、挤得水泄不通的听众们笑了起来。

"如果我说出他的名字,你们的笑声会更大。只是说出这个名字没有意义。而且问题不仅在于说出天才的名字,这是后人的特权,而不是同时代人的特权。归根结底,每个人都有发表自己意见的权利,就像每个时代都有拥有自己真理的权利一样。但问题还在于,您自己也不想让我说出这个名字。"

"这怎么理解?"卖弄女很惊讶。

"您不想,是因为他对您没用。他对您来说是陌路人。他在您的世界里是多余的,您的世界有自己的主角。您每天在闹哄哄的电视脱口秀节目中可以看到他们,在互联网上读到有关他们情妇和私生子的消息,关于他们醉酒的滑稽举动和不治之症。您常常怨恨他们的行为,但在心里您却对他们和您一样或比您更糟糕而感到快活。在他们身上,您可以找到您的恶习和弱点的借口,所以您不需要可以证明您的恶习和弱点没有理由,也不可能有理由的天才。对不起,我不是特别指您,因为我和您素不相识。只是我在您的声音里听到了时代的声音,我是在回应它。如果明天邪恶的天才出现,他去歌颂和炫耀今天仍然被认为是邪恶的一切,而且每个人都会知道他的名字,每个人都会对他顶礼膜拜,那将是最可怕的事。"

他说着并找到了自己在创作高峰时期的感受:你内心的某个人正在低语,而你在来不及充分理解其意义的情况下重复着这些话。兴奋已经过去,内心变得轻盈平静,仿佛在风暴刚过的海上。这种状态在他演讲中经常会有。他知道，最困难的事情是开始，找到最初的几句话，这些话能让你掌控观众，或把观众变成你的对立面。

于是在这一刻，他想起了演讲开始前独自坐在椅子上的那个……。怎么能忘记……呢？！直到这时，他才意识到，中年的卖弄女现在正坐在那把椅子上。"好吧，再见吧，……！"他高兴地想着，仔细地看着她的眼睛，抑制不住微笑，对这个微笑她有自己的理解，并作为回应卖弄地送给他一个自己的微笑。

当时钟显示第二个小时开始的时候，他朝出版社的女编辑转过身说："是时候结束见面了。"有几个人走上前来，为了得到他的书和签名。至于给"就叫我斯维特兰娜"的卖弄女写点什么，他想了很久，最后简短地写道："每个人的体内都活着一个天才。您也一样，因为您是一个天才的倾听者！"

在和编辑女孩告别的时候，他把她短篇小说的手稿从桌子上拿了起来。

"如果您不反对，我就把它带上，回家在安静的环境中去读。小说里会有某些东西，这是无可争议的。关于雨如倾盆，我很兴奋。最后想说，托尔斯泰、陀思妥耶夫斯基和果戈理那里都有雨曾倾泻过。"

"谢谢！"姑娘很高兴，"还要谢谢您的演讲。太棒了！我必须承认，当您和一个空荡荡的大厅打招呼，然后用'我亲爱的'这个词称呼它的时候，我吓坏了。"

"为什么和空的？"他微笑了一下，"第一排最中间就坐着……啊。而且，我感觉……听得很认真。"

"……是谁？"

"一只苍蝇。普通的灰蝇。"

对女孩脸上困惑的表情感到满意，听着"我会从明斯克写信给您！"他朝出口走去。自动门在他面前殷勤地打开了，把他放到了街上。吸了一口湿润的清新空气。天空笼罩着乌云。雨如倾盆。

浸礼宗女教徒

"加莉娅死了……"

姑妈说这话时,声音里带着一种绝望,对着电话叹了口气,他被这个消息惊呆了,无法用任何东西填补这叹气后的停顿。但停顿之后,她已经在谈论村里其他的新闻了。与加莉娅的死相比,他没什么兴趣,所以听得也不留神,最后她不得不重复了一遍:

"你知道钥匙在哪儿吧?"

"我知道。"他最后说。

"那,如果你愿意,等我一下,至少我也得挑点刚长出来的小土豆啊。"

每年夏天,六月底或七月初,他去度假的时候,都会抽出一两周时间回农村老家住一住。每年夏天都去拜访姑妈,她总是给他挖一篮子刚长出来的土豆,这些土豆他总是留在父母那里,不带回明斯克——在卡马洛夫卡[①]购买很便宜,比在拥挤的电气火车上拖着它们更简单。以前,他尽可能地拒绝土豆,但姑妈连听都不想听,就把它们倒进帆布袋,并挂在自行车的车把上。这种坚持从一开始就令他恼怒,直到有一天,他明白了,姑妈,一个孤独的老人,没有更多的东西可以给他,特别是现在,田埂上的一切都还没长成熟,空手送走一个不怎么来

[①] 明斯克卡马洛夫斯基市场的简称。

的客人在邻居面前是一种耻辱。

骑自行车去姑妈的村子要20分钟左右。钥匙一如既往地放在门槛旁边,在一个翻过来的罐头瓶子下面。

他打开门,但没有进屋,坐在了门槛上,并开始若有所思地看着街对面的邻居的房子。加莉娅曾经就住在那里。

"她是怎么死的呢?"

他们小时候很要好。那时他还没上学,几乎每年整个夏天都在姑妈家度过。加莉娅比他大七岁——长得不漂亮,鼻子不精致,还略微有点歪,在一群女孩儿当中很难从她那里得到一个字,而和他一起,她就会变得很活跃,并能想出各种各样的游戏。她最喜欢"当"理发师。加莉娅用一个旧木桶里的水把他的头发浸湿——这水是姑妈傍晚时用来浇田畦的——加莉娅为他做过很多非常不可思议的发型。

其实,她经常似乎已经忘记了自己的"工作",只是抚摸、摆弄着他的头发。她站在他身后,他看不见她,而他感觉,就是母亲在抚摸着他。那时,他就会闭上眼睛,头开始轻轻地转动,就像在摇篮里被摇晃着一样。

加莉娅死了……他不想相信。他感觉,她现在就会从房子里走出来,看见他,像这些年中的往常一样,远远地朝他点点头,然后又匆匆转身离开,好像她在他面前因从前的秘密而有些羞愧,那些秘密都是她曾经向他敞开的。

她现在应该多大了?他30岁,所以她37……

他从门槛上站了起来,把躺在苹果树下的一个旧梯子靠在墙上,小心翼翼地,怕断了,爬进了阁楼。那里放的都是能让

他想起童年的东西：坏了的姑妈的收音机、装着唱片的小手提箱。他打开手提箱，开始摆弄里面的唱片。上面录的所有歌曲，几十首歌，他曾经都能记住。

她也喜欢音乐。他来她家，家里没有其他人时，她让他坐在圈椅上，打开唱机，拿起勺子当"麦克风"，就开始一场"音乐会"：一开始，她只是随着音乐的节拍张张嘴，可到了第二首或第三首歌，她就开始放开嗓子唱了。她根本没有辨音能力，他是在多年后，在回忆那些"音乐会"的时候，才明白的，而当时他一直耐心地听着，然后在她鞠躬时为她拍手叫好，再换一张唱片。

有一天，他们躺在加莉娅家院子里的帐篷里，帐篷是她用深色的旧麻布做的。帐篷很小，里面没有翻身的地方，当她起身透过缝隙看是否有人在监视他们时，她的头发让他的脸痒得难受。他就转过头，然后让脸发痒的就成了那些高高的草了。

"我们玩'过家家'吧。"她建议道。

"在这儿？"他很惊讶。

"怎么了？"

"这里没有厨房、没有床，也没有电视啊。"

"我们可以想象它们有。"

"那没意思。"

"那我们玩儿'唱歌'。"

"怎么玩儿？"他没懂。

"比如，我让你唱一首歌，如果你能逐字逐句唱完，我就满足你任何一个愿望，如果你唱错了，你就满足我的。"

"来吧。"他同意说。

"我第一个说！唱《沃洛格达》。"

"这是一首新歌。新的不算。"

"算！"

"那我不玩了！"

"好吧，那就不算。"

他沉默了一会儿，因为他正在欣赏麻布上的一颗小星星：麻布上的一个小破洞像小星星一样闪闪发光。

"这里太热了。"她说。

"是很热。"他点了点头。

"把衣服脱掉吧，你浑身都湿透了。"

他开始躺在那儿解衬衫上的扣子，而她抓住他的手，小心翼翼、认认真真地把衬衫脱了下来。

"裤子呢？"她问。

裤子是法兰绒的，他穿着有点肥——是一个热心的邻居送给他姑妈的。他来时穿的那条已经完全磨坏了。他们在帐篷里躺了那么久，腿早就出汗了，但在她面前脱下裤子他不好意思。

"你呢？"

她穿着一件带蓝色波尔卡圆点的短连衣裙，左侧从腋下往下十五厘米左右沿着缝用白线抽着整齐的褶。

"这里太亮了，"她说。"咱们先把所有的缝隙都堵上。"

她就开始整理麻布，小心翼翼地从他上面爬过去，她让人发痒的头发又挨在了他的脸上。

这时候，大门吱的响了一声，她惊恐地低声说：

"我父亲！快把衣服穿上！斯拉维克，听见了吗？"

他不明白，为什么如果她父亲回来了，他就需要赶快把衬衫穿上，但她莫名其妙的恐惧传给了他。

加莉娅的母亲一年前死于癌症，加莉娅和她的父亲一起生活，她感觉，从父亲那里，除了一种不该属于一个孩子的恐惧，她没有感受过任何东西。当父亲喝得酩酊大醉时，她曾试图以家人的身份劝说，最终结果是，她只能去邻居家坐着，直到人家准备上床睡觉……

他把唱片放好，稍稍弓着身子，以免头撞到椽子上，走向阁楼里远处的角落，那里放着一个棕红色的大皮箱，里面塞满了旧的区报。

他就是为它们而来。大约十年前，区里刊登过很多有趣的文章——关于周围村庄的故事。今年，一家出版社向他约了一篇关于家乡的随笔。

他坐在报纸前，还没全部看完。需要的报纸没找到。"没办法，"他疲惫而遗憾地想，"只能去编辑部了。只是不是今天。"

旧收音机和装着唱片的行李箱挡住了他的去路，他又想起了加莉娅。

他们的友谊持续了几年。有一年夏天，他没有去姑妈家，当他再去的时候，他看到的已经不是那个曾经送他上车的瘦弱、总是若有所思的六年级小女孩儿，而是一个臀部强壮、乳房丰满的姑娘，似乎因为生活的重压，她还没有成熟，就马上老了。于是他明白了,或者更确切地说,是感觉到了,不是有意识的,是直觉,与那个若有所思的女孩一起,他们所有的游戏也都永远留在了过去。

  从那时起,他们只是拘谨地互相问好,而她生活中所发生的一切,他都是从健谈的姑妈那里了解到的。他知道了,在城里,一辆汽车撞死了她的父亲。加莉娅中学刚毕业,她想报考一所技校,但把档案又拿了回去,因为所有的家务活都落在了她的肩上。另一个消息让他更加震惊:加莉娅已经成了浸礼宗教徒。在她之前,村庄里没有过浸礼宗教徒,她就去两千米外的邻村,浸礼宗教徒在那从集体农庄买了一栋空房子做祈祷屋。她把圣像从红色角落①里取下,挂上了一张在厨房里用壁纸做的标语:《爱就是上帝》。邻居们对待她的怪异,就像他们通常对待一个病人的怪异一样:即使是在背后议论她,也还是带着宽容和怜悯。

  不久后,另一个消息传到了他的耳朵里:加莉娅结婚了——她招了一个跛脚的亚纳克做上门女婿。他三十岁之前一直孤苦伶仃:也许是因为自己的跛脚,也许是因为他有点愚蠢或野性——对他持不同态度的人,对他就会用不同的词;而他自己则把对"公正生活"的渴望解释为自己的性格特点。亚纳克在一个地区医院里看门,但他认为这个"职务"是暂时的,甚至是一个冒犯性的荒谬,并瞄准了首都,在那里他首先想要和"有必要见的人"见见面,以阐述一下自己如何让村庄崛起

---

 ① 东斯拉夫人居住的房子里最尊贵的放圣像的角落,通常是朝向东南的角落。

的战略。在村子里人们总是嘲笑他和他的"战略计划"。而集体农庄的领导们也许就顾不上笑了：据传，亚纳克收集了厚厚的一文件夹有损声誉的材料，还在每个街角为此大喊大叫。

婚礼静悄悄地过去了，没有舞蹈，没有在街上传统的打架①，只有大约十五个人。从新郎那边来了年迈的父母、一个表弟和两个姑姑。加莉娅这边没有亲戚，但她邀请了她熟悉的浸礼宗女教徒——"姐妹们"，她们唱得很动听，无论是歌曲还是祈祷诗。加莉娅坚持桌子上不要有伏特加，取而代之的是茶，茶就盛在年轻人身边一个凳子上的搪瓷桶里。是什么促使亚纳克，让他这个无神论者，不管怎么说还是在教堂受洗过的无神论者，能够屈从于加莉娅的劝说，不上伏特加，不得而知。也许是他自己几乎从来都不看酒杯一眼，也许是想趁机省点钱。也有可能是他清楚，加莉娅就是他第一个，也是最后一个组建家庭的机会。

从闷热的阁楼出来，外面的空气感觉特别清新。他没有到太阳底下，而是坐在了阴凉里腐烂的木门槛上，背靠在门框上，漫不经心地盯着加莉娅的房子。

当亚纳克从门厅里跌跌撞撞出来的时候，他甚至吃惊地哆嗦了一下——这栋房子刚才看起来是如此的没有生气。他们的目光相遇了，他机械地、更多的是为了体面，点了点头，但亚纳克没有回应，看着他突然心里转过一个念头……哦，见鬼，怎么碰上他了！

---

① 白俄罗斯的婚礼习俗。

看着亚纳克匆匆蹒跚地走到街对面，他在心里咒骂自己没有马上回家。很可能，他不是急着应邀去做客，而是去请求别人帮他做点什么。

有一天，在加莉娅和亚纳克从城里回家的时候，他就是这样坐在门廊上。她穿着一件阳光几乎能穿透的印花布连衣裙。在那一刻，在亚纳克身旁，加莉娅显得格外漂亮——不是脸，而是她的身体，身体里有一种那个曾经长在姑妈家苹果树最高处的，既诱人而又遥不可及的成熟苹果的结实和丰满。当时他感觉，这是世界上最美味的苹果，用棍子敲下来很可惜。每天早上，他都会跑到苹果树下，希望苹果在夜里自己掉下来，他会用双手，把这个大大……捧起来，并……难道他会把它吃掉吗？不，当然不会。他会把它放在姑妈的餐具柜里，放在玻璃后面，苹果整个冬天都会躺在那里——大而漂亮，就像学校生物办公室里的一样。这样过去了几天，也可能是几周，苹果还在挂着，似乎它会一直挂着。然而，它还是掉了下来，只是不是在夜里，而是在白天。一天傍晚，他看着苹果树，上面没有看见自己的苹果。树下躺着五六只落果。但在它们中，他无法认出最高处的那只。所有的落果都很平常并且生了虫子。他冲进了房子，去找姑妈。"什么苹果？白浆苹果吗？我没动啊。"姑妈说。然后他回到苹果树下，轮流咬着所有的落果，但它们原来味道都是一样的，甚至也没什么汁液。

对她无声的问候他都忘记了点头回应，用贪婪的眼睛看着加莉娅走进自家的院子，关上了门，步态平稳地走到门厅前。他第一次为他们之间没有了童年时的亲密和信任、她现在属于这个跛脚的亚纳克而感到惋惜。当然,亚纳克不爱她,也不会给她从男人那里应得的百分之一。

也许,那天他第一次对亚纳克感到愤怒和厌恶。

"你好啊,妈的!"亚纳克伸出手,手指蜡黄而粗糙。"首都怎么样?"

"首都还是首都。"

"我可是摊上伤心事了——三个月前刚把妻子埋葬了。爬阁楼里去了,然后从梯子上摔下来了,妈的。"

他想以某种方式表达自己的同情,但当他看着亚纳克的眼睛时,他看到的是眼里混浊的玻璃发出的光,光里散发出一股寒意,于是什么也没说。

"她很弱。死之前她已经完全虚弱了。你知道,各种清规戒律……什么时候应该和什么时候不应该。谁都不知道,她的问题其实是出在头上。都是这些浸礼宗教徒搞的,妈的。"

亚纳克叹了口气,突然问道:

"那,要不……我们去祈祷祈祷?"

多年来,他第一次走在她的院子里。他走着,并没有注意到这里发生的变化,心里带着痛苦的喜悦,他看到了从小就熟悉的东西:一个生锈的马蹄铁,像一把梳子,挂在栅栏上;一个没有盖子的脸盆挂在它旁边,里面和外面几处都发霉了,房子旁边的一个已经变黑和风干了的梯子,最上面的横杆已经断了。

亚纳克捕捉到了他的目光:

"你看见从哪里掉下来的了吧?!我在屋里了——正放连

续剧呢。全村人都在看,但他们,浸礼宗教徒,是不被允许的。那集连续剧结束,我想起她的时候……天都黑了,我想着,但还是一直没见到她。当看见……这个,我慌了。她不是马上就死了的。如果我马上叫救护车,否则,我想,还会再躺一阵儿,才会走……应该把梯子修一修,但一直腾不出功夫。现在,把一切都留给了我。"

黑暗的前厅直接通向厨房。那里没什么变化——炉子、自制的木头桌子,底下有一个小柜子、一条长凳,一扇窗户。在他没来的这段时间,厨房似乎下沉了很多。

亚纳克打开橱柜,拿出一瓶打开的自酿酒。

"看见没,四十天前留下了的,妈的。你别站在门口,随便坐。"

他坐在了长凳上,看了一眼曾经放圣像的角落。现在既没有圣像,也没有加莉娅的标语,只有一张蜘蛛网紧贴天花板挂着。

这时,亚纳克拿出面包、一块薄薄的手指厚的萨拉①、新鲜的黄瓜、两个酒杯。

"吃吧,首都的。愿土地对她来说就像一根绒毛一样轻。"

他们同时叹了口气——主人短暂地,客人长长地往胸里吸了一口气,又同样长长地呼了出来。

从第二杯起,亚纳克就已经疲惫不堪了,他皱起眉头,在说话之间的停顿中就大声地打起了呼噜。

---

① 生腌肥肉。

"都是那些浸礼宗教徒搞的，妈的。她似乎很聪明，识文断字的，但没有足够的耐心去听好的建议。她的牙都开始掉了——一颗、两颗、三颗地掉。她说这不是牙，身体已经毁了。她说，到时候了，身体总是发沉，好像已经七十岁了似的。而我明白：任何破坏都是从大脑开始的。你在身体里种下什么，就会长出什么。你播下一粒小种子，它就会长大，这东西然后啪叽，妈的，——可以把他们都送疯人院去。我一条腿短，世界在我眼前跳了一辈子。但我不去想那条腿。如果我想了，我可能很久以前就成酒鬼了。要不，也许也成了浸礼宗教徒了。她不干涉我的事。让人们吧啦吧啦说去吧……你以为我不知道吗？我什么都知道！我会收拾一套衣服——然后去首都。那里人们不会看你的腿的，如果你不是女孩，而是看你脑子里种下的东西。有时间我会给你展示一下我的想法。我把一切都写下来了。只是需要正确地把它们阐述出来，把它们整出条理……这事你更在行，对吧？"

他们又喝了一杯。他已经彻底醉了，亚纳克的声音，一分钟前他听起来还是含糊不清的咕噜咕噜的声音，突然变得更加清晰了。

亚纳克从桌上拿起最后一块萨拉，嚼了半天，盯着地板思考着自己的事。他突然生气地说：

"那些浸礼宗教徒无论如何都会把她赶出这个世界的！"

然后抬起头看着他——眼里不仅有愤怒，还有嘲弄。

"也许一切都是因为你，妈的！"

"因为我？为什么？"他不明白。

"为什么!"亚纳克重复了一遍他的话。"她爱你,妈的!她和我住在一起,但却为你而憔悴!"

"你有什么根据这么说?"他用不知所措但却基本清醒的声音问道。

"根据不是你提供给我的吗?你来你姑妈家,她守在窗前寸步不离。就坐在那盯着你,直到你回去。你要什么时候让她进了你被窝,也许她早就平静下来了。要不还得又躲又藏的。你以为我没看见吗?她从你姑妈那里偷了你的照片。这张照片让我很愤怒。"

亚纳克不停地说着说着,他的眼睛越来越大,都快爬到了他皱着的额头上,好像在他面前就有人拿着那张照片。而他没有听亚纳克的话,他在倾听着自己的内心,感受着温柔如何充满他的灵魂,好像加莉娅就坐在他身边——穿着白色的棉质连衣裙。

他回到家,和往常一样,没有脱衣服,也没盖被,躺到了床上。

当他的母亲唤醒他的时候,天已经黑了。

"快去,奥利娅姑妈来电话了。"

"你为什么不等我?"电话里拉长的、带着回声的声音传到了他的耳朵里。

"是这样的,当时没时间了。"

他说,并由于痛苦紧皱着眉头——他的头都要裂开了。

"你去找亚纳克了?"

"去了。"他没有立即回答,惊讶于姑妈的消息灵通。

"他跟你说了什么了？"

"没说什么。"

"是他杀死了加莉娅。"姑妈几乎是轻声说道。

他没说话，惊呆了，他感觉，电话听筒把姑妈的话重复了好几遍。

"你从哪知道的？"

"送到医院的时候她还活着。她去世之前，告诉和她住一个病房的老太太说：'是亚纳克杀的我。'老太太午饭后出的院，而加莉娅夜里就死了。"

他的头嗡嗡作响。嗡嗡声越来越大，淹没了所有其他声音。他用空着的那只手捂着额头，闭上了眼睛。当疼痛减轻时，他又听到了姑妈的声音：

"你自己看。如果你愿意，明天就来，我给你挖土豆……"

忘了自己名字的狗

早上它来到了村里——从村头的房子开始,在每家大门口停下来,警觉地竖起耳朵,久久地又听又闻,想在许多声音和味道里捕捉到它所需要、只有它熟悉的东西,然后再继续往前跑。

在一栋房子附近,这是一栋大房子,有七扇窗,它站的时间特别长,忧郁的眼睛里隐约闪着希望。院子里飘着一股令人陶醉的炸萨拉的香味。

它咽了咽口水,走进敞开的大门,一动不动。过了一分钟。它又走了几步。炸萨拉的味道让它晕头转向,院子开始飘飘忽忽,失去了熟悉的轮廓。

房门开了,主人出现在门槛上。他们警惕地揣测了对方几秒钟。

"小狗子,小狗子!"最后主人开始叫它。"过来!过来,别怕!沙里克①,沙里克!过来吧!"

沙里克转了转头,诉苦似的叫了一声,然后胆怯地朝主人靠了过去。

"好样的,好狗子。"

主人小心地伸出手,想抚摸一下这个不速之客。狗顺从地低下了头。

---

① 守院的看家狗。

"格莉娅，你看，谁来我们家了！"

"谁啊？"他的妻子一边在锅里翻炒着萨拉，一边从凉台上回应了一句，夏天那里成了他们的厨房。

"这不是吗，你看。"

地板发出了风干木板的吱吱声，这时一个瘦高的女人出现在门口，四十岁左右。她和丈夫安东·日列夫斯基并排站着，他很矮，但很结实，就像一个在远离长满蘑菇的小径的地方长出的牛肝菌，她给人感觉更高一些，显得笨拙而且好笑。

"看着点——它会咬人的！"

"它不咬人，"安东笑了笑，抚摸着狗的棕红色后背，"是吧，沙里克？"

沙里克忠诚地看了看他的眼睛，轻声呜咽起来。

"你要它有什么用？快赶走！"格莉娅不满地说。

沙里克更加诉苦似的呜咽着，趴在了安东的脚下。

"好狗子。"安东弯下腰，在它的耳后挠了挠。

"这狗可真好，"格莉娅哼了一声，"跟个蜷鸡似的。"

"明白了，它是饿了，"安东没有反驳，"如果有主人，它就不会这么瘦了。给他拿点面包吧。"

"啊哈，然后可就赶不走了！"

"把它留下吧。"

"我们要它有个鬼用？！"

"可以看家啊。"

"它可是给你看家！它还不知道多能吃呢。你看它这么大。"

"牧羊犬，"安东点了点头。"当然不是纯种的，但反正是个牧羊犬。你知道它们有多聪明！它会和你一起放牛，晚上咱们就把它拴在牲口棚门口。"

格莉娅还想再说什么，但她警觉地动了动鼻子，尖叫了一声：

"哎呀，萨拉煳了！"

沙里克的理解能力不比人差，它明白，必须以德报德，而且正确地履行职责：当安东在村外铁路路基的斜坡上割草时，它就看着自行车，甚至跟着他跑到四千米外的城里，乖乖地等着主人从商店出来。这四千米对它来说并不容易——它躺在自行车旁边，伸着长长的舌头，舌头上的唾液起着沫子，感觉都快吐了。

狗老了，老到跑不远了，但它感觉：这就是它的生活。只要它还在人们身边，它就做着刚一出生他们就训练它做的事情，扭伤爪子、成为累赘的这些年老体衰的表现它还没有过。在这里，在人们身边，它用没完没了的、虽然经常被忽视的劳动淹没了这种衰弱，它可能就是靠这来延缓着自己的死亡。

沙里克甚至没有妄想过拥有一个狗窝，它半宿睡在门廊上，半宿就会心事重重地在院子里走来走去，似乎明白，落在它肩上需要守护的可不是一般的，而是一个大摊子——安东和格莉娅养了两头春天下的小猪仔、一头秋天要杀的猪、一头母牛、一头小牛犊，还有大约二十几只鸡。

沙里克和鸡从一开始见面相处就不融洽。这个时节菜园里所有蔬菜都发芽了，鸡整天被关在牲口棚前面高高的隔栏里。当没有任何看家护院的任务时——主人也去集体农庄干活了，沙里克时不时就会走近隔栏并威胁地咆哮几声。小鸡们并不怕它，感觉栅栏很高，狗跳不过去，或者也许它们在这咆哮声中根本就没找到能威胁自己的东西。

今年的春天来得很早，五月中旬，菜园里的菜就开始使劲往上蹿——仿佛是成千上万的绿色小喷泉从地下冒出来。家家户户的院子不知不觉就变成了绿色，而醋栗丛上、樱桃和李子树上开始挂上了像小气球一样的绿绿的小浆果。

春天散发着一种淡淡的、几乎无法察觉的气味，每天都变得更加鲜明和浓郁。鸡似乎被这气味陶醉了。它们把头伸进栅栏尖桩之间的缝隙里，却钻不过去。最后，有一只再也忍不住了——几乎没有助跑，啪啦啪啦地拍打着翅膀，跳上了栅栏，把其他鸡吓了一跳。发现那么高，它惊恐地环顾了一下四周，就咯咯嗒咯咯嗒地叫了起来。栅栏里的鸡也都开始叫，不是鼓励就是在责备它。但它也有自己那么一点理智，让它能在清醒过来后，决定下一步该怎么做。翅膀再次啪啦啪啦地拍打着，于是鸡已经落到了地上，在栅栏的这一边。它想都没想，可笑地伸展着长长的脖子，穿过已经长满密密麻麻土豆的菜园，扑向了菜园边界上的醋栗丛。

在鸡跑到离灌木丛大约十米的地方，被一个小土包绊住了。

当沙里克赶上它时，它才走了一半的路程。它扇着翅膀，发出响亮的咯咯嗒的声音，类似于人类的呻吟声……

沙里克若有所思地盯着自己的牺牲品看了好一会儿，然后小心翼翼地，好像害怕伤害它一样，用牙齿叼着它的头，把它叼到围栏跟前放了下来。

被惊扰的鸡都安静了下来，饶有兴趣地看着这个可怜的家伙，但不敢靠近它，尽管沙里克已经回到了门廊，远远地看着它们。

格莉娅第一个不经意发现了窒息而死的鸡，并在整个院子里引起了骚动。

"安东！"她喊着，"安东！你看看，狗对我们的鸡做了什么！"

安东像救火一样从房子里蹿了出来。

格莉娅尖叫着，好像是死了人一样：

"哎哟，这可是最好的下蛋鸡哟！"

"也可能不是它？"安东怯怯地回应说。

"还能有谁？是我把它掐死了吗？"他妻子的声音里已经带着威胁，"我说过多少遍，你要这个流浪狗干吗？！"

安东扫了一眼，找了找沙里克。狗藏到毛茸茸的醋栗灌木下，躺在井那边乘凉呢，它警惕地看着他俩。

"啊，该死的！"安东远远地就朝它挥了下手，"给我滚！"

狗哀怨地呜咽着，继续躺在那。它的眼睛惊讶地说，也像是在问：我错在哪里？我做错了什么？难道我不应该为自己的忠于职守而赢得感激吗？"

安东举起一根劈柴威胁沙里克说：

"我告没告诉你!从这里滚出去!"

很明显,在这个动作中有一种熟悉的、令人不快的东西,因为狗立即起身并冲进了菜园。

"我非给你点颜色看看!"安东跟在它身后喊道。

跑到安全距离后,狗回头看了看,也许他们会改变主意,叫它回去?但他俩在院子里忙活着鸡。女主人抓着鸡腿,在丈夫的鼻子跟前挥舞着。

在草地那边,几乎在地平线上,邻近村庄的房子逐渐变暗。狗朝那个方向凝视了很久,用鼻子嗅着炎热一天里沉浸在草香中的空气,然后走到一小堆去年的稻草前(安东每年都在储备着这些稻草),躺在旁边,伸出前爪,把头放在上面,立刻闭上了眼睛。

半睡不睡中,它不时地猛然抬起头——要么是一只鸟从它身上低飞而过,要么就是从院子里传来牛沉重的叫声,牧场吃草和白天的炎热让这叫声显得疲惫不堪。

夜晚不慌不忙地到来了,似乎不太情愿,好像并没有因闷热而困倦。这时西边升起一块乌云。不到半个小时,周围已经变得一片漆黑。突然刮起的风,将那块云往这边驱赶,没想到耗尽了力气,停了下来。最后,下起了像碎麦米一样的毛毛细雨。

狗站起身,小声地朝安东院子的方向吠叫了一声,但没有勇气回去。

而只有当夜晚的黑与乌云带来的暗交织在一起的时候,狗才开始朝着院子方向走去。它湿透了,以至于都没感觉到下雨，所以它也没有找地方避雨，而是在院子中间停住了。

有人从安东的房子旁边走了过去，脚下湿漉漉的沙子传出令人惶恐的沙沙声。

狗警觉地咆哮着，声音嘶哑，但晚了，因为那个人已经走远了，朝邻居的房子走去。这声咆哮，从喉咙里挣脱出来之前，就像火山一样穿过狗的身体，把同时是仆人和主人的奇怪感觉又还给了狗，这种感觉在其他任何动物或人身上都不会表现得如此强烈。

它立刻又恢复了活力，但它变了，它的动作变得更加迅速，也更细心——你试着从它旁边过一下，它朝你这边这样一个动作都会让你的心脏抽搐。

午夜过后，雨停了下来，但它是逐渐慢慢走远的，如果你径直穿过菜园冲到曾经是泥炭沼泽的草地上，你似乎甚至可以跟上它。但感觉却好像忽然就雨过天晴了。大自然褪去了睡意，但沉默着，好像一动也不想动，就像是日常单调的琐事还没有给她形成一个严格的日间节奏的少妇，按那种节奏就没有时间躺在床上消磨漫长而甜蜜的清晨时光。

门后响起了空桶叮叮当当的声响，在门廊上坐了一整夜的狗，猛地朝门口的方向扭过头，却没有起来，仿佛和用一夜时间被自己身体焐热的水泥长在了一起。"你们看，我已经在这里坐了几个小时，守护你们的安宁，就是为了赢得你们的原谅。"它的眼睛似乎在说。

空桶又一次叮当作响，好像撞在了什么东西上，门开了，睡眼惺忪的格莉娅走到了院子里。她不悦地咂了咂嘴，转过

头,瞥了一眼已经被蓝色充满的天空,喃喃地说道:

"最好是烧了,这个闹钟!"

然后她把目光转向邻近的院子——好像没看见院子里的巴芙琳卡老太太?但院子里是空的,牲口棚也锁着,说明女邻居还没出来给牛挤奶。

这给了格莉娅一点点安慰,但没有给出主要问题的答案——现在是几点。

这时她感觉到了自己身上被凝视的目光。格莉娅甚至没有弄懂,这是从哪里、从哪个方向、谁的一双透视的眼睛正在看着她,但头却不知不觉地转到了街道的方向。女人看到了狗——它就坐在原来那个地方,随时准备着,只要叫它,它就会扑到主人的脚下。

但格莉娅并没有叫它,而是把醒来后自己身上的怒气一口吐了出去,并看了一眼表:

"滚开,混蛋!"

狗跳了起来。期待着女主人因整夜的值守而给它一点爱抚,它向她那边挪过去,但立刻又停了下来,因为撞见了她凶巴巴的目光。

格莉娅以自己的方式理解了它的动作,惊恐地朝狗抡起了挤奶桶。

"滚开!滚!

权衡了一下自己的实力,她叫道:

"安东!过来,把它赶走!"

狗没有等安东出现,转过身慢慢地、沉重地挪动着爪子,走向略微打开的大门。

出门前,它转过头,停了一分钟。但眼中已经没有任何的请求,甚至是惋惜。眼里凝固的只有痛苦的困惑:为什么?还有什么是它应该为他们做却还没做的吗?……

奶牛,占据了整条街道,带着牛粪和去年干草的气味。狗,坐在栅栏旁边,狼狈地看着牛群,耐心地等着它们从旁边过去。一头后背上带着白色补丁的黑色小牛犊停在了狗旁边,伸长脖子,用大大的眼睛盯着它:你是谁?

狗龇了龇牙,喉咙里发出威胁性的咕噜声。小牛犊跳了起来,更多的不是惊慌,而是俏皮,仿佛是在邀请狗玩追逐游戏。它先逃了。狗没有动,等着睡眼蒙眬、看着脚下的年轻放牧人过去,然后才起身并慢慢地继续走自己的路……

它又重新在每家大门口停下来,长时间地又听又闻。

它走进一个小院子,院子里除了一条紧贴窗户下面的狭窄小路,都长满了密密麻麻的草。狗走近门槛,除了疲惫,它感觉不到任何东西。筋疲力尽地趴在了地上。

村庄里的人们正在醒来。有的院里有人在敲门,有的院里敞开的牲口棚里被吵醒的饥饿的小猪仔不停地走来走去。只有这个院子里一片寂静。甚至附近连鸟叫声都听不见。老房子,像一个聋哑的老奶奶,对一切都漠不关心,用这些空空的窗户看着外面的世界。似乎窗内不会有任何生命,窗内同样是散发着潮湿味道的无声的空虚。

没想到门里传来了沉重的脚步声,门槛上出现了一个矮个子男人,从他长着浓密的胡楂子和略显扁平的脸上,很难弄懂他的年龄。四十？五十？还可以假设得更多。

看见狗，男人先是沉默地、惊讶地盯着它，然后用略带惊恐的声音大声说道：

"你可真狡猾！"

狗立刻听出来了，这句突然冒出的话没有什么善意，于是警惕地看了男人一眼，立即伸出爪子，把头放在爪子上：别赶我走！是你们——人只教会了我这一点——忠实地为你们服务，为什么现在就不需要我了呢？

"你从哪跑来的？"

狗对这个不得当的问题没有做出任何反应。

"走吧，走吧，躺我脚下干吗？"男人说，声音里带着谨慎，好像是在请求，无精打采地挥了挥手。

狗哀怨地呜咽了一声——暂时男人手中还没出现棍子或石头，还可以试着乞求能让它留在院子里。它最后的力气是随着沉重的呼吸从张大的嘴巴里出来的——似乎它们来自它肚子里的某个地方，现在那里完全空了，肚子被抽搐得钻心的疼痛。狗饿得连喉咙里都没了口水，好像口水都咽进去了，一点也没剩。

"你可真狡猾"！男人大声说。"你真是个狡猾的流浪汉！想让我拿点什么招待你一下吗，啊？"

那人走进屋里，很快就拿着一片面包回来了。他掰了一块，扔给了狗。

"给，吃吧。"

狗在空中就接住了面包，既没咀嚼，也没体会味道，就吞了下去。

面包甚至给它感觉很粗糙,很费劲地穿过干燥的喉咙。

"你可真狡猾!"男人惊讶并带着一丝责备地说,"这要是苍蝇也吞下去了。你这是吃什么都行啊。"

他又掰了一块,扔给了狗。

这次面包在嘴里停留的时间长一些。狗贪婪地嚼着。

"这就对了,"男人夸了夸它,"给你的这是面包,可不是什么土豆。你可以细细品味。它有时比蜂蜜更香甜。可是你把它吭哧——一口就吞下去了。"

这时,从旁边的房子里走出来一个胖胖的女人,还不算老,她站在门槛上喊道:

"雅诺克,过来,我给你倒点牛奶。"

狗把头转向旁边院子的方向,然后把目光转移到了他的恩人身上。啊哈,它好像想说,你叫雅诺克啊?

"牛奶?"男人很高兴。"等等,我去找个罐子。"

"我先倒到我的罐子里,然后你再还给我。"

雅诺克把剩下的面包扔给了狗,匆匆去了邻居的院子。

狗把这块面包也叼在了嘴里,雅诺克到了邻居那里,它也吃完了。舔了舔嘴,它把头贴在爪子上,闭上了眼睛。如果不看它那警觉的耳朵,人们会认为狗睡着了。但它已经把雅诺克当作了主人,虽然很困,但它知道,他回来之前,它必须守护着他的房子。

"雅诺克,"声音从旁边的院子里传过来,"你能不能把我那头小公猪的电线系紧点?总拱,真恨不得它死了得了。现在都快从牲口棚钻出来了。我会给你一些鲜牛奶的。"

"你可真狡猾。"雅诺克失望地呼了一口气,意识到这牛奶还得拿干活来换。

"系紧点,雅诺奇卡①,系紧点。我自己对付不了它。"

"当然!你这可不是小公猪,而是老虎!你把它喂那么大自讨苦吃。和它斗,就像上战场一样!"

"是啊,是啊,对付它谁都没用!"

"这个,斯捷潘诺夫娜,上战场前都会给一百毫升,而你却给我牛奶!"

"这个没有啊,雅诺奇卡,什么都没有。没有我上哪弄去?"

"什么叫上哪弄?别人从哪买你就上哪弄呗,——商店啊,如果没人自己做了。"

"现在哪还有什么商店?什么时候商店会开!听着,我最好还是给你切点萨拉吧。我知道你没有。"

"我什么都有,斯捷潘诺夫娜。"

"哎,没有任何东西会从天上落到你头上的。哪来的?我不知道是不是啊!"

"斯捷潘诺夫娜,等把你的那个能跳的杀了,我们就可以吃萨拉了。你先准备一下去商店。我会来吃午饭,我会在你的猪鼻子里塞一根电线,他会变得特别聪明,甚至上厕所都会请假,嘿嘿—嘿!不过你也别害怕,伏特加这东西,你自己也知

---

① 雅诺克的爱称。

道，更多的时候是为了做事有条理。我喝上五滴——对我来说够了。"

他沉默了一会儿。

"牛奶呢，你可以现在就给我，如果你还没有改变主意，否则最后就是，我白跑一趟。我还有一大堆事呢。"

雅诺克回到自己的院子，惊讶地大声说道：

"你可真狡猾！你还在这儿？！"

狗躺在他离开时躺的地方，忠诚地看着他的眼睛，伸出舌头，大口地呼吸着。

"你怎么，决定留在我这里了吗？你喜欢吗？那你就住这，既然喜欢。"

雅诺克消失在房子里，半天没再出来。最后他出来了，手里拿着一小碗大麦粒。看到碗，狗站了起来，但主人说：

"这不是给你的。你，我看得出，是条懒狗，只会躺着。我凭什么要喂你呢？"

狗内疚地低下头，再次躺下，伸出前爪。

雅诺克打开了一个建在房子旁边的鸡舍的门，一只鸡立即跑到了院子里，又瘦又脏，尾巴上带着扯掉的羽毛，可能体重都不会超过精心饲养的雏鸡，尽管它已经很老了。

雅诺克给鸡撒了一些麦粒，一边往屋里走，一边对狗说：

"你现在就是要看着，别让它到田畦里去。"

狗看了鸡一眼，不满地嘟囔着。

雅诺克又不见了很长时间。当他终于出来的时候，手里仍然拿着那只碗。这次狗甚至一动都没动，但雅诺克自己开始叫它：

"哎，你叫什么名字？波尔坎，过来！"

狗站起来并走到雅诺克跟前。碗里竟然是昨天的汤，为了调味，竟然加了油渣。

主人在鸡舍里用锤子敲打了很长时间，然后拿着铲子，开始在田地边界上挖被风吹掉的干樱桃。

狗一直躺在院子里。它用汤战胜了饥饿，但不知为什么，疲劳感并没有消失，而且一直怎么也缓不过来。

午饭后，主人去给邻居的小公猪把电线拧紧。狗听到小公猪尖叫，女人还添油加醋地、同时威胁和怜悯地说："啊！啊！你死了才好呢！明天我就杀了你！"主人高兴地喊着问道："怎么，小公猪，不想在鼻子上戴个环吗？傻瓜，你将成为村里第一个美男！城里已经有人这么戴了。"

然后一切都安静了下来。主人并没有很快回来，从他的步态中很容易猜到他喝的不是五滴，而是一整瓶。

"波尔坎，到我这来！"主人从远处喊了一声。

狗站了起来，摇着尾巴向他走过去。

"好样的，波尔坎！"

说话，和迈步一样，对雅诺克来说都很困难。他从狗身边过去，甚至没有抚摸它，在院子里摇摇晃晃地朝厕所的方向走了过去，厕所就在鸡舍后面，像一个歪歪扭扭的椋鸟窝。

这时他看到狭窄的田畦上有一只鸡，田畦上种着洋葱、白菜和胡萝卜。

"阿克什！"雅诺克喊道。"阿克什！你钻哪儿去了，混蛋！"

他的舌头含糊不清，把这些话变成了完全没有威胁的咝咝声。母鸡把头朝着声音的方向转过来，但一分钟后又用爪子开始刨。

雅诺克找了找，想用什么东西打它，都没找到，其实自己也没寄什么希望，他朝狗喊了一声：

"波尔坎，抓住它！把它赶走！"

狗像风一样从雅诺克身旁飞奔过去——他还什么都没明白，它就追上了鸡，用爪子把它按在地上，咬住了它的脖子。然后不慌不忙地走了回来，把死鸡放在了鸡舍门口，自己也没有躺下，而是在旁边倒了下去。它的爪子僵硬，头开始晕，所有的东西都开始在眼前飘浮，于是它闭上了眼睛。

雅诺克半天没有清醒过来。

"你干了什么，你这个混蛋！"最后，他不知所措地嘟囔了一句，"它是我唯一的一只。我把它……"

雅诺克没有把话说完。他的目光落在了插在地上的铲子上。他小心翼翼地，仿佛害怕似的，把它从地里拔出来，用听不见的、出乎意料的均匀和清醒的脚步走到狗的身边。铲子刚一拍在狗的头上，狗就抽搐了一下，雅诺克吓得往后一跳。但一分钟过去了，又一分钟过去了，狗再没有动。最后雅诺克壮起胆子，走到狗跟前，用铲子把它翻到了侧面。狗的眼睛是闭着的。

"死了。"雅诺克惊慌失措地说。对狗的愤怒突然消失了。即便不是今天，明天鸡也得剁了，只要它自己不死。"你可真狡猾。"他叹了口气。

现在需要考虑的是,波尔坎怎么处理。

雅诺克转动着手中的铲子,以防万一,用它戳了狗几下,再次确信它已经死了。他用一只手抓住它的前爪,把它拖到了菜园边上。狗,虽然瘦得可怕,可还是相当重的。雅诺克回忆起,所有死去的人不知什么原因都会变得沉重,并心想:"狗也一样。"

走了几米后,他停了下来,把铲子插到了地上,把狗留在菜园里,进了屋。过了一分钟,他带着一条几处已有洞的破旧麻布回来了。雅诺克把狗放在上面,把麻布卷起来,扔在了肩膀上。

天空又笼罩了乌云。雅诺克刚到草地上开始挖坑,就开始下起了雨——又冷又密。雅诺克更快地挥动着铲子,但雨也加剧了。雅诺克又挥动了几下,就放弃了。他艰难地挺直了湿漉漉的后背,看了看坑:还没有半米。但又不想回去。雅诺克抓起狗的前爪,把它拖进坑里,匆匆撒上了土——只是为了让它不被看见。

雨下了几个小时。突然,撒在狗身上的土动了一下,好像在感叹,把狗的身体留在土里太早了。或者,也许迟来的狗的灵魂正在寻找一个向上的出口?

又过了一会儿。雨停了。土又动了一下。然后——再次动了一下。于是,土开始往上升——越来越高,仿佛想从什么还没有真正属于自己的东西里解放出来。起初,土只从狗的背部散开,然后从头部。然而,狗很长时间都没有从坑里爬出来,为了甩掉一个无法让它呼吸的、莫名其妙的重量,它用尽了全部的力气。

直到快到早上的时候,感觉自己又可以动了,它才从坑里爬了出来,并不太自信地走了几步——先是朝一个方向,然后朝另一个。狗不知道去哪里。非常饿,但不敢去村子里。然而,只有在那里,它才可以暂时把饥饿驱赶。于是它的腿自己把它引向了村子。

离菜园越近,它就越开始感觉,死亡就在那里耐心地等着它,死亡本身看不见,但却从四面八方看着它。

狗还是不敢回到村里,偷偷地在菜园里步履蹒跚地走着,经常停下来并长时间地嗅着空气的味道。但现在,不知为什么,它什么都闻不到——只闻到它的汗水和血,还有把它浑身弄得脏乎乎的潮湿的沙子的味道。就好像土只是暂时把它放开,正等着把它带回去的那一刻的到来。

突然从谁家的院子里传来一个女人的声音:

"莱克斯!你在哪,莱克斯?过来,我给你点吃的!"

狗打了个寒战,朝传来声音的方向转过头。它感觉,这是在叫它。

你的灵魂充满光明

"你应该与你的梦轻松地告别,就像和春雪告别一样。"从前每次当我跑到厨房,跑到她身边告诉她我在梦里梦到了什么,我的曾祖母费多拉都这样对我说。而其实,我的梦在从卧室出来的路上就常常忘记了。"你看,如果你希望你的梦不被遗忘,你醒来的时候,需要把它像诵读祈祷文那样出声地重复一遍,最好是马上把它记下来。"

那时我还不会写字,但自从我开始梦见这个小女孩,差不多近十年来,我一直在使用我曾祖母朴素的科学方法。

她跟我说话的感觉,好像我不认识任何哪怕是长得像她的人。她也不可能认识我,因为在我的梦里,时间滞后一百多年。

我在笔记本上记下了我的梦,好像用一根蓝色的线把层层记忆缝合成一个整体。我会发现,对于一个旁观者来说,这些梦很可能不会令其产生任何兴趣,哪怕只是因为我是怕遗忘而匆匆写下的,可以说,我是记下了要点,在笔记本上写的有时都是一些不完整的、乍一看不连贯的句子。然而,对我自己而言,每句话都有很多含义,他们是音符,而我是从这些音符中能听出非凡音乐的音乐家。每次当我把目光扫向我的笔记时,这个小女孩立刻就会出现在我面前,一切就会从头开始,从她迎面扑向我并堵住了我的去路那一刻开始。她手里像抱着哺乳期婴儿一样抱着一只黑色的猫：

"不要去那里。"

这时我才看到前面是一座陌生的庄园。我的左手边，在一个石基上，矗立着一栋有六扇窗户、算上门厅有15米宽的房子。右手边挨着房子是一排牲口棚：看起来在宽大的门里养的不仅有猪，还有牛和马。牲口棚后面有一个阳篷，再往前，院子的对面——有一个比房子稍大些的打谷场。

"我们这是在哪？"我问，但没有听到自己的声音。

"在家里。"小女孩一边赤脚走着，一边笑了起来，膝盖以下盖着一件亚麻白衬衫。

外表看她大约六岁。可能和那只静静地躺在她怀里、用好奇的眼神看着我的猫差不多。

"这不是我家啊。"我无声地反驳说。

"你对自己了解得太少了！"小女孩略带责备地说。我心想，她的心智比她本人的年龄要大。

"那我为什么不能去那儿呢？"

"因为我们这里可能有霍乱。"她说，好像在说一只守护主人宽敞宅院的恶狗，"上周霍乱还在波德列西耶，那里死了很多人，但离这里很远。而昨天费多拉从戈罗维奇接走了普拉弗洛茨基和加娜阿姨。而他们的村庄离我们很近，风都能把所有的消息吹到我们这里。还好霍乱是从村庄那头进来的。爸爸说，如果还来得及，我们就应该切断它的来路，不让它传到我们这里来。"

"会是这样？"我很惊讶。

"今晚人们把整个村子都用犁耕一遍。霍乱越不过犁沟。"

"那如果越过来呢？"

"爸爸说，那我们就得试着讨好它。"女孩没有立即回答，这时候我突然感觉她很害怕，"在波德列西耶郊外的梅德维季奇，所有的猫都被活埋了，所以霍乱没有碰那里的任何人，而是转身朝我们这一方向来了。"

我沉默着，不知道该如何回应她的话。而最终终于开始涉及我，说起她最害怕的。女孩把猫递给了我，并说：

"你把它带走吧，否则它也会被活埋的。"

***

"我母亲这边的所有祖先家里都养过猫。"我的曾祖母费多拉喜欢一边抚摸着膝盖上黑色的不列颠懒猫，一边重复这样的话。她那时已经九十多了，而我，是一个晚生的孩子，像冬天的太阳，那时还没上学。我们俩——一个老太太和一个小小孩儿——正好彼此互补，这样就可以把我们俩一整天独自留在家里，而既不用担心我们会饿着肚子，也不用担心会有人打开厨房里的煤气，但忘记按电打火的按钮。曾祖母负责做吃的，而我监督煤气，这对我俩这种情况非常合乎逻辑：胃负责饱，大脑负责安全，曾祖母的阿尔茨海默病已经开始了。

我的父母，特别是母亲，不喜欢猫，但不列颠猫是和它的女主人一起搬到我们这里来的——从利亚霍维奇地区搬到明斯克。当时在那里，一个外来的住乡间别墅的人已经远远超过本村人的小村庄，在近亲之中，除了我父亲，再也没有可以照看她而间接又能得到她房子的人了。最终的结果是，在我们狭小的两居室住宅里，我的房间成了曾祖母的。"别担心，不会太久的。"母亲试图安慰我，"你先和我们一起睡。我们给你弄张折叠床。"

猫的名字叫查理——为了纪念查尔斯王子，英国女王伊丽莎白二世的长子。

"它，这只不列颠猫，和英国女王一样。"我的母亲对此会说，而我会挑剔地看着它，我感觉，女王就应该像它这样：美丽、严肃、不姑息她王国里的任何人。另一方面，我非常希望我的父亲有一天能祖护它一下，哪怕一辈子只有一次，如果不是为了我或者为了曾祖母费多拉，那至少是为他自己。

诚然，曾祖母和查理对母亲的话都完全漠不关心，没有以任何方式表现出自己的不赞同，好像是在谈论关于占领我们单元地下室的那群猫的领头的斑点猫一样。当母亲不在家时，曾祖母会教我了解猫的习惯，理解它们的语言，并给我讲与我们祖先养的猫相关的非凡故事。那时我还不知道杜撰——也是真理，只不过是用另一些话讲述出来的，就像不可能两次踏入同一条河流一样，也不可能两次讲出同一个故事：每次听起来都会不同。当曾祖母强调"那是很久以前的事了"的时候，我正处于那个天真快乐的年龄，这种强调下意识地形成了一种我对她在人世间永恒存在的信心。虽然强调本身和所谓的我在家里经常听到的"老年性硬化症"毫不相符。

我第一次相信了她惊人的记忆力，是在八月的一天，那天父母把曾祖母接到明斯克来养老。早上,父母还睡着的时候,她悄悄地把我叫醒,并把睡眼惺忪的我带到了菜园后面一片宽阔的草地上。草地上没有路,我们赤脚走在柔软的草上,踢着上面冰冷的露水,脚已经因露水冻麻木了。我忍受着,就像一个忍受着双手捆绑被带上断头台的蒙难者。

我们走到离菜园大约五十米远的地方,停了下来。亮白色的太阳已经脱离了地平线,但它还没有给人带来温暖——哪怕你把它贴在胸前。

曾祖母张开双臂,好像她想拥抱周围的一切。

"你看,孙子。曾几何时,这里的一切都是咱们的,超过二十俄亩的份地,这得有多少啊!还有那,"她指了指邻居的菜园,"那也是咱们的地。每个人都有马、牛、猪、羊。花园里有十个整木掏空做的蜂巢。但花园留下来的早就只剩下气味了;现在有时我从这种气味中醒来,看看窗外,可窗外什么也看不见:玻璃都上冻了……"曾祖母还在不停地说着,领着我顺着原路往回走,好像一下子在一瞬间对周围的一切都失去了兴趣。"战争带走了花园,也带走了我的兄弟们……一开始是来了士兵:快跑吧……可能,半村子人都加入了难民的行列……而父亲哪都没去:很好理解,离开家园,和离开亲人一样……而当森林后面开始响起可怕的爆炸声时……他给我套上一匹马……我就和小点的孩子一起……去了伊瓦采维奇的郊外,去找姐姐……一匹马这才剩了下来……"

我跳过了她的半句半句的话,这时在想,如果邻居家砖房所在的土地今天仍然属于曾祖母费多拉,又会怎么样。也就是说，我当时在想，这栋房子也会是我们的了。我承认，和曾祖母的房子相比，我更喜欢它，我会很高兴地同意去那里度夏。从另一方面讲，这意味着现在住在里面的每个人都会住在其他房子里。也许就住在我们村。只要不是我一周前认识的阿列西娅，我会接受这个选项。让她一个人住吧，我心想，没有注意到我的思绪已经偏离了最初的话题。但我立即就告别了这个过早成熟的梦想：不幸的是，阿列西娅和我一样，只有六岁。

***

  同一段时间对于每个人来说，流动的速度各不相同，所以有些人一辈子都会觉得，他们刚刚开始生活，而另一些人却感觉，他们已经过了好几辈子。生活中孩子们经常感觉比自己的父母还要年长，而妻子经常把丈夫当作孩子一样对待。

  找到一个人，如果他的时间能和你的时间以同样速度流动，是幸运的，而我因这种幸福而快乐已是第十一个年头。他，或者更确切地说，她的名字叫阿列西娅。我们有很多共同的东西，以至于我们可以在明确的现实世界中开始，在梦中继续，而又在现实中结束我们的谈话。

  最近几周，我们一直在谈论我们的猫，我们感觉，因为这些谈话住宅里散发着更多的药的味道。

  这一切都始于阿列西娅带猫去兽医诊所，年轻的医生做出了令人失望的诊断：慢性肾功能衰竭。她回到家里，仿佛刚参加完葬礼，她所有的话和她的状态让我感觉完全是荒谬和陌生的：仿佛是某个人在用她的声音说话——那个人的财富取决于每天到他这里来看病的患者的数量；那个人；可能，已经给我们的吉什卡指定了手术的日期，他坚信，不做手术怎么都不行。

我感觉，这一切我都是大声说出来的，并准备继续说下去，想让阿列西娅相信，没什么可怕的，这是一个错误，看看我们的吉什卡，哪像在生病……

但她战胜了我：

"医生说它只能活三个星期，不会超过的。"

我想对阿列西娅说的一切，或者几乎一切，她一小时前都和医生说过，并听到了我现在从她那里听到的回答。"如果你不想看到它受苦，不如让它安乐死。""这不可能。""我理解您。您一般给它吃什么？""它随时喜欢吃什么就给它什么。""很遗憾，如果您还继续用以前的食物喂它，它，最好的情况，也就能活几个星期。我再说一遍：最好的情况。如果您想让它和您在一起的时间稍稍长点，就别再给它普通的食物了。""那给它吃什么呢？""您应该每天给它输两次液。您可以带它来，比如我们诊所，治疗两个疗程，也可以在家。但我再重复一遍：努力延长它生命的同时，您这其实只是在延长它的痛苦。"

"我说了，我们会在家里给它输液……"

当然在家里，我心想：每次去诊所对它都是很大的压力，也是对我们的折磨。这之后，我才想起了维罗妮卡——今年毕业于医科大学的阿列西娅的表妹。

第二天，家里出现了导管，注射器，带有补充液、利尿液和营养液的皮下滴管，全新包装的胶布，无菌擦拭布：我们不会放弃。医生有的是知识，而我们有的是信心，此时我们毫不怀疑，在某些生活环境中，信心的意义比知识更大。

"猫有灵魂吗？"有一次在教堂里我们曾经问过一个年轻的助祭，我们去那里买蜡烛，当时快过圣诞节了。

"主说：'大地按类夺去生命的灵魂，四条腿和爬行动物、野兽均以类分。历来如此。'"助祭说道，并补充说，"每个动物的灵魂就是它的血液。"

"但血液不是永恒的。"

"是的，每个动物的灵魂的天性与人类灵魂的天性不同。"

"就是说，它的灵魂不会去天堂，也不会去地狱，当天国降临时，它将不会复活？"

"圣典中关于这点什么都没说。"助祭在停顿了很长时间后回答道，"我们面前是一个谜，它将随着天国的降临而揭开。如果我们回到圣父之言，那么他们对这个问题的思想会完全不同。"

"我应该问他自己相信的是什么：相信动物的灵魂会复活，或者死后变成泥土。"我们离开教堂时，阿列西娅说。

"为什么要问？"我耸了耸肩，"每个人的知识都是一样的，而每个人的信仰都是自己的。有人多一些，而有人少一些，因为他总是质疑。他的信仰会给我们带来什么，而且他的信仰比我们的好在哪里？成千上万的其他人的信仰或不信会给我们带来什么？难道他们会影响我们的信念吗？和一个唯物主义者的邻居谈论动物灵魂有何意义,如果他甚至连自己灵魂的存在都不相信?"

　　我感觉,我几乎是逐字地重复了阿列西娅自己曾经和我说过的内容,但我不记得是什么时候、在什么情况下说的了。有几分钟,我们一直沉默着往家走。还是没想起来,我似乎还在继续着我们的谈话,心里想,这个世界上的一切都是相对的,包括人和动物相比的优势。当然,其他被创造出来的东西都没有人类这样的智慧,但这种智慧赋予了人们什么呢?是让人类放弃新的战争,还是帮助人类找到了治疗所有疾病的办法?让我们更善良,更公正?而除了人本身,它给让我们赖以生存的星球带来了什么呢?难道因为它地球变得更永久、更适合生活在它上面除了人类的每个生命?我们认为自己是大自然的王者,但在数百万年人类存在的过程中,我们还没有摆脱掉任何一种自己致命的罪恶。同时,如果我们认可动物也有灵魂,就不能不承认它们的灵魂比人类更纯洁、更光明,它们不知道贪婪,不知道虚荣,也不知道嫉妒,以我们道德的角度来评判的一切不可接受的东西,在动物的行为中,都表现在生存需求上,而不是在道德败坏上。

　　与助祭的短暂会面已经过去了三个月,但是,众所周知,只要至少有一个谈话人还记得,任何谈话都不能被认为是结束了的,并且每个大声说出的字都已经属于每个听到它的人,每个人都可以把它当作一个捡到的东西据为己有。因此,所有这三个月之中,在思考动物灵魂之时,我们似乎感觉家里一直有一个年轻的牧师。

"动物在行为上永远不会像生病时那样与人相像。"可能,在我们开始给吉什卡输液几天后它也会这样说。我们准备了一条毯子把猫包起来,以防他开始挣脱。但毯子一直在我手上。吉什卡令人惊讶地平静地允许阿列西娅把自己放在熨衣板上侧身躺下。维罗妮卡用剃毛器剃去它前爪上的毛,好能看到静脉,然后用酒精处理剃光的地方。这时它一动不动地躺着,伸长脖子看着墙上的一个点儿,没有任何反应。它对阿列西娅温柔的抚摸一样漠不关心,只有在她们开始绑止血带时才小心翼翼地抬起头。维罗妮卡拿起导管,但她刚一把导管挨到静脉上,我就受不了了,转过了身去。

"安静,安静。"阿列西娅重复了好几遍,可以认为,她这是在对我说。"这样就没事了。"从她的声音里听出了放松,于是我的目光也立刻回到了猫的身上。

维罗妮卡已经用胶布把导管固定在爪子上了。然后把滴管插进了导管里。最难的事已经完成了。

吉什卡又在看着那个我看不见的点儿。我用手轻轻地抚摸着它的后背。吉什卡把头转到我这边,我们的目光相遇了。有一阵儿,除了它那双蓝色的眼睛,我什么都没看见。中间的瞳孔眯成了黑色的细缝。我甚至感觉,我看它也是在违背我的意愿,好像它和我的眼睛都变成了一个整体,这个整体是深不见底的,但不是不能表达的深度。然而,这个深度的语言我并不是靠听力捕捉到的:它是被我皮肤的每一个细胞感觉到的;可能动物就是靠看着对方眼睛来感觉的。不是靠听觉,而是通过皮肤传达给我,猫什么都懂,并且比我还了解:它知道它在地球上的时间快没有了。它今天的温顺只是为了让我们放心,让我们相信我们已经尽了我们所能,而不是出于对康复的希望。

"请你再坚持哪怕三个星期吧。"我用目光请求道,同时也深知我请求的天真。

三个星期后,7月21日,是吉什卡的生日。其实,我们并不知道它确切的生日。只不过我是在7月21日那天在路上捡到它的。那是在四车道的沙兰戈维奇大街上,就在这条街道被第五条带浅色草坪的隔离带一分为二、从明斯克西郊的环形路下穿过的地方。我需要去一个离环形路大约一百米的公交车站——如果违反交通规则,从那里过马路,而不是通过人行横道。如果走人行横道距离会增加一倍。我决定违章,不顾路上相当多的车。而且,还得看着点脚下,以免在相当陡峭的土坡上绊倒,坡上的草已经很长时间没有割过了,因为那年的夏天很热,没下雨,变成棕红色的草几乎没有力气继续长高。我刚谨慎地向前迈了几步,就听到了一声狂叫,就是那种无论是人还是动物,往往因为意想不到的剧痛所爆发出来的叫声。在第三条车道上,一辆"尼桑"——灵车颜色的越野车高速飞驰而过,一只灰色的小猫躺在虚线旁边,慢慢地蹬着爪子,好像在空气中寻找一种支撑。在这样的时刻,我们的思想和行动往往会变得不可预测,甚至疯狂。我刚一看到"尼桑"后面还有人从城市方向沿这条车道驾车飞奔,甚至没打算减速或换到旁边车道时,我突然想,几乎是在祈祷:但愿他不会给这只不幸的小猫带来更多的伤害,让它遭受更可怕的折磨,如果一旦它跑到了车轮之下,那就让它一瞬间摆脱现在的痛苦。我的想法是纯净的，但也是仓促的、错误的，而上天则是以自己的方式决定的：一辆饱经沧桑的灰绿色拉达飞驰而过，并没有碰到小猫。这时，我做了我在正常状态下永远不会做的事情。在某种出离愤怒中，我跑下斜坡，然后，在柏油马路上，假装平静地、慢悠悠地走着，眼角的余光注意到另一辆小轿车像一个红点一样在接近，我在这个可怜的小动物旁边停了下来。在这个时候，对我来说全世界的汽车都变成了一个怪物一样的杀手，我想告诉它："你撞倒一只小猫很简单，同样简单地撞倒一个人你试试！"红色的奥迪，恼怒地朝我的背影按着喇叭，从我旁边飞驰过去。我小心翼翼地把小猫捧在手里，生怕给它带来新的痛苦。它试图挣脱，发出带威胁的嘶吼声。我感到我的喉咙里涌上来一种止不住的笑："哪儿你也跑不了，你这个小恶魔：如果你还有足够的力量挣脱并恶狠狠地咝咝叫，那证明你还能活下来。"

我把小猫带回家，当天就和阿列西娅带它去了兽医诊所。医生是一个长着郁郁葱葱小胡子的中年男子，胡子几乎盖住了半个鼻子。他并不是很专心地听了我的讲述，给我感觉是这样。我讲完时，他说：

"好吧，那就给它拍个 X 光片检查一下。"

他毫不客气地从阿列西娅手里抓过小猫，消失在了旁边的办公室里。过了差不多十五分钟，他带着一个年轻的、头发蓬松的女助手回来了。她双手温柔地将我们的小猫按在她的胸前，耸了耸肩说：

"你们很幸运：这位年轻的患者所有的骨头都完好无损。

现在我们给它建一个患者卡片。请问患者叫什么名字？"

阿列西娅和我不知所措。

"名字我们还没想好。"

"你们想一想：侯爵、伯爵、库兹亚、小雪豹……"

阿列西娅看了我一眼说：

"吉洪①。"

"你们觉得他会很安静吗？好吧，好吧……从颜色来看，这是暹罗猫。蓝色的眼睛、强壮的下巴和尖尖的尾巴都表明我们眼前这只小猫，乍一看不是暹罗品种，而是从它衍生的泰国品种。奇怪的是，这样一只纯种小猫是怎么到了环形路那里呢。"

"吉洪的意思就是'幸福的''幸运的'。"阿列西娅笑了笑说。

我感觉，对吉什卡来说，和我们一起生活的十年真的很幸福和幸运。一般认为，泰国人的做法是一个家庭的理想选择，他们以同样的爱心对待孩子和宠物。在这种环境中，猫所有的能力都会很好地展现出来，包括记忆和执行主人某些命令的能力。但后一个事实对作为暹罗寺庙里古代僧侣的泰国人似乎没有任何意义，因为他们将它们置于人之上，并相信猫能陪伴死者的灵魂到另一个世界。今天没有任何人能说出这样的信念来自哪里，但是，从一些书面资料来看，几个世纪以来，能够用眼睛与猫交谈的僧侣曾享有特别的尊重。"灵魂映在眼睛里，

---

① 俄语是"安静"的意思。

正如天空映在水中。"有一次,我心想,因为我发现了吉什卡行为中的一个惊人特征:周末有机会多睡一会儿的时候,它会耐心地在床沿等着,当我睁开眼睛的时候,它对我手脚的动作也不会做出反应,只有当我们的眼神相遇的时候,它才会猛地跑过来并在身旁躺下,等待爱抚。"猫对人的要求比人对猫的要求更多,"我笑着说,"那到底谁才是家里的主人呢?"

曾祖母费多拉和我们住了两年。到了我要上一年级的时候,春天时她开始教我认字。

"你长大后想成为怎样的人?"曾祖母问我,似乎她对每个职业都有自己的教学体系。

我耸了耸肩。

"那你长大后成了怎样的人呢?"

"上帝赐给了我帮人治病的快乐,"曾祖母回答说,"你想成为一名大夫吗?"

我又耸了耸肩。

"你也别急着回答,孙子。现在是怎么培养大夫的呢?靠书。读完了这些书——你就成了一名大夫。一切都写在书里:既有得的是什么疾病,也有怎么治疗这种病。你的曾祖父曾经说过:医生自带着所有疾病,所以才了解这些病。"曾祖母叹了口气,并补充说,"别着急,心自己会告诉你它想要的是什么。"

我们坐在厨房的桌子旁,曾祖母把一本旧的、发黄的书在我面前展开。

"这是《白俄罗斯列曼塔尔》,"她解释说,"这是白俄罗斯第一本阅读书。用现在的话说就是识字教材。我就是用它来教我的孩子们阅读的。"

于是她开始向我示范这个或那个字母的发声：首先是所有的元音（她发音为"samagalosnyia"），然后是辅音（"sagalosnyia"）。几天后，我已经可以用音节阅读了："ko-nia, ko-niu, pu-lia, ko-ni, ka-tok……"

我妈妈从一开始对我的学习就很赞成，但有一天，在听了我们说话后，她来到桌前，从我手中拿过列曼塔尔（识字教材），翻了翻，并在我曾祖母的面前挥了挥说：

"你为什么用1906年的书教他？这都是什么词：耽搁、未尽之言、异邦词？他秋天就要上学了，如果到时候他不说逗号，不说逗点，而说弯钩，课堂上别人会嘲笑他的。"

曾祖母内疚地叹了口气。妈妈拿走了列曼塔尔，我再也没见过它。但我的家庭学习并没有止步于此。曾祖母偷偷地开始用新的报纸和书籍提高我的阅读能力。当我们独自在家时，她就会从一个深灰色、中间镶着灰色玻璃门的壁橱里拿出那些书；玻璃门里摆放的是密密麻麻的一排排水晶餐具。我就是这样第一次认识巴尔扎克的。按音节读巴尔扎克的书，我不太明白，但这些陌生的单词的声音给我留下了深刻的印象。潜意识里，我觉得声音是将我们与整个动物世界联系在一起的语言文字最大的奥秘。

在学年的第一天，我把一本全新的《识字教材》带回家，这是学校图书馆发给我的。曾祖母仔细地翻看了里面的每一页，最后说，好像在对我说话，但同时又好像是对我的母亲说着自己的总结，妈妈正在打电话，似乎也听不见她说什么：

"好书。我那本也是好书。每一个词语都来自上帝：新词也好，老词也好，认识的词也好，不认识的词也好，怎么能嘲笑它呢。"

我答应母亲，放学后马上回家去看着曾祖母费多拉，以免，上帝保佑，她把厨房里的煤气开着却不点火。当然，我也没有完全信守我的承诺，下课后我也会和同学在街上疯跑一两个小时。当我回到家时，我每次都会看到曾祖母膝盖上抱着查理坐在圈椅上。她不是在看电视，就是在打盹。孤独渐渐让她对一切既若有所思，又漠不关心。"你回来了？学习怎么样？"她通常会问，但随着时间的推移，她的问题给人的兴趣越来越小。有一次，她在一天内问了我两次她经常提的问题：第二次，我并不是从学校回来，而是从厨房出来。她的记忆力减退开始越来越频繁地表现出来，并涉及各种尽人皆知的日期、名字、事件，以及不关浴室里的灯或把衣服穿反。

"我们必须采取点什么办法。"母亲严肃地说。

我父亲在厨房里打开了一个小抽屉，燃气表就藏在那里，然后关掉了开关。

"她不知道有这个开关。我们做饭的时候把开关打开，别让她发现。"

就这样过了秋天，又过了冬天。

有一天，我放学回家，看到曾祖母的眼睛里含着泪水。两滴透明的泪珠，仿佛被粘住了，怎么也不能从眼睛里滚落出来。曾祖母的手在膝盖上发抖。我吓坏了，把手放在她的手上。两滴泪水几乎同时落在了我的手上。

"再不愿意到我这来了。"曾祖母说。

"谁？"我小声地问，几乎是轻声。

"查理。"

我扫了一眼，找了找猫。查理正侧躺在厨房里，艰难地喘着气。我想把它抱在怀里，但曾祖母阻止了我：

"别，别碰。它现在需要自己待着。"

早上，我被厨房里的争吵声惊醒。母亲和曾祖母在喊着，但我知道父亲也在那，因为妈妈的话基本是对他说的："你是彻底傻了！……你为什么听她的呢？！……今天是星期五，你应该上班，非要跑到村子里干吗？……"

屋里很凉爽。我看了看表：我还能在床上趴半个小时。

然后曾祖母走到我床边，穿着灰色的土布大衣。怀里抱着查理，查理一动不动地躺着，似乎睡着了。

"想摸摸它吗？"

我从温暖的被子下面伸出手，抚摸了几下它的背。查理的尾巴尖微微抽搐了一下。

"你为什么要去村里？"

"房子已经近两年没打开过了。而房子和人一样，偶尔也要让它呼吸一下。"

"你还会回来吗？"

曾祖母没有回答，只是点点头。

"那你为什么要带查理呢？"

"让它也呼吸呼吸健康的空气。"

曾祖母星期天晚上回来了，没见查理。

我和她坐在沙发上，眼泪，沉重得像锡铸的，慢慢地从我的脸上流下来。

"所有的猫和狗，当它们感觉到死亡将近的时候，就会离开主人，在他永远都不会看到它们的地方死去。就像是从我们这里重获自由回到了很久很久以前离开的家。从前，它们来到人们这里，是为了把我们变得更好，但它们一直在大自然中寻找自己最后的安身之所。所以不要打扰它们，也不要为它们感到难过，安德烈伊卡①。"

我相信曾祖母的话，并感到因为她的话心里变得轻松了一些，但脸上滑落的眼泪却更多了。

从那天起，曾祖母完全封闭了自己。乍一看，阿尔茨海默病似乎已经离开了她，但这只是因为曾祖母在屋子里很少走动，也几乎不说话。

夏天她去世了。曾祖母被葬在家乡村子附近的墓地。

我最终也没有如她所愿成为一名医生。但是，也许正是因为她，我才感受到了词语的吸引力和字里行间所蕴含的美妙音乐，学会了几门外语，并选择了语言学研究这一职业。

那个夏天我就已经知道，有一天我一定会有一只猫。

---

① 安德烈的爱称。

***

但我想不到它会这样来到我家。也没想到,为了拥有和它在一起的幸福,有一天我将不得不承受失去的痛苦。

家里没有人提起关于这种失去的临近,但在我们的言谈举止中可以感觉到。就像有一个看不见且无所不能的人在时时盯着我们,而且他能未卜先知。他知道的比我们多这一事实压迫着我们的心脏。有时我感觉,我都能听到他的呼吸声。

吉什卡越来越没有力气。我们逐渐明白,通过注射来支撑它的生命,我们同时也是在让它受尽饥饿的折磨。一天早上,我和阿列西娅刚刚醒来,它出于习惯跳上了沙发,片刻之后,它身下的白色床单上散开了一个潮湿的淡黄色斑点。我看到,它感觉特别不舒服,因为它也看见了:它看着我的眼睛,哀怨地喵了一声,声音很长,但几乎听不见。我明白了:这是哭泣——羞耻和绝望的哭泣。

"我们的猫是世界上最乖巧的。"十年之中我们一直自豪地和所有人说,但很少有人拿这些话当真,并相信我们的话没有任何夸张的成分。宠物就像自己的孩子:每个人的孩子——都是最听话,最有才华的。但我们并没有试图说服任何人:这又是一个信仰的问题,或者更确切地说,是灵魂的问题。

这样过了两周。有一天,阿列西娅刚醒就提议说:

"我们带吉什卡去村里吧。"

我不知道如何回应她的话,因为我不知道她现在在想什么。很多年来我第一次感觉到阿列西娅的心好像和我的分开了，我只能听到阿列西娅大声说的话。有几分钟我一直沉默地躺着。

"你认为那里会有奇迹发生，吉什卡会好起来，还是你希望那里能有奇迹发生？难道信仰这么快就离开你了吗？"阿列西娅没有从内心深处给出答案。

当八月的太阳还没有来得及晒干早晨的清新时，我们来到了村子。我们把猫笼放在房子附近的一条狭窄的沙质小路上，打开了门。吉什卡半天没有爬出来，当它最终爬出来时，并没有像以往那样开始探索领地，而是从小路上走下来，躺在了草地上。

中午，阿列西娅去看望她的父母。"草太高了，应该割一下。"我心想，并开始在小屋里寻找能换的衣服。我找的是最破旧的衣服：用割草器割完后，需要马上换掉衣服，以免把垃圾带进屋里。我找到了膝盖上方有一个整洁补丁的夏季亚麻裤，然后就坐在了简易木床上：还什么都没干，但不知为什么，身体已经变得沉重了。

吉什卡出现在了门槛上。它转了转头，好像对周围的任何东西都没有认出来，然后慢慢走过来，躺在我光着的脚上。它下面的毛是湿的。一股怜悯的热浪涌上了我的喉咙，我小心翼翼地把脚抽出来，拿出一罐酸奶油，往猫的盘子里舀了几茶匙并放在了吉什卡面前。令我惊讶的是，经过近两个星期的饥饿，吉什卡对提供的食物还是没有反应。然后我往另一个猫碟子里倒了一点干猫粮，但吉什卡也没有碰。于是我明白了，猫已经完全失去了嗅觉。吉什卡也缓缓地走到了院子里。

在阿列西娅回来之前，我就收起了碟子，再次坐到简易木床上。曾祖母费多拉从对面墙上镶着玻璃框的、大大的黑白肖像上看着我。照片上，她大约四十岁，虽然也不敢确认。当时，当地的摄影师为了取悦他们的客户，使他们的外表更年轻，更有吸引力，要么就是为了掩盖他们的摄影经验不足，经常拿起铅笔过分修饰肖像的底片。

我记起，我的曾祖母把查理带到村庄，后来当她告诉我为什么它从房子里出走并且永远不会回来时，我哭了，我感觉现在我真的很想听听她的建议和安慰的话。但从肖像上看着我的几乎是一个陌生的、和我毫不相关的女人，她的脸还不会很快就变得衰老。她没有给我任何建议，也没有给我一点同情，因为她的嘴唇上掠过的是一丝无忧无虑的微笑。

"关于亲人，我们在他们活着的时候比他们死后了解得更多。"我悲伤地点了点头。曾祖母费多拉活了将近一百岁，我对她的了解可以在学校的笔记本上写上几页。我对她命运的兴趣很晚才开始表现出来，当时我已经结婚了，而且我和阿列西娅分开住，这种兴趣很长一段时间不时出现。那时我偶尔和父母一起去村里，并且在那里经常会谈起过去。曾祖母的房子，父亲一开始登记在了自己名下，后来改在了我的名下："你们想怎么处理就怎么处理吧，从菜园里得到的还没有花在汽油上的钱多。"房子在母亲看来太小太旧了，所以她一共只去了几次。"曾祖母费多拉是从哪里弄到的列曼塔尔呢？"有一次我问父亲。"那能从哪儿：她自己就教过书。教村里的孩子们识字。""她不是医生吗？""她的丈夫是外科医生，你的曾祖父。

她在他身边积累了一些治疗的经验。她自己用草做过各种药物。也是,她很早就守寡,再也没有结婚。"

我们躺下睡觉已经是半夜了。我们沉默着,但在寂静中也听不到我们的呼吸,这意味着我们还没有睡意。吉什卡躺在门槛上。过了一会儿,它站了起来并跳到我们的沙发上。我把我俩中间的被子掀起一点,它爬了进去。

"它冷了。"阿列西娅叹了口气。

我把被子稍稍往下放了放,但给吉什卡留下了一个狭窄的空间。大约过了十五分钟后,胳膊就酸了,并开始轻微颤抖。吉什卡感觉到了,就跳到了地板上。

屋里一片漆黑。"可能是半夜了。"我心想。

吉什卡喵了一声,要去院子里。我的心因不祥的预感而颤了一下。

"要不,我们让它去门厅吧。"阿列西娅建议说。

我们夜里总是把它放到门厅里去,它喜欢从那里顺着梯子爬到阁楼上。"但是阁楼上有很多洞,穿过这些洞可以爬到院子里。"这个想法,不知为什么,直到现在才浮现在我的脑海中。我又想起了曾祖母费多拉和她说过的关于查理出走的话。我意识到我还没准备好让吉什卡走。这超出了我的承受力。

终于,窗外开始变灰,窗内昏暗的光线带着一丝模糊的希望。我看了一眼地板。

"吉什卡没了。"我的声音里带着惊慌。

阿列西娅猛地跳起来,屋里都找遍了,然后从桌子上拿起一个手电筒,开始往黑暗的角落里照。她把吉什卡从床下面最远的角落拉出来，放在了我俩中间的被子上。吉什卡静静地躺着，只是呼吸很快。突然，呼吸被一个不自然的长而沉重的呼气打断了。每隔一分钟重复好几次。我感觉，这是它的灵魂要出来，但某种力量在迫使它回去。

"它小小身体的后半部已经完全冰冷了。"阿列西娅带着哭腔说。

过了十分钟，她问我：

"你怎么想的，我们把我们的吉什卡埋在哪儿？"

***

第二天夜里，我又梦见了这个小女孩。梦始于我在我们的住宅里寻找她的黑猫，却怎么也找不到。我担心它会离开家去死，但这时我忽然明白：它不应该死，它还很年轻。我看到我们住宅的门是半开的，就跑到楼梯口。但还是没有猫的踪影。从一楼飘来一股户外清新的气息，我沿着台阶冲下楼，一分钟跑了四段楼梯。

我跑出单元门，突然发现自己在一个熟悉的庄园附近。

"猫！"我向一个陌生人喊道。"我的猫不见了！"

"别着急，"身后听到了一个孩子的声音，"它在这呢。"

我转过身，看到的还是那个小女孩。她把猫抱在怀里，对我微笑着。

"难道你不知道，即使要走上几百千米，所有的猫都能找到回家的路吗？"

"那霍乱呢？你不怕有人把它从你这里抓走吗？"

"再没有霍乱了，"小女孩高兴地说，"爸爸把村子周围都犁过了，这样疾病就越不过犁沟了。"

这时，一个女人的声音从某处叫了她一声：

"费多拉，你在哪里，快回家！"

"我得走了。"小女孩的声音里听得出一些不舍。

她叹了口气，蹦蹦跳跳地朝自己家院子跑去。

理想的读者

老师不能梦想有一个理想的学生,因为理想的学生总是会比老师更优秀,这就让老师在内心深处会感觉自己不完美。同样,外科医生也不能梦想有一个理想的患者,因为如您所知,理想的患者就是一个无法治愈的病人,哪个外科医生愿意承认他的医术无能呢?

然而,世界上有足够多的职业,其从业者可以梦想他们才华的消费者是理想的。

我还记得阿什哈巴德土库曼斯坦大饭店的一个厨师。我在参加国际书展的时候,曾有机会在这个饭店住了整整一星期。我很喜欢那里晚餐的手抓饭,于是我对那个叫阿塔穆拉德的厨师说,希望我的妻子也能了解这种美味,问他能不能告诉我手抓饭的配方。

但是阿塔穆拉德摇了摇头说:

——这是阿古尔扎利手抓饭。要掌握其烹饪的全部秘密,必须是五代以内的土库曼斯坦人。为了感受其真正的味道,必须是土生土长的松巴尔河流入阿特拉克河那个地方的人。

——"为什么一定是那里呢?"——我问。

——"因为阿古尔扎利手抓饭里边加的番红花和粗子芹,就是从那里给我运过来的。因为那里有吃当地新鲜牧草生长的羊,阿尔古扎利手抓饭用的就是这样的羊肉。因为我就出生在那儿。每当我做阿尔古扎利手抓饭时,我都会满怀温柔和爱意去回忆我的家乡,而这种温柔和爱意会赋予这道菜特殊的风味,只有那些像我一样曾经生长在那里的人,在松巴尔河流入阿特拉克河那个地方的人,才能感受到这种味道。"

阿塔穆拉德梦想着能有一个理想的访客来到土库曼斯坦大饭店,能够在他的菜肴中感受到爱与温柔的滋味,而我则梦想着我理想的读者。

我喜欢这样写书,每写几页,就走出家门,去城市的公园和花园、大小街道、商店和咖啡店走走,坐坐公共汽车和地铁,去观察人,试图根据人们的面容认出——首先是,我这本书为谁而写,谁能准确无误地体会到哪些页面让我受的煎熬最多,以及在哪些地方我曾停下来在城市中漫步。

理想的读者只认可原文,而不是译文,因此译文会极大地缩小我寻找的空间,也就是说,增大了找寻到它的机会。同时,今天能让理想读者出现的这一空间已经太小了,而且每年都在缩小。

是的,我写作所使用的是很少有人用它去阅读诗和散文的语言。

我知道阿塔穆拉德对此会这样说:"您看到手里拿着热狗的人越多,我就越想做美味的手抓饭。"

有一次,我和阿塔穆拉德在诗人卡拉贾奥兰纪念碑附近的长椅上坐着时,我问他是否认为他确实没有那么多机会,能在餐厅见到曾经生长在松巴尔河流入阿特拉克河那个地方的人,因为土库曼斯坦大饭店的绝大多数客人都是来自其他国家的游客。阿塔穆拉德回答我说：

"等待的人有四双眼睛，他同时眼观这个世界的四个方向。而停止等待的人一双眼睛也没有。我很少与餐厅的顾客交谈，所以我也不确定他们当中是否有过曾经生长在阿特拉克山谷的人。也许昨天就曾来过，但他太饿了，心情又不好。那些饥饿的人，和那些没有心情的人一样，即使坐下来吃饭，也无法品尝到食物真正的味道。也许他现在正坐在餐厅里，也许他明天就会到来。因此，我做手抓饭既是为过去、将来，也是为今天而做。期待可以帮助我保持良好的状态。我担心会失去这份职业，不是因为我除此之外别无擅长，而是因为那样我就将无法再去期待。"

阿塔穆拉德沉默了，仿佛在复原着自己某一个生活片段的最微小的细节，然后他回忆起了自己是如何遇见一个杰出人物的，用他的话来说，他遇见了白俄罗斯钢琴家瓦连金，这位钢琴家最终也没有等来在大型舞台上的功成名就。他是和哥哥安德烈一起来到阿什哈巴德的，哥哥在苏联解体前曾在这里做过军官，并有一个女儿玛丽娜与土库曼斯坦人结婚后就留在了这里。阿塔穆拉德和玛丽娜的住宅只有一墙之隔，声音穿过这面墙就像阳光穿透树木的叶子一样。因此，七十岁的瓦齐加在周末给玛丽娜女儿上的钢琴课（人们说她会把一个戈比放在一个空的钱包里，然后能从里面拿出一个卢布），对阿塔穆拉德的儿子来说就是免费的馈赠。

阿塔穆拉德本人尽管热爱音乐，甚至不会错过歌剧院的任何一次首演，但对记谱法却敬而远之，因为他认为，一个人只能从事一项职业。这就是他一直都在思考的职业,甚至做梦也会思考,就像不可能同时在一个大锅中既做烤野生水禽又做手抓饭一样,因此也无法同时去思考不同的工作。

一天晚上,阿塔穆拉德听到有人开始在隔壁弹钢琴。这不是邻家的女儿,也不是七十岁的瓦齐加:演奏得不仅专业,而且极为精湛。并且,演奏的是拉威尔的《D大调左手钢琴协奏曲》。这尤其引起了阿塔穆拉德的兴趣,因为对于一个有两只手和十个手指的人来说,演奏为一只手而写的音乐,就像拥有健康双腿的人却拄着拐杖走路,这是不祥的预兆。

阿塔穆拉德从椅子上站起来,一分钟后已经站在瓦连金的面前了。当他们认识的时候,阿塔穆拉德没有开口说话,只是看着他的眼睛,但通过握手表明,瓦连金的右手少了个无名指。

作为一个有真正职业的人,即使在谈论其他事物时,他也会思考自己的职业,瓦连金听什么都是音乐,用音乐家的眼光观察一切。在回明斯克前的最后一天,他烤了一个大海绵蛋糕,并让玛丽娜邀请阿塔穆拉德过来话别。蛋糕看起来像是螺旋状排列的钢琴键——52个键是白色的,而36个键是红色的。在最后一个键——第五个八度的"都"的上面,立着一个巧克力高音谱号。瓦连金说每个键的口味都不同,就像每个键实际上都有自己的声音一样。要感觉到蛋糕真正的味道,您需要用勺子按照单手弹奏某种旋律时的按键顺序将它们依次舀起来。不同的旋律都会赋予蛋糕不同的风味。

当瓦连金给在场的人讲述的时候,餐桌旁一片沉默。除了瓦连金和玛丽娜的女儿以外,没有人了解谱法,所以在场的每个人都不敢拿起勺子去舀这个共享的蛋糕。

这时,玛丽娜从桌子旁站起身来。她用小刀把无声的按键都切了下来。

阿塔穆拉德看到瓦连金的右手颤抖了一下。

"我建议……"玛丽娜大声说。可还没等她说完,她的女儿就从桌子旁站起身来,冲到门前。于是玛丽娜也沉默了下来。

"怎么回事?"玛丽娜在她身后大喊道,"瓦连金叔叔在开玩笑呢!哪来的什么音符,什么旋律啊?!"

我问阿塔穆拉德,他是否知道瓦连金现在在哪里,在做什么。

"很遗憾,我不确定他是否生活得幸福,所以也就无须去向玛丽娜打听他的情况。"阿塔穆拉德说,"当一切都安好时,人们自己就会谈起自己的亲戚,而当一切都相反时,他们总是试图绕开这个话题。瓦连金自称为音乐家,过去比现在更辉煌,所以我虽然不知道他现在在哪里工作和做什么工作,但如果问我,来自白俄罗斯的瓦连金是一个怎样的人,我会毫不犹豫地回答:首先,是一位出色的钢琴家,其他的都不重要了。"

我看了看阿塔穆拉德的手,像一个二十岁男孩。

"也许他成了一个好厨师?"

"他的蛋糕里有太多音乐,"阿塔穆拉德笑着摇了摇头,"这就像在阿古尔扎利手抓饭里加入过多的辣椒一样。"

绝大多数作家梦寐以求的都是大众读者，而只有少数作家希望拥有一个理想的读者，他们非常清楚，理想的（即天才的）读者并不比天才的作家多。遗憾的是，找到一个人常常比找到成千上万的人更困难。那些1925年读过库帕拉诗句的人，是否就是他理想的读者：

> 整个世界都是我的家乡，
> 我转身离开家乡的土地……
> 但不是所有的苦难都已过去，
> 我的白俄罗斯，我的梦呓。

他们是否预感到（就像诗人自己在写下这些诗句时）等待诗人的会是早逝的命运？

理想的阅读像真爱：有了它，目光就会随着词汇飞奔，在一个整体上奔跑，就像在深入篇章以获取最大限度的享受之前，他会从如何构造句子并将篇章分为几个段落的感觉之中获得享受。

由此不难猜测，理想的阅读就像爱一样，它可能不会在眼前乍现，不是从初次接触篇章起就出现，而理想的读者可能对他喜爱的作者会逐步降温，并爱上其他东西。

最后一点，这也是非常重要的，为了拥有自己理想的读者，不一定必须成为天才作家，因为每一位具体的作者对创作的忠诚，有时就像爱情一样难以理解和无法预测。没错，我们必须承认，很多人在拿起一本新书的时候，首先注意的是光鲜的封面，而不是很快就被他们遗忘的作者的名字，因为对他们而言，阅读就是能打发掉闲暇时间，就像花掉增加钱包负担的零钱，因此他们会去买些根本不需要的东西。所以，有些放纵自己的年轻人首先注意的是少女的身材，而只需要一夜的女孩的名字，很快就被他们忘记了。

通常，我在城市散步时，会反复筛选头脑中的词语，就像挑选马赛克画用的鹅卵石一样：我将它们挑出来并放入句子中，以便以后将它们放入主人公的嘴里。有时词汇会出现冗余；也有时正好相反，会很匮乏；但无论是第一种还是第二种情况，并非每次都可以成功地组成句子，还能让这些句子之后又会变成单个的词语——那些平淡无奇的句子就是这样出现的。

有一次，就是在去过阿什哈巴德三年后一次散步的时候，我感到我头脑中发出声音的不是词语，而是音乐，而主人公说的句子都变成了音符。我想起了那个旋律：那是拉威尔的《D大调左手钢琴协奏曲》的旋律，那是他几年前写的，还是在他不再能辨识自己的音乐之前。我有保罗·维特根斯坦和皇家音乐厅乐团演奏的这场音乐会的录音。但是在当时，我头脑中只有三角钢琴的声音。于是我猜想弹奏钢琴的就是我从未见过的瓦连金。

这时，我才意识到在过去的三年中，我不仅没有忘记瓦连金，而且还下意识地想见到他。为什么直到现在我才意识到这一点？可能是因为我对去了阿什哈巴德之后的所有岁月的思考，都和阿塔穆拉德是一样的：杀死一个人的梦想，就不可能不深入他的内心。这样，就可以猜想到瓦连金害怕的是什么了。

奥地利钢琴家保罗·维特根斯坦的名字在音乐史上广为人

知。嫉妒他的人们说他的手指充满了能量，以至于弹钢琴时他的手指都没有触碰到琴键，这是他演奏技巧的奥秘，但这没有魔鬼的帮助是做不到的。作为论据，他们列举了这样一个事实，即维特根斯坦在第一次世界大战中失去了一只手，他用左手演奏的状态要好于用两只手，而如您所知，左手被认为是不洁净的，左手所做的事情都是在魔鬼的帮助下完成的。

维特根斯坦无疑是历史上最优秀的独臂钢琴家，但不是第一个，因为匈牙利伯爵盖扎·济齐于1863年狩猎时失去了右手，但并没有失去成为著名钢琴家的愿望，他花了近五年的时间学习弗朗兹·李斯特的课程，之后与他合作演出了两场，将李斯特的《拉科奇进行曲》进行了改编以适应三只手演奏。李斯特从他的学生那里体会到的最主要的一点就是，不应该只听钢琴的琴声，而应该倾听一个人的心灵之音，或者可以说，发出声音的不是钢琴，而是钢琴家的心灵。的确，正如李斯特的同时代人所证明的那样，当舞台上只有两架三角钢琴时，他和济齐坐在钢琴后，听起来就像是整个乐队都在演奏。

但是，维特根斯坦所能弹奏的，济齐却不会，这也使得这个匈牙利人无法成为世界上最好的独臂钢琴家。当他开始演奏时，观众总是惊讶于他用一只手熟练地演奏。而当维特根斯坦开始演奏时，观众就变成了听众，忘记了他只有一只手。

有一次，我一边在城市里漫步，一边思考，无意识地一开始是把目光投向路人的双手，然后是他们的脸，可能这一切瓦连金都知道，并且担心在我们务实而愤世嫉俗的时代，谈论他的演奏之前总会先谈论他那残废的手，对他的同情永远会超越钦佩。

但是，为什么在我们的生活发生了诸多变化的这些年中，他没有去经商呢？在当今这个崇尚赚钱技能的世界，他也可以成为很多人，那样就意味着与他见面的可能性如同现在落在城市路灯上的一只麻雀在飞翔中能嗦到一滴雨一样渺茫了。这可能会瞬间就发生，也可能永远都不会发生。

总的来说，我继续往下想，跨过我屋门的门槛，打开雨伞让它干得更快，——但总的来说，那个从未谋面、从未听过他弹琴的瓦连金和我又有什么关系，谁知道我是否会喜欢他的演奏，包括他本人。

我走到书柜前，看了一眼米洛拉德·帕维奇的书，摆成一排的四本书。曾几何时，一位熟识的女记者很赞赏地和我讲起过他。她在一家政府报社主持新书微评专栏，而且应该说，她的工作做得得心应手，但这也不意味着我就必须同意她对每一本新书所做的评价。因此，当从她的嘴里听到对帕维奇的赞美之词时，我并没有火速赶到最近的书店，而只是意味深长地笑了笑。当然，我在她讲述之前就曾听过这个名字，我知道帕维奇被认为是新文学中主要的神话创作者之一，并且他为此开辟出了一个新的方向：非线性散文。但是，我对各种后现代主义的事物保持着警惕，并且非常了解广告的力量，因此，我带着意味深长的微笑建议我的朋友说：

"你说出一句他作品中说过的话。"

她微微闭上眼睛，好像不希望在她说出这句话之前我就已经读过了似的，过了几秒，她说：

"时间，就像薄荷一样，只要播种，它就会发芽。"

当天我就买了四本帕维奇的书，但没有打开它们，将它们放在书柜里排成一排，喃喃自语："时间，就像薄荷一样，只要播种，它就会发芽。"要阅读一本好书，就需要根据自己的心态选择合适的时机，我意识到对我而言这一刻还没有到来。然而，和熟识的文学工作者一样，我开始自信地说："帕维奇无疑是21世纪最杰出的散文作家之一。"并时常回想起从那位政府报社专栏作家嘴里听到的那句话。这句话经常在我的记忆中栩栩如生，而且给我感觉每次都不一样，因此每一个新的情节都可以从这句话开始。我以为我会逐渐成为米洛拉德·帕维奇理想的读者，尽管我还没有读过他任何一本书。我一直拒绝自己的这个享受，想让自己对他如饥似渴，直到有一天我意识到自己已经不敢触碰他了，因为我怕对他感到失望，因为我想象中的帕维奇实际上可能完全不同，不是我需要的，即使他有三倍的才华又如何。

我很害怕对瓦连金感到失望是不是也是如此呢？

有一天，七月的一个闷热的夜晚过后，感觉枕头都能烧伤了我的脸颊，我的手机把我吵醒了。

"你好！你现在方便说话吗？"

说话？我感觉一分钟前我终于刚刚睡着了，所以，现在想说什么，等着我回答的人最好不知道。但要是说话，尤其是要和女人说话，在大多数情况下，得看她想从你那里听什么。

"你在单位吗？"

放假的第一天，我在单位干个鬼？

"哎呀，对不起！我想邀请您参加今天的正午直播。"

明白了。参加电台直播一般都提前约好，哪怕是提前几天。说明是有人答应了，但去不了。我本人在广播电台工作了14年，知道该节目的制作人在这种情况下的感觉，所以立即问清楚我需要什么时间出发。提前一个半小时——以免迟到。但是，实际上，我提前两个小时就出来了，在地铁雅库布·科拉斯广场站我下了车并出了站，沿着独立大街走到了广播电台。我需要调整好自己去进行直播对话。

我迎着阳光的暖流沿着大街走着。时不时瞥一眼我不认识的人们，将他们保留在我记忆中一分钟，然后将他们想象成我的听众。我在想，我应该和他们说些什么。

许多年前，还是我在白俄罗斯国立大学语言系学习的时候，我的朋友和同学米洛斯拉夫指导我如何参加文学考试：如果赶上了不走运的题签，那你就努力转到自己熟悉的话题并吸引老师进行对话。

在俄罗斯古典文学考试中，我抽到的是陀思妥耶夫斯基。并不是说我对他的创作知之甚少，只是他是我的考官最喜欢的作家。而且对于自己喜欢的人，他们经常会表现出嫉妒心理，在这种情况下，这可能会影响我的分数，因为很难取悦嫉妒的人。因此，我没有冒险，一开始对陀思妥耶夫斯基的小说表达了钦佩，同时强调我们对他的态度主要是精神上的，而不是审美的性质。总的来说，当我决定是时候开始远离陀思妥耶夫斯基时，我继续说，阅读文学作品让我们最大限度丰富自己，不是通过知识，而是通过信仰。艺术语言中的灵性是最强大的，因此它首先使我们充满信念,而不是知识。与科学,也包括文学不同,信仰将不同尺度的量值汇集在一起,在科学无法展现的层面上显示它们的差异。因此,从精神感知的角度来看,为了展示二者的差别,我们可以说:普希金是为所有人,而莱蒙托夫是为每个人。

讲完这些话后,一直盯着我的题签看的老师,仿佛正在把我所讲述的内容和题签上写的题目进行着比对,他猛地抬起头,我们四目相对,在他说给我打"优秀"之前的很短暂的时间里,我在他的眼中已经读出了他的这个决定。

后来,我在各种不同场合(例如现在)反复使用过朋友米洛斯拉夫给我的建议:我不知道广播听众会问我什么问题,但是我确定我肯定会给他们讲瓦连金的故事。

在广播开始前40分钟,我上了广播电台的二楼。心情很轻松,感觉心脏就像气球一样轻盈。我知道为什么:因为认识瓦连金的人有可能会对这个节目给出回应。也许是(虽然不太可能)他本人。

我停在门口,门上面有个小牌子写着"文学和音乐项目负责人塔奇亚娜·亚库舍维奇"。她办公室靠右侧的墙边有一架白俄罗斯牌钢琴。在我们还不知道任何计算机或互联网的时候,这架钢琴就已经在这里了,作曲家来电台时不是带着光盘或优盘,而是带着乐谱,然后就坐在这架钢琴旁,向音乐编辑展示他们的新歌。盖子是打开的,我感觉,空气中似乎还可以捕捉到刚刚演奏完的旋律的余音。

"请你告诉我,"我问塔奇亚娜,同时我仔细看着钢琴的琴键,"是否可以把蛋糕烤成琴键的形状呢?"

塔奇亚娜惊讶地,我感觉,也是警惕地看着我。我认为她是担心我会因为在度假期间被强拉到广播电台来而感到不满,因此我会在直播时乱说,于是我就向她讲述着关于瓦连金的故事。她听着,但很显然,同时在思考着自己的事情。她的眼睛没有直视我。我感觉,她认为整个故事都是我在来电台的路上臆想出来的。如果是这样,我就不会在直播中讲瓦连金的故事了。

最终,我们的目光终于相遇了,于是塔奇亚娜说:

"你知道吧,瓦连金是我的兄弟。"

我坐在一个四乘六的小房间里,每个东西都充满着音乐。当钢琴静默无语时,音乐并没有永远消失,就像任何东西都不会永远消失一样,它只是变成了耳朵所捕捉不到的另一种状态。一触碰桌子,触碰桌子上的活页乐谱,感官就会感觉到音乐的存在。它并没有永远消失,随着一年一年的流逝,它在这里积累得越来越多,于是现在房间中的所有声音都像音乐一样。

我坐在窗子对面的皮革圈椅上,瓦连金的脸忽明忽暗,他时而转向我,时而低垂向钢琴,左手轻轻地划过琴键,像是在抚摸。这是德国奥古斯特·弗斯特公司所谓的工作室三角钢琴,以其产品的声音纯正而闻名。我不需要向瓦连金讲述我们见面的整个背景。塔奇亚娜几天前已经替我讲过了。当然,我不知道她的讲述有多少与事实相符:不同的人说的同样的话有时也会传达不同的信息。

"有些人的自信会为他们开启一个新的高度，有些人的自信则会把他们带进死胡同。我感觉，我及时发现了这个前路上的死胡同，以便还可以转向另一条路。"瓦连金向立在钢琴旁边的高脚卡西欧合成器点了点头，"我成了一个编曲，买面包的钱是足够了。但问题不在这……"他把右手从琴键上抬起，立即又放到琴键上，琴键发出了一个哀怨的"拉"的音调。"只是我天生就不是一个杰出的钢琴家。"

"你本可以成为白俄罗斯最好的钢琴家，但却成了最好的编曲。"塔奇亚娜给我拿来一杯咖啡，将其放在扶手椅旁边的黑色玻璃桌上，然后她离开了房间，可能是怕打扰我们。

"阿塔穆拉德是一位出色的聆听者，先天就拥有出色的听力！多亏了邻居瓦齐加，他才很好地掌握了音乐理论，同时也没有放弃用心去聆听，而不是用智慧。但是，我的演奏有一个秘诀，他不知道。"

瓦连金说这些话时一直面带着微笑，好像是在开玩笑，但我坚信自己即将听到的将是对自己非常重要的事情。

"我是左撇子。对左撇子来说用左手演奏音乐更容易。我说完了。"

瓦连金的自白令我完全没有想到。

"告诉我，您听说过这种说法吗？就是左撇子的特征是所谓的同时视觉思维，而右撇子占主导地位的是线性顺序思维？例如，一个惯用右手的人拿起小说，读第一句话，分析，然后读第二句话，再分析。句子像珠子一样，依次串在情节的线索上，而惯用右手的人直到他停止阅读或完成阅读为止，在每个阶段都只记住小说中目光所及的很小的那部分内容。制作项链的右撇子只顾工作，只将目光盯在当时他要穿线的那些珠子上。左撇子对小说是同时阅读和分析。对他来说，小说不是项链，而是……嗯，我们可以说，是一棵新年枞树，在作者的提示下，他当然需要用像珠子一样的句子来装饰这棵枞树。在每个阶段，他看到和评价的都是整棵枞树，他的思想并不是严格遵循小说情节的发展顺序。他们时而返回到前边读过的页面，要么尝试预测小说后边可能发生的情节。在我看来，理想的读者必须是惯用左手的。"

我短暂地停顿了一下，以确信我的话没有引起房子主人任何讽刺的意味。我希望瓦连金与我争辩或同意我的观点，但他默默地带着几乎无法察觉的微笑看着地板，有节奏地点着头，好像是在和着他内心里旋律的节奏。

"不需要由我来给您讲，惯用右手的钢琴家和惯用左手的钢琴家在技术上同样能够很好地处理最复杂的作品，例如李斯特转录钢琴曲。当然，前提是他们俩都训练有素。"为了以防万一，我澄清道，"但是在演奏过程中，惯用右手的人只能按照键盘要求的顺序来复制手指的动作。因此，他听到的是此时钢琴键发出的声音，不多也不少。左撇子可以在三个维度上（过去、现在和将来）一次听到整首乐曲，这使他的演奏更加独特，更富有技巧，并且每次演奏时听起来都不同。至于您，还有一个更有趣、更罕见的情况，它让您的演奏、您的才华更具有独特性，您知道吗？我们在谈论歌剧演唱者时不会说他有天才的嗓音，而是会说这是一个才华横溢的歌剧演唱者。因为才华不只体现在声音之中。创作者的才华，在他的心灵里，在我们存在的数百万年中。我们对于心灵仍然一无所知。我们只能说它充满了我们整个身体，就像血液充满了血管，并对身体的所有问题都会做出强烈反应。因此，凡·高在切断耳朵之前和之后在某种意义上已经不是同一个画家。贝多芬也有两个，一个是听力正常的，另一个是听力丧失的。而且，第二个贝多芬创作了比第一个更多的著名作品。这话也同样适用于凡·高。但是，我来不是为了听您的精彩演奏，虽然我丝毫不怀疑您演奏的精彩。也许这样说更正确：为了不再听到您的演奏。自从阿塔穆拉德给我讲了关于您的故事以来，您的演奏就经常在我的想象中响起：拉威尔、勃拉姆斯、普罗科菲耶夫……那些作曲家为左手所写的那些音乐的演奏。而且还都是在最不恰当的时刻：当我坐在桌旁开始写一本新书的时候。它就开始干扰我的思路，我意识到：要想让音乐停止，我必须和您认识一下……"

当我从椅子上站起来告别的时候，天色已经晚了。

我不知道为什么，但是那时候我确信与瓦连金的会面是头一次，也是最后一次。而主要的是，我不知为什么倒希望这样。他身体微微下垂，站在我的面前，但他的嘴唇上仍然带着不变的、略微可察觉到的微笑，他比我想象的要矮得多，赤脚穿着灰色拖鞋。我看着他从昨天就没有刮过的脸，脸上是长短不一红色的胡楂子，我以为我见到的是另一个瓦连金，而不是阿塔穆拉德记忆中的那个。过去留给他的只剩下陈旧发硬的面包屑，他希望能把它们从记忆中抹掉，就像从桌子上清除掉一样。

就剩下最后一件我想从瓦连金那里了解到的事了。

"告诉我,您是怎么想到要烤一个钢琴键形状的蛋糕的呢?"

瓦连金似乎对这个问题感到很高兴。

"那不完全是我的主意。有一个举世闻名的意大利厨师安东尼奥·科鲁奇。他出版了一本书《意大利面与歌剧》,在书中介绍了十七种食谱,并附有一张包含十七部意大利著名歌剧的光盘。科鲁奇建议烹饪和食用特定的菜肴时,要听特定的歌剧,只有这样才能获得非凡的味道。"

塔奇亚娜把我送到了公共汽车站。

"怎么样?"她问。

"谢谢你介绍我认识你的兄弟,"我说,"他真的编了很多曲子吗?"

"是的。最近,他甚至收到了莫斯科的订单。"

"哦,这会挣很多钱!"

我听说我们许多年轻的音乐家都在努力"为莫斯科"工作,但是在当地的表演行业中,一切都被不同的势力范围收购和分割了,所以几乎没有外人可以深入进去。

"顺便说一句,他为《自由鸟》编了曲。"

我不太喜欢现代流行音乐,但是在我和塔奇亚娜告别后,这首歌一路上一直在我的头脑中挥之不去。原因在于,最近几个月在白俄罗斯的所有 FM 电台每天都在播放的歌曲《自由鸟》,其词作者是我。

诱惑指南

尚未开始发行的白俄罗斯第一本 ×× 杂志专访

这次采访的内容此前从未发表过。甚至可以说采访还没有结束,而且我想象不出边栏中可以写些什么。我不认为会是对我生平的基本陈述和我出版的书的平庸罗列,因为玛丽娜忍受不了平庸。

也许在边栏中她会写她如何迈过我家的门槛,街上吹来的过堂风透过敞开的窗户带给她丁香淡淡的气味,仿佛我手里拿着一束隐形的花。

——我忘了提前告诉您,我想和您谈的是爱情话题。您不反对吧?

但是,她的眼睛却传达出不一样的信息:她是故意事先没说的,对于她来说对话的开头很重要,以便马上确定采访的性质。这对我同样重要,于是我回答说:

——更准确地说,我想,您是想谈谈那部尚未写完的中篇小说吧,关于这部小说我在一期电视节目中由于疏忽大意曾说起过。

——怎么是疏忽大意呢?正如您自己所说,这是您自传体中篇小说《诱惑指南》的一个很好的广告。

她向我伸出右手,手掌朝下,以展示她的结婚戒指:

——我已婚!

——我不会再去实践了。

——什么?……

其实,边栏可以随便写什么内容,甚至可以什么都不写,就像她如果不把文章发给我校对,那采访本身也可以不发表一样。我发表时没有进行任何编辑,只是在开头和结尾进行了必要的说明。我之所以发表,是因为这部中篇小说本来就不存在,而且我想永远也写不出来。这一切都源于五年前的一次奇遇。那是六月的一个炎热午后,我打开家门,在楼道里看到一个美丽的年轻女子,她的模样一直在我脑海中挥之不去。

——我不会再去实践了。

我四十五岁,已经到了这样的年龄——给我感觉,明天的午餐比昨天的更美味,晚上的女人比早晨的更美丽,而从黎明到午夜的时间是如此漫长,以至于仔细地舔着晚上这个女人肩膀上乳白色月光的时候,都会忘记日出时对早上那个女人说过的话。

我是一个老单身汉,尽管这不是一种值得关注的生活惯例和方式。就我们通常赋予这个概念的意义而言,我从来都不是一个孤独的人。孤独——就是如果有人离开你,你就会感到痛苦。而如果你离开别人,就会有一种遗憾之中带着柠檬味道的满足感,这种遗憾最终会变成平静。而且,每个女人都会留给你不同的孤独感,这种孤独感是由她的身体气味、她的委屈和未兑现的诺言、她的笑声和眼泪编织而成的。每次当我刚有一点时间去享受这种孤独的时候，生命中总会出现另一个女人。

我一直从爱情之中吸取着它最好的养分，而不是把它当成一种习惯，就像一只蜜蜂总试图从花朵中采集更多的花蜜，直到花朵枯萎。

——在我看来，在这个比喻中您忘记了一个重要的细节：采集花蜜，蜜蜂最终会让许多人受益，而您所说的情况，带给女人们的只有危害。

——危害？女人喜欢满怀自信地责怪男人所做的一切，这种自信使任何理由都变得毫无意义。不过，有些东西我想澄清一下。

我对那些很好欺骗的年轻的小傻瓜不感兴趣，骗她们比乘着小船划过明斯克海还轻松。她们很容易同意你提出的所有要求，因为不想让自己的大脑思考问题。她们认为她们拥有永远的未来，而且只对自己承担道德责任，大家都知道，人最容易与自己达成妥协。

我对刚离婚的女人也不感兴趣，因为她们将每个新认识的男人都视为自己潜在的丈夫。

总的来说，我对那些在家庭层面对我没有任何需求，或什么都需求的女人不感兴趣。

因此，我卧室的门只对已婚女人开放。如果这对您来说还不够的话，我本人还没有跨过任何一个已婚女人的卧室的门槛。希望您会同意我的观点，已婚女人在改变之前会三思而行。这意味着她的行为不能被称为轻率。同时，在彻底改变家庭生活（或更简单地说是离婚）之前，她也会三思，而思考到最后时,她会因为自己的这些想法而感到害怕,以至于当她浪漫的恋情最终结束时,她会感到很轻松。

所以重要的是,我坚信这些女人中没有一个人会觉得自己受到欺骗,因为我不向她们当中的任何一个人承诺某种东西,而最后却不能兑现。

——但是每个女人明天所能拥有的都比今天更多,所以今天你抛弃她,也是在左右她的未来。

——已婚女人的未来都始于昨天。绝大多数妇女一生中只要背叛丈夫一次,就意味着背叛是天生固有的。导致报复心理的一成不变的家庭生活、委屈和冲突——所有这些被我们称之为背叛原因的东西,其实对于她只是一个借口。所以只要我们拥有的——都不叫爱,而我们所追求的——才是爱,因为我们一直期待着爱情能带来某种新的东西。

第一次看日出,并为这种美景而感动得热泪盈眶的人,可能会成为一个伟大的诗人,但每天早晨都在同一地点流着泪看日出的人可能只会成为一个疯子。

"我是一个从一而终的女人,我从来不会欺骗自己的丈夫,我只会爱他,一直到死。"我的中篇小说的一个女主人公宣称。我问她:"你记得你们是怎么认识的吗?""当然,"她回答道,"是在杨卡·库帕拉公园。我坐在长凳上,给松鼠喂了花生。我也有杏仁,但是我在什么地方读过,杏仁对松鼠有害。"顺便说一句,您知道,一个你问一句回答十句的女人,相比那些开始是在嘴上寻找答案,然后还得在眼睛里寻找的女人,更好引诱吗?

——您是认真的吗?

——我所了解的是,他们认识的那天是晴天,于是问:"如果有雷雨,你和他都只好待在自己的家里,那怎么办?明斯克有差不多 200 万居民,你们的相遇无非就是一场意外。在一周、一个月、一年之后,你可能会在同一个公园,或者在地铁里——在哪不重要,遇到你的另一个唯一,你就会暂时欺骗自己,说你只爱他,因此就背叛那个没见到的第一个人。"

顺便说一句,她已经离婚了:起初,她在丈夫那里看见的都是她想看见的东西,后来看见的都是她不想看见的。

——借助互联网,整个明斯克就是一个巨大的公共住宅,每个人都可以被看到,这为我们提供了很多选择的机会,这意味着偶然性的百分比降低了。而且,在亲自认识某个人之前,可以在社交网络上了解很多有关他的信息。

——我将网上的所有通信都复制到文件中,这些文件存储在两个名为"工作"和"私人"的文件夹中。我很少再看"工作"文件夹中的文件,而"私人"文件夹里的通信我几乎全能背下来。您永远不会在社交网络上发布自己不喜欢的照片,也永远不会通过电子邮件发送未曾经过深思熟虑、已经读了一百遍的求爱信,也不会从中删除任何不是从最好的一面概括您的内容,因为您要尽可能取悦收件人。有时会起作用,但是在虚拟的相识之后,您还是要回到现实世界,但在现实中不可能把一切都消除,有些东西会像阑尾炎手术后留下的疤痕一样永远留在我们的生活中。

"你星期一对我所做的让我倍感痛苦和伤害……第二天我

醒来时头很疼，因为我哭了半宿……然后我读到了你的消息，例如：'希望你睡得好，而我自己却做不到'，我对此的评价就像你每次的挖苦。这些天，想起你时，我感到非常难过。"

现在向您转述这封信时，我没有突发奇想，也没有随意删除任何词语。这和一位年轻的女士给我写的信有很大的差别，她给我的过去——也就是二十四年前写了封信，二十四年恰是我与她的年龄差。她几乎没有感觉到这种差异（我承认，为此我不得不付出很多努力），但是，她就是靠自己的这种戏剧性的含泪信件让我去感受她。

——您不相信年龄相差几十年的人之间会有爱吗？

——为什么呢，我相信。唯一的问题是，我们可以从这种爱中得到什么，我们将为此付出多少代价。站在河里，是无法让河流停下的。但是可以掬起一捧水让河流的一小部分停下来。问题是，抓住她的这种忍耐力能保持多久？时间也如此。不可能阻止所有时间的流逝，但其中的一小部分，即流经我们内心的那一部分，可以让它倒流。但是，很难长时间同时生活在两个时间维度里。

——您真正爱过您遇到的女人吗？

——那不用说。您知道，我不太相信理想的爱情，一见钟情，直到永远。这不是高级工匠缝制的私人定制西装。我在一家商店买西装，经常有这样的事，刚开始我觉得自己的身体不愿适应新事物，甚至想摆脱它，就像摆脱烫伤后的干燥皮肤一样。但是时间在不停流淌，它们慢慢就融合为一个整体，就感受不到它了。我的故事中的女主人公之一，在我们建立更亲密的关系之前，我们一起工作了近一年，后来她向我承认："你每天都穿西装打领带。突然在周日，我们在商店偶然遇到。这么长时间以来，我第一次看到你穿着毛衣，那一刻，在我看来，你看上去像一个家里的亲人，以至于我几乎无法自控想要搂住你的脖子。"

——您能与本杂志的读者分享一些诱惑已婚女性的方法吗？

——我担心，如果那样他们读我的中篇小说就会觉得没意思了。

——那他们什么时候才能读到您的小说呢？

——我想很快。我承认，尽管伍迪·艾伦的警告总是在提醒我："如果你想让上帝开怀大笑，请与他分享你的计划。"

这次采访是在对话中没有新闻评论的情况下发给我进行校对的，这是她——玛丽娜的权利，很显然她是想以后再发。我是通过电子邮件收到的，然后就一个词没动，第二天心怀感激地寄了回去。过了一个星期，又过了一个星期，但是玛丽娜没有任何消息。在采访进行过程中，大多数记者都还会做好连续几天与您通信的准备，但是当所有事情都达成一致的时候，他们马上就把您忘在脑后了。

但是，我知道这和玛丽娜应该没太大关系，可能是该杂志的发行出了严重问题，她不好意思告诉我。

但是我错了。大约一个月后，她向我的电子邮箱发送了这样一封信："我很久没有回信，深表歉意。现在我的心理状态不太好，因为一切似乎都很令人恶心，包括对您的采访。当我采访了您并准备出版时,我感到很高兴,因为我是以记者,而不是已婚妇女的身份,对我们的谈话做出的评价。您有没有设身处地为受害者想过……抱歉,是为那些女人想过?当然想过,因为您可是作家。您可能认为她们应该感激您。为什么呢?因为您轻松自然地向她们展示了:她们比自己认为的要更好,她们创造的价值比现在拥有的要大。您为她们营造了很多小小的节日般的欢乐,并让她们相信,她们的生活中应该每天都有这样的小欢乐。这是您关于诱惑指南的重点,难道不是这样吗?但是我怀疑您是否为每一个过完这个节日的女人设身处地地想过。而且,您甚至无法想象被抛弃的感觉:当感到自己的面前就是深渊,而却无力退回来。于是……"

信到此就中断了。这封信让我非常震惊,以至于我在最终开始去写回信之前,很长一段时间都无法集中自己的思想。我本想告诉她一些非常重要的东西,但是这些话她没有听进去。当反复阅读写好的这封信的时候,我看到的完全是另一封愚蠢的信,而不是一分钟前我脑海里的……

我花了两个星期徒劳地等待着回信,直到有一天我想起了她的话:"有了互联网,整个明斯克就是一个巨大的公共住宅。"我不费任何力气就在脸书上找到了她的页面。"保存"里最新的信息属于一位我不认识的年轻女子,她伤心地简短告知说,玛丽娜没了。当天我就和她通了信,从她那里得知玛丽娜与丈夫吵架后,从十楼跳了下去。

我不知道她是否读了我的最后一封信,信中我为自己愚蠢地接受采访感到懊悔,为这个旨在吸引人们去注意那本尚未写完的中篇小说的游戏而懊悔。天哪，我是一个离婚的单身汉，我的一生中只有一个女人——我的妻子！我在报纸和杂志上收集有关家庭变故的故事，将其剪下来并放在书桌最上面的抽屉中，以便日后可以把最有趣的用在我的中篇小说里。我收集了很多故事，在涂层纸上把我所能看到的四十九个有线电视频道上所有的舞台明星和电影明星的求爱故事都记录下来。收集这些故事的时间越长，就越停不下来。当桌子的大抽屉装满时，有一天我打开它，上面的剪报和涂层纸像飞蛾一样飞落到地板上，我感叹道：整个世界都已经掉进了家庭变故里！最可怕的是，人们还在不知羞耻地在公开场合谈论，竟然也没有受到观众的谴责！诗人出书，书里会有前妻和情妇的照片，以及曾经写给他们的诗。电影首映式上演员们都承认，导致他们陷入家庭破裂的爱情浪漫故事都始于电影拍摄中的亲密场景。我没有在电视节目中说我的中篇小说是自传体小说！我说它几乎就是纪录片。而今天，人们对自传体小说已经是另一种理解了，别无办法。我本想用真实的主人公和真实的故事来填满这部中篇小说，就像密密麻麻的罪人充斥着地狱一样。最好这会是一部地狱小说——让它接受上天的审判。

但是，很可能它将永远也写不出来。

（辛萌译）

逃向雨的尽头

"下雨了。"妻子望着窗外,若有所思地说。

这是他们沉默很久之后,妻子对他说的第一句话。

他抬起头,两眼惺忪地向电气火车的窗外望去……是的,天在下雨,打在窗户玻璃上的雨点形成断断续续的雨线滑落下来。他又把目光转向坐在对面的女儿:她静静地躲在角落里,把自己喜爱的芭比娃娃放在腿上,外面的一切似乎对她来说都无所谓。

他很害怕女儿这么安静,但又不想打扰她,因为他心想:说不定她正在回忆什么美好的事情呢。

"如果坐公交车,就能恰好在下雨前赶到!"妻子遗憾地说。

当然,乘坐电气火车是他的建议;否则,他们就得经过"那个"地方。这点他和他妻子都很清楚。但是无论如何,她都不会沉默。妻子就是这样的人:如果她想像狼一样吼上一嗓子,那么整个世界都该跟着她难受!

他一直望着女儿,盯着她的额头,目光落在女儿左边眉毛上红褐色的细细的疤痕上。

"卡佳,想吃什么吗?"妻子问道。

女儿摇摇头。

"安德烈,你呢?"

他跟卡佳一样，丝毫不差地摇摇头。

"随便吧！"妻子叹了口气，把汉堡重新放了回去。

过了半个小时，车到了一个被密密的阴森的树林紧紧包围着的人烟稀少的小站，雨基本上停了。安德烈一只手拎着大的旅行包，另一只手伸给女儿。从火车站到岳母家所在的村子有一条直直的路，这条路穿过一条公路，然后顺着山坡，通向村子里的小路。

在穿过公路的时候，有几辆车在他们面前驶过，女儿的手紧紧地抓着他的手，他觉得好像一股电流从手上到全身，然后一直流到心脏，心肌以前所未有的方式收缩了一下，然后加速跳动的心脏又恢复了往日的律动。

岳母就是妻子变老后的复制品，在他对妻子生气的时候，有时会像魔术师一样，用想象力把妻子变成岳母的样子。他们走进岳母家院子门口的时候，岳母正在整理院子；看到他们进来，她高兴地"哦"了一声，放下盛水的桶，就冲了上去。她拥抱并亲吻了她的女儿；她没有亲吻女婿，只是翘起干干的嘴唇在他的脸颊上碰一下，但是他连这个亲吻的动作也没有做。然后她俯下身看她的外孙女，突然她的下巴抽搐着，颤抖起来。

"这是我的小外孙女啊！"

"妈妈！"妻子不满意地说。"她不能激动，我跟你说过……"

"啊！啊！"老妇人突然像受到惊吓一样，急忙躲开外孙女。

妻子帮助妈妈收拾桌子,然后将他们随身带来的一瓶苦艾酒放在桌子上。

"卡佳,你吃饭吗?"妻子问道。

"没事,我一会儿再吃,可以看一会儿电视吗?"

"看吧。"妻子叹了口气说,"你先吃块饼干吧。"

当女儿走出厨房,穿过正房的门时,岳母压低声音问:

"你们到底出什么事了?给我好好说说。"

他从椅子上站起来。

"你去哪里?"妻子问。

"去抽支烟。"

她从来不直说这发生的一切都是他的过错。她通常都是像在自言自语,但不管怎样都感觉是在说他。"假如我在家,不去妹妹那里,我无论如何不会放手让她去的。"

"你也会放她去的!"他不止一次地想大喊一声,"他们不仅仅是我的朋友,也是你的朋友。谁能想到会发生这样的事情!"但他从未对妻子大声喊叫过,甚至没有试图为自己辩解过。他明白,在不幸发生之后,每当提到女儿的时候,她总是重复"假如……"之类的话,似乎说了这样的话就找到了心理上的安慰。假如他与她争持,那么就打破了他们之间的默契,到那时,她就有可能将所有的责任归咎于他。

说到底,如果他们说出来,大声喊出来,让一切都燃烧掉,心里或许会平静下来,这样可能会更好。而现在这样,痛苦没有释放,在痛苦中隐忍着——已经是第二周了,这似乎没有尽头;就像这到处都跟随着他们的雨一样,没有结束的时候,仿佛已经成为他们现在生活中不可或缺的一部分,恶劣的天气不结束,这种生活就没有尽头。

很多次他回想起那个可怕的日子,那一天在自己中学朋友阿里克·日达诺维奇的新的深红色福特车里发生的事原来是不可预见的。他们——阿里克、他的妻子玛丽娜和卡佳上了车。卡佳坐在前排座位上,在阿里克旁边。很快他们就到了城外。

"遗憾的是你的父亲没跟我们一起来,"阿里克说,"我让你看一个地方——这可是一个大秘密,在那里可以用手抓鱼。"

"爸爸不能去,他今天在电影制片厂有一个重要的会议。"卡佳对他说。

"小卡佳,周末甚至导演都需要休息啊。"阿里克虽然不是很严肃,但是带着教训的口气说,"一般来说,对于一个真正的艺术家而言,有什么比接近大自然更重要的呢?!"

他冲卡佳挤挤眼,加快了速度。

一分钟过去了,两分钟过去了,突然,一个注定不幸的地方,从迎面驶来的敞篷车后面冒出一辆白色的大众汽车并越过了隔离带。福特急剧地向右转,卡佳尖叫着,汽车飞似的冲下坡,翻了过去,侧身撞到树上……

天啊!他多少次仿佛非常清晰地看到,好像在那一刻他和他们在一起——他看到自己的女儿被阿里克挤在座位上;阿里克压在她身上,救了她的命。她睁大眼睛,看着阿里克血淋淋的太阳穴,喊不出来,甚至吓得无法张开嘴。她的手死死地攥住阿里克的背心,她看着,看着鲜血顺着他的太阳穴像红色的血带一样流出来。此刻,她听不到玛丽娜的喊叫声,也听不到救护车的鸣笛声……

安德烈把烟头扔到人行道上,白色的烟雾立即被雨淋灭了。

雨还在下,第二天,第三天,即使是停一下,也好像是在积蓄力量,天一直没有晴。

"在农村,下雨也和在城市里不一样,"他若有所思地说,"雨不是那种一成不变的,显得更有生机。"

"天啊!这雨还有停的时候吗?"妻子叹了口气。对她来说,下雨就是下雨,就是普通的能带来寒冷和泥泞的水。

他们在一起生活已经七年了,每天都是这样,平淡无奇。他是怎么忍受的?他的希望在哪里?

"你想要什么?"阿里克在他和斯维达结婚前就问过他。"你想让灰姑娘变成公主吗?你是浪漫主义者,你应该拍童话,而不是拍战争题材的电影。你想让世界上所有的女人都幸福,可是你不明白,经常是你用一生都不足以让一个女人变幸福的。应该做你力所能及的事情,选择一个起码不影响你使她幸福的女人。"

阿里克在安德烈结婚前已经对他善意地提醒过,但恰恰也是他此前助推了安德烈和斯维达的婚姻之事。一天早晨,他打电话给安德烈,用男低音对着话筒说:

"老伙计,我需要用用你的古董。"

古董——样子像一条奢华的古老的项链——实际上是道具。他一直保存着,作为对自己拍摄的第一部大片的纪念。在这部大片里,他似乎把一切都串在了一起:既有当代的生活,也有战争情景，还有拿破仑从别列津纳撤退。电影的情节围绕拿破仑的珍宝展开，其中的一幕就出现了这条项链。"

"有意思，你在哪里见过能够戴着公主的装饰品的女人？"

"你想象一下，在中央购物商场，当斯维达在我面前俯身看柜台，想选一条表链，我看到了这样漂亮的原型……"

阿里克是专业画家，他在所有的漂亮妇女身上首先看到的是自己未来画作的原型。

"但愿你没有花很多时间去劝说她吧？"

"嗯，是指我和她谈了价格以后吧？但是她已经有未婚夫，而她未婚夫只允许当他在场的时候她才能做模特。"

安德烈到达画室的时间比约定的晚了一点，个子不高、头发乱蓬蓬的小伙子像老鹰一般扑向他，用自己的身体挡住像女王一样坐在椅子上的裸体姑娘。但他的目光从她晃眼的、白色的身体上滑过，瞬间停留在她的脸上。姑娘脸上天然的美又增加了女性永远的神秘感，这种神秘感无论是在这样的小姑娘身上还是在40岁的女人身上都一样。

阿里克从安德烈手中拿了项链，冲他挤挤眼，说道："等吗？"同时把自己家的钥匙给了他。阿里克的家和画室都在这栋楼里。

安德烈在进阿里克家前，在附近的食品店买了两瓶香槟酒和一些橙子、香蕉，然后合计了一下，又请售货员加上一瓶伏特加……

"你到底想要什么呢？"过了两个月，安德烈说他和斯维达好像是认真的，然后阿里克问他。

"你在给她画画时,已经把她当成了女王。"安德烈若有所思地说。

"只有人本身是真实的,而不是他的影子,但艺术家通常画的是他的影子。"

"如果艺术反映的是现实生活中明明知道达不到的事情,那艺术的价值在哪里呢?"

因为有云,早晨显得潮湿和暗淡;云层很厚,似乎准备随时将雨水倾泻到地上。菜园里的草被脚踩到时,抖动掉身上的雨珠,结果人就好像是走在水上一样。安德烈在园子里摸了半天也没有给女儿采到一把像样的草莓——碰到的草莓要么是带点棕绿色不熟的,要么是烂掉的。

突然——他一惊,甚至因此退缩了一步:在绿色的草丛中有一只雏燕用惊恐的黑色的小眼睛看着他。

"斯维达!"安德烈喊道并环顾四周,只有这个时候他才发现,他头上方有两只小燕子在不安地叫着、盘旋着。在屋檐下的燕窝只剩下半圆形的、毛茸茸的小泥团,好像是几圈项链一样,紧紧贴在墙上。

"这是什么?"斯维达问道。

"你看。"他扒开树叶。

"小可怜。"妻子俯身看着小燕子,同情地说。

"可能不止它一只?燕子通常一窝生四到五只小燕子。"

他们开始寻找,但是没有找到其他燕子。

"大概它们被我们的猫吃了。"从妻子的声音中能够感受到惋惜。

"我们的?"他不合时宜且机械地问道。

"你问它吧!"妻子恶狠狠地说,"我去叫卡佳。"

"只是别和她说其他的燕子。"

这是车祸发生后,女儿第一次笑了起来。不,她甚至不是笑——只是她的嘴角在微笑,而不是她的眼睛在微笑!在她的眼睛里露出一次因为快乐而惊喜的表情,这表情是如此出乎意料和美好,并且看起来很真实。他们——成年人,也想用天真热情的眼睛看世界。

那个被吓坏了的、冻僵了的雏燕瞬间变成了一个普通玩具,但这只是瞬间,因为接着女儿就问:"它住在这里吗?"

安德烈看着妻子,在回答之前,他停顿了较长时间。

"不,它们在窝里住。"

"它的窝在哪里?"

"它在那里,在屋檐下,但掉在地上摔烂了。"

"摔烂了?那小燕子现在住在哪里?"

住!它的世界一切是多么简单!

"或者,把它移到空旷的地方?"妻子犹豫了一下,"也许燕子会就在那里喂它?"

安德烈摇了摇头:

"很难。你经常看到地上的燕子吗?猫会怎样呢?我们还没有走出花园,猫就已经闻到燕子的味道了。"

"那我们把小燕子带回家吧!"卡佳激动地大声说。

"我们怎么喂它呢?它还很小。"

"让我们试试吧!我们来试试吧!"

几分钟后,妻子带来了一只死了的苍蝇,把它塞进了小燕子的喙里,但小燕子似乎只是紧紧地咬着苍蝇。

"它不想认你当它的妈妈。"他笑着说。

"来,你亲自试试吧。只有你更像是一只老鹰而不像一只燕子"。

这是指他的鼻子。

他像是开玩笑一样,在雏燕面前摇了摇手,这时不可思议的事情发生了:小燕子张大了嘴,等待着,不是,是在要求喂它!

小燕子后来的命运就注定了。

小燕子的窝被蛋糕盒子替代了。不得不在岳母的抱怨声中拆开一个旧枕头,以便在盒子的底部铺上鸡毛。用一些旧布给小燕子盖上——尽管这个小窝里面没有那么冷,但小燕子的毛不知道什么原因总不干。他们把一只装有苍蝇的玩具盘子放在它面前,但小燕子似乎没有注意到。女儿争取到,只有她能在小燕子面前像翅膀一样地摇晃自己的小手。她甚至很高兴,能够负责这个黑色的、活的小毛球,小毛球也很容易上她的当,每次都大大地张开嘴。女儿又恢复了往日的活力,又兴奋起来,开始更经常地微笑了。

太阳已经很多天没有露面了,好像有人诅咒了它一样。他们几乎捕尽了屋里所有的苍蝇,开始用浸泡后的面包喂小燕子。

一天晚上躺下睡觉时,卡佳说:"小燕子为什么总是湿的?"

他没有回答，但他的妻子说："我不知道，明天我们尝试用吹风机给它吹一吹。"

然而，早晨发现，在夜里小燕子死了。卡佳还在睡觉。小燕子好像也在睡觉，但它的小脑袋歪向一侧，脖子突然变得很长。

"哦，上帝。"他说。他们为了不吵醒女儿，偷偷地从卧室来到厨房。

"我们怎么办？"妻子问。

他耸了耸肩。

"应该让她有个心理准备。"

"你想告诉她真相吗？你知道这对她来说是多么大的打击——在她经历了前面的事情之后？！"

"那该怎么跟她说呢？"

"我不知道……要不，我们就说小燕子飞走了。"

"听我说，她已经不是那么天真了。"

"那我们还担心什么，就当它没有死，我们把它扔到别的窝里了。"

"事先什么也没有跟她说，也没有带着她一起去扔。"

妻子又开始焦虑起来，好像他故意找碴惹她生气。

"好吧，你自己想办法吧！"妻子恼火地甩出一句话。

"我觉得，我们必须说实话。"

"什么？"

"如果我们告诉她真相，那会更好。"

"更好？如果她又封闭起自己，整天都沉默，会更好吗？

这就是所谓的听了医生的话，把女儿带到农村来！我看她最好还是待在城里！"

"好吧，你为什么这样……"

他尽量轻声说话，担心发生争吵，他甚至笑了笑，但他恰好不应该这样做。

"你觉得可笑！而你总是很平静！当然！好吧，你只考虑自己：只要她不埋怨你，只要……"

"别说了！"

"什么？别说了？可你只能在周末见到她。"

"我要上班。"

"当然，你要上班，而女儿只有我管。你回来了，逗一逗她，——你是最好的，也是最可爱的人。这个行吗？行。那个行吗？行。什么都行。想和别人去河边玩？请吧，去吧，闺女！你为什么放她走？你为什么不和她一起去？"

他觉得内心十分压抑，压抑的情绪像弹簧一样在他身体里随时准备弹出来，最终本来应该爆发——现在他比以往任何时候都更清楚这一点。灾祸没有使他们更亲近，灾祸就像 X 射线一样，透视了他们的心灵——他们似乎和以前一样彼此之间很疏远，彼此之间不能完全理解。他曾经想要什么呢？他想：从这个比他小十岁的乡村女孩那里得到了什么呢？做导演的妻子，一开始还有诱惑力，原来这对她来说太复杂了，太陌生了，最终并不像她想象的那样令人羡慕。但是，难道他错了吗？他庄严地把她带进的这个世界里，对于许多人来说是神秘的，是无法达到的，因为这里有男演员，有女演员，还有艺术家。在这个世界不仅有欢快的节日，还有许多单调乏味、寂寞和永远缺钱的灰暗的日子。这难道是他的错吗？

门突然打开了，女儿赤着脚，穿着长长的一直到脚后跟的大花睡衣，小心翼翼地走进厨房。在她张开的紧紧贴在胸前的手掌上，躺着头向旁边歪着的小燕子。

"它死了。"女儿平静地说。

一只幸存的苍蝇在窗户玻璃上使劲撞——整个安静的厨房都是它单调的嗡嗡声。

"该把它埋了。"女儿说，那一刻她在父母面前似乎完全是一个成人，与她相比，他们觉得自己倒像个天真迷茫的孩子。

"我们肯定会埋了它。"好像是他的妻子说。

好在早上没有下雨。十点来钟，他们拿上一把铲子去了菜园。岳母在除菜畦的草，她看到了他们，直起身来，但什么都没说；也许是因为她离他们有点远，也许她已经猜到了一切。女儿自己在边上选择了一个地方作为墓地，但她让父亲去挖。当她把小燕子放到用从盖子里拿出的羽毛垫着的坑里时，虽然她的眼睛充满了悲伤，但她保持着惊人的平静。

"你想不想让我们给你买一只鹦鹉？"妻子问。

"不。"女儿用微弱的声音回答。

"为什么？"

"如果我们去某个地方的时候，剩下它一个，它也可能会死。"

次日，天终于开始放晴。快到吃午饭的时候，西边的天空已经晴朗了；仿佛有一个看不见的人在森林那边把乌云拉过去,就像撕裂灰色的粗布一样,太阳的光线立即透过这些窟窿照射出来。

岳母拉着邻居家男孩的手走过来。

"你怎么这样,总问卡佳什么时候来,她来了你却不好意思过来了。"

男孩叫安东,五岁,比女儿小一岁。他们在一年前认识,但那次正好是卡佳离开这里去明斯克之前。

"走,我给你看看埋我们的小燕子的地方吧。"女儿建议道。

安东什么也没有回答,只是乖乖地一拐一拐地跟着她。

安德烈拿出一支烟,站在院子里,朝着边上望去,直到抽完烟。孩子们蹲在小燕子的坟墓旁,卡佳热情地,但是看起来非常认真地讲着什么:一会儿摊开双手,一会儿抬起双手。安东静静地听着,双手放在膝盖上。在他们认识的第一天,他就立即把她当"领导",并准备为她做任何她想做的事。

香烟蒂落入一个水坑里,水中的涟漪在灿烂的阳光照射下,像一群被惊扰的金色的水虿,瞬间散开。

天啊,他多长时间没有见到阳光了……

(张惠芹译)

另侧投影

我的叔叔尤季克是个疯子。人们往往都不愿意和这种人扯上亲属关系。虽然,全世界的疯子都能组成一个国家了。谁知道呢,也许这是个好例子(让他们都在一个国家),人类早就对这种和谐向往已久,可暂时还是一无所成。

应该说,有一阵子,叔叔曾经恢复了神志,不知不觉间他又有了心智,这让我们所有和他住在一起的人都颇感意外,就像雷雨过后泄气的乌云又获降甘霖。这种情况的发生,一般是在我们沿着斯维斯洛奇河岸散步之时,我们就住在离此不远的杨卡·库帕拉大街上,叔叔经常讲起一些近亲和远亲的事,包括还活着的和已经死了的。虽然有些故事太耸人听闻,不能让人马上相信,但听他讲这些故事时,我会不止一次对自己说:"有时上帝很公平,给人智慧的同时,作为交换,会拿走他的理性。"

尽管我的叔叔去世已经十九年了,有一个故事我至今还不能忘记。一直到死,他也没有找到自己的家,那个在最后一次战争中被德国飞机炸毁的家。他几乎每天都去斯维斯洛奇河边寻找,不是和我,就是和别人。

尤季克叔叔,除了我父亲,还有另一个亲兄弟瓦西尔,是奥帕纳斯·马图塞维奇和马丽娅·扎果尔斯卡娅的长子。瓦西尔·马图塞维奇出生于1908年,这很好记,一辈子也忘不了,因为正是那一年,六层的"欧洲酒店"安装了明斯克第一部电梯,而我的祖父与这个满城皆知的事情相关甚切。就连今天我本人,在某种程度上,也还负责首都的电梯系统。如此说来,这对了解明斯克电梯工程的历史大有裨益。

总的来说,在我们的家族中,除了瓦西尔叔叔,所有人都和技术或建筑打过交道。他过早地成年后就开始写诗。在那个时代,明斯克飘摇在一场又一场的旋涡中,他变得少年老成。引起这些变革的,首先是第一次世界大战,再就是俄国革命。市民们刚刚开始习惯布尔什维克的口号,这些口号在他们的脸上与在红布标语上一样容易读懂。可是,就在宣布明斯克的一切权力归工兵代表城市苏维埃后,不到四个月,1918年2月18日至19日的夜里,布尔什维克被迫放弃这座城市,两天后德国人就进来了。而后,德国向协约国投降,撤出其占领土地。1918年12月,布尔什维克又回到明斯克,次年8月8日再次放弃它,这次是把明斯克留给了波兰人。然而,一个月之后,波兰人将城市还给了布尔什维克,但1920年9月15日,他们又出现在这里整整一个星期。市民彻底蒙了,在这样的军事和政治混乱中,发疯比保持清醒的头脑更容易。但最终,让某些人感觉不正常的是其他的东西(尽管事实上正好相反,说明国家开始复苏)。20世纪20年代初,在明斯克自诩为诗人的人是如此之多,能让那个最近刚刚在绝望之中写下"白俄罗斯什么人都没有了"、发现天才就喜极而泣的性情中人库帕拉,完全没有时间擦干幸福的泪水。不错,绝大多数诗人都是来自外省的乡村和小镇。他们是如此之多,给人的印象是,唯一能妨碍白俄罗斯人成为一个全民写作民族的——就是大城市的居民白俄罗斯语掌握得不好。至少,对于瓦西尔·马图塞维奇而言,这种情况加上天生的谦虚确实封闭了他通往报纸和杂志的道路。有一次,在一个编辑部听到对他的诗歌相当严厉的批评后,他甚至不再把诗行诸纸上,而只在头脑中时常闪现一些零散的不成形的诗句,这些诗句快速出现又快速消失,速度比大风天的天气变化更快,而且诗的含义也经常改变,让人感觉他的诗似乎毫无意义。用诗的意象创造出的想象中的世界和他头脑中的现实世界是混淆的,让人常常搞不懂,他说话时的思想到底是来自哪个世界:

"今天,我看到一个人长着两条舌头。他用一条舌头去舔被他和同伴们所焚毁的教堂的余火,用另一条安慰着他的母亲。"

瓦西尔不知道,应该时不时地摆脱押韵的意象,把他们交给纸张,否则头脑中的意象就会太多,不再是你控制它们,而是它们控制了你。事实也正是如此。

"他已经二十三岁了,可他对女人根本不感兴趣。"父亲抱怨道。他知道,开启一个人心门的钥匙在桌子里比在舌尖更容易找到,有一次他打开了儿子的桌子抽屉,除了剪报夹子和上面的库帕拉肖像画,什么都没找到,都是诗人的诗作与文章、诗人的采访和一些简短的关于他何时何地讲话的报道。在一堆剪报下放着一个笔记本,第一页上写着:

1930 年 4 月 26 日

我一直不让自己记日记,但那天,就在我和其他人共同的帮助下，挽救了他的家庭财物免受洪水袭击后，他说的话压在我心底，几乎就像一个怀孕的女人一样。他说："谢谢你，亲爱的！"我激动得不行，用干涩的嘴唇低声说："我非常爱你。"他抱着我重复道："谢谢，亲爱的，谢谢你！"

那些年的春季，明斯克的斯维斯洛奇河喜欢向市民们显示它的倔脾气，淹没了许多房屋，包括库帕拉在十月大街的房子。愿意帮助诗人临时撤离（哪怕这种情况下，大多时候，财产只是转移到阁楼上）的人真的总是很多，特别是年轻诗人。

父亲没有对瓦西尔说过有关在桌子抽屉里找到文件夹和日记的事，但所有与儿子谈论他个人生活的尝试也都没有任何结果。瓦西尔变得更加自闭，只是对尤季克曾承认：

"有时我感觉，我有两颗心。一颗在现实中，另一颗在梦里。而且我不知道哪颗心是真实的，真实的我在哪里。我只知道梦中的我完全不同，甚至是外表，尽管我从未在梦中见过自己。但如果我能带一面镜子做梦……"

不久之后，他就在市场上买了一面大镜子并挂在床边的墙上，这面镜子曾记得不止一代主人的脸，但却怎么也没能把他带入梦境。

1930 年 11 月 20 日，一个可怕的消息传遍了明斯克：库帕拉想要自杀并用一把折叠小刀割伤了自己。惊恐万分的瓦西尔整个晚上都没有起床。他在哭。夜里，他梦见了斯维斯洛奇河发了洪水。他喘着粗气跑到库帕拉进水的家。奇怪的是，库帕拉一个人在家，他的妻子弗拉迪阿姨竟然也不在，他对河流发水的事完全无动于衷。用左手按着他的肚子，掩盖着伤口，好像他不想让任何人看到。"洪水!"——瓦西尔在睡梦和现实中大喊,吵醒了尤季克。"伊万·多米尼科维奇,洪水将淹没你的房子!得往出搬东西了!""好吧,好吧,"库帕拉平静地说,"你愿意搬就搬吧。"

他伸出一只空着的手,拿起一个靠墙边的东西递给了瓦西尔。瓦西尔用双手抓住了这个物体,直到那时他才意识到库帕拉递给他的是什么:这是一面镜子,他在镜子里看到了自己……

那天夜里,瓦西尔死了,最终也没有从睡梦中解脱出来。

我感觉,要我的叔叔提供这个连我自己都不太相信的故事真实性的证据,起码,不太好,考虑到他的状态。因此,我非常不确定地说:

"这简直令人难以置信,并不是每个人都相信这样的事。"

叔叔沉默了很久,然后他说:

"在把棺材放进屋里之前,我妈妈用一块黑色围巾把镜子盖上了。到了晚上,我忍不住将围巾的边缘掀起来。我在镜子里看到了活着的瓦西尔。只是他的脸有点不像自己。如果我们有一个妹妹,我会认为是她从镜子里看着我的。但让我震惊和害怕的是——镜子里的瓦西尔很快乐!他没有微笑,但他浑身充满了喜悦。我就跑开了,直到他们摘掉围巾,我再也没有靠近过镜子。"

叔叔再次沉默,然后说道:

"有一次我也梦见我在镜子里。我觉得,我以后永远就留在那里了。于是我就这样活着——在梦中,也在镜子里。"

我知道这是何时发生的事。1953年3月5日,在斯大林去世的那天,我的叔叔也哭了。第二天去了莫斯科,并没有怀疑那些去特鲁勃纳亚广场的人离开广场后已经变了一个人。在葬礼那天,他陷入了数百人死亡的喧嚣中。由于悲伤和好奇而变得疯狂的人群带他穿过尘世的炼狱,一周后他回到家时,他的眼里闪耀着温柔,仿佛天堂的奥秘完全在他面前敞开。

应该说,即使在今天,我也不是特别相信那些和镜子相关的故事,现在它还挂在我卧室的墙上。镜子已经逾越了它生命周期的界限,镜框上的每一个新的裂缝只会增添它的美。然而,当我上床睡觉时,我只要一想,在梦中可以见到我想见的任何人,而不是我自己,我就会怦然心动。也许是因为我现在的境遇是如此艰难吧,于是感觉,泪水忍不住就要夺眶而出了……

中篇小说

孤独的八年级学生想认识一下

我收集圆珠钢笔。

对于一个从未收集过钢笔的人来说——而且这样的人在我们中间占绝大多数——我所做的事很可能给人感觉就是一个寻常的古怪行为,但真正的收藏家会理解我。

顺便说一句,找到自己崇拜的对象——这很重要。著名的白俄罗斯历史学家和考古学家特奥多尔·纳尔布特,就是在老贝霍夫镇发现16世纪最早的一部编年史的那位,他知道:刚从地下挖出的古钱币都是冰冷的,而——极少——是温暖的;如果把一个温暖的硬币贴在身上,那么很快在身体上就可以看到硬币上图案的印记。

我的老相识弗拉基米尔·利霍德多夫是白俄罗斯带城市和乡村图案的古明信片最丰富藏品的所有者,他相信:如果你长时间盯着明信片看,那么凝固在明信片上的时间就可以动起来。

但如果一枚古币在你的手掌上感觉并不比实际重量重,如果你的手指不会因为触摸一张带波洛茨克或明斯克雪景的老明信片而变得冰冷,你最好还是去收集点别的东西,或者根本不要收集任何东西——世界上除此之外还有很多有趣的事。

我收集圆珠钢笔。

我是一名作家,我早就懂得,每件作品都需要有它独特的

"劳动工具"。有时不得不在一打钢笔中反复挑选,为的是在书写的时候你完全感觉不到它的存在,它似乎已经与你的手融为一体。

我写字很慢,不断地勾勾抹抹,但在文本发表后,我就不再对它进行任何修改。为了不去经受修改某些东西的诱惑,我通常会进行一个创作的祭祀仪式——一般是在别墅进行:在专门点燃的篝火上烧掉一支钢笔。因此我的收藏一直在不断更新。

诚然,有一支钢笔,我已经保存了二十年,我也是用它在书写着这些文字。这支钢笔是1985年从我的老师那里得到的。她就是我这个当时的八年级学生曾经爱过的塔奇娅娜·安东诺夫娜·维索茨卡娅,塔涅奇卡①(我们私下里这样叫她)。

"这样,你用我的笔写,"我的笔没油了的时候,她说,并且还当着全班同学的面故意讽刺了我一句,"连笔都没有,还叫什么诗人?"

"我靠我的记忆力。"我嘀咕着,感觉到了自己已经面红耳赤。我根本不喜欢别人叫我诗人——哪怕是他们想夸奖我。却从她那听到了这样的话,而且还带着讽刺的口吻……

"靠不住的。否则,你的生物成绩还要好得多。"

"可能,您需要晚上给他补补课。"后面的瓦里克·普兰丘克笑嘻嘻地说道。

"我自己知道我需要什么,不需要什么,"她严厉地说,

---

① 塔奇娅娜的爱称。

"好了,静下来,记一下家庭作业!"

铃响后,我走到她面前,把钢笔递给了她。

"你可以留着。还有四节课呢。"

这可以被理解为可以把笔留作纪念。回到家,我把它从书包里拿出来,再也没有带到学校过,以免不小心弄丢或者弄坏,而且这样我在生物课上就不会因为用别人的钢笔写字而感到尴尬。

这是我藏品中第一支也是很长一段时间里唯一的一支钢笔,二十年来它一直在等待着一展才华。我差不多也是这么多年没有见过塔涅奇卡,尽管我不止一次想起过她。

今年二月底,在同学聚会晚会的正式部分结束后,全班同学坐在一家餐厅里,回忆着中学岁月、老师,也包括她,塔涅奇卡;每个人都有自己的回忆,自己的故事——都有自己的塔涅奇卡。

我把这些回忆拼在一起,就像把一块块马赛克拼成一个整体,最终我头脑中的回忆如此之多,过去开始让我感觉比现在更亲近、更真实。这过去就是塔涅奇卡。

我想我一定要写一写过去,并把它带到明斯克,可一路上感觉回忆变得越来越少,它给其他的思想和情感释放出空间,威胁要完全离开我。但我确信,只要我到了家把她的钢笔从藏品中拿出来,过去就会再次充斥我的全身。我从未想过,二十年,笔芯里的油会变干。此外,我插入笔里的其他笔芯在书写的时候总是摇摆不定,字也是松散的、陌生的,这些字好像是另一个人写的。这就意味着,故事也是别人的,而不是我的。

我不得不放下已经开始的文字,尽管很清楚,再次回到这个故事可能需要很长时间。也可能再也不会回来了。我觉得对它的冷漠开始在我身上滋长。而差不多半年后,我的朋友,从波兰回来的作家鲍里斯·彼得洛维奇对我说:"这个对欧洲作家是很理想的,因为它墨水的多少决定了对欧洲读者而言小说理想的篇幅。"他送给我一个笔芯,这个笔芯正好适合我的钢笔,我心想,可能已经太晚了。

然而,这一时刻(如果你们,亲爱的读者,感兴趣的话,我的手表显示00:43,桌上的日历显示今天是2005年11月18日),我仍然坐在我的办公桌前,写着你们现在正在阅读的文字,我手里是带波兰笔芯的钢笔,这笔芯,依鲍里斯·彼得洛维奇的观点,按篇幅来说,正好够写一部理想的长篇小说。诚然,我写的不是长篇小说,而很可能是一部中篇,而且是上周发生的事帮了我,让我又拾起这个故事。

1

我站在公交车站,从左边闻到了村庄的味道,而右边——是城市的味道。左边是一些木屋,菜园已经清理过,现在人们正在菜园里煎着土豆片。右边,板房和砖房挤在一起。我想,一个人前十七年在一个小村庄里生活,之后同样的年头是在首都度过,接下来的十七年在这样一个小城应该会感觉最舒服,可以同时既是城里人,也是乡村人。这个想法控制了我,给我感觉,已经不是我的头脑里有这个想法,而是我已经被这个想法包围了，这一刻我看不到周围发生的事。

因此，我甚至没有注意到，她是从哪个方向走过来的——从散发着村庄气息的方向，还是散发城市气息的方向。我立刻认出了她，尽管离我们上次见面已经过去了二十年。不能说她在这段时间里根本没有变化：我回忆起她多少次啊——她也在渐渐地变老，因为我们的思想，众所周知，也在随着时间的推移而老化。我们看着对方的眼睛，从她的眼神中我明白了：她也认出了我，但这并没有给她带来太多的喜悦。

"您好，"我说，感觉脸上的皮肤延伸成一个愚蠢的微笑。总是感觉，在我因为紧张或感到自责而对某人微笑的时候，微笑就会显得有些愚蠢。我不知道我对着微笑的那个人是不是对我的微笑也是这种感受呢？"您认出我了吗？"

（如果我能预见到我会想把我们的对话——逐字逐句地——写进我的中篇小说，那无疑会想出一个更独特的问题。）

"认出了。"她相当冷漠地说，为了让我明白：即使再过二十年，她也不打算假装很高兴见到我。

"可能，您当时对我很生气，并且到现在仍然不能原谅我……"

"那时我恨透了你。"

刚才给我感觉，整整二十年来，她一直都在等待一个机会，只为了要在我脸上扔下这四个词。但是我错了，这对她来说还不够。她移开目光，补充说道：

"好像从那时起，我对您的态度几乎没有改变。"

一辆城市公交车进站了，这辆利沃夫是整个地区中心唯一的一辆，车站只有我们两个人。

　　她平静地、带着一种自尊上了公交车，可能她坚信我不敢跟着她。破旧的利沃夫艰难地开始起步，拉开了我和我二十年未见的中学生物老师的距离。

　　每个人都知道，当思绪回到过去时，我们能回忆起那些生活让我们走到一起的人的外表；然而，我们自己的外表却只能靠想象。但是，由于我们的想象更多地基于幻想而不是真实事件，因此它们不会让人过于相信。不，我不怀疑，例如，二十年前，九月初，一个女清洁工在更衣室正把费吉尤科维奇中学的八年级学生谢尔盖·瓦西里耶维奇抓个正着，他的手当时正在伸进他同班同学娜塔莎·格林克维奇的大衣兜里。但随着一年年过去，我越来越难以相信那个谢尔盖·瓦西里耶维奇就是我。当我翻阅那时的照片时，四眼相对看着我自己，我感觉，谢尔盖仍然凝固在照片上的时间里。我们对彼此现在的生活一无所知；也许在这些时刻，他也在回忆着从前的自己——也许，他已经和我一样，记不起自己的样子。因此，即使在我们的回忆中，我和他也是过着不同的生活，好像我们彼此都是陌生人。虽然除了我再没有谁会了解他性格、内心的梦想及愿望的细枝末节。除了我还有谁会知道，二十年前在学校的更衣室里，当女清洁工看见他和他伸进娜塔莎·格林克维奇兜里的手的时候，做了什么。直到今天我从未告诉过任何人，甚至娜塔莎本人。

　　一切的错误都在于他的多情——这是对周围的美的极度敏感的一种表现。有一天在地理课上，班主任对他说："谢廖扎①,难道可以推一个小女孩儿吗?你看看,她多漂亮!"他瞥了一眼自己的同桌娜塔莎·格林克维奇,并发现,她真的非常漂亮。一个星期后,他见到她已经不仅是在学校里,而且还在梦中,而半年后他几乎成了她的私人财产,甚至连自己都没意识到这一点。

他艰难地度过了暑假里没有她的日子,而在九月初就发生了更衣室里不愉快的事。

九月初阴雨绵绵,连高年级学生都穿着外衣上学。娜塔莎连续两年穿着一件带兜帽的蓝色博洛尼亚(防雨绸)夹克:夹克曾经很大,但现在袖子变短了。在八年级,每个人都是自己决定和谁坐同桌。很清楚,他很想再和她坐一起,并在所有的男生中故意最后一个走进教室,希望到那个时候别人都已经成对了,但伊拉·斯卡坤已经占了他的位置。当然,他希望这不是真的,并责怪自己没有第一个进教室,起码可以争取占一个邻桌的位置……现在连这也不可能了。

当他从旁边经过时,他们的目光相遇了,她对他微笑了一下,这让他的心里感到很温暖,但同时也更忧伤。他口袋里有一把焦糖。起初他想的只是要给娜塔莎一块儿,但迟迟不下课,他有了一个想法:悄悄地把糖果放在她夹克里。回家的路上她就会发现,自然,她会猜到是谁给她放了糖果。第二天当他们见面时,他们会再次互相微笑,只是更神秘,因为他们会有一个共同的小秘密。然后他会再次把糖果放在她的口袋里,

---

① 谢尔盖的小名。

最好是别的什么东西,也是很好吃的,或者只是令人愉快的东西,这样就会再次为她带来惊喜。只是送什么呢?去哪弄这个什么东西呢?如果他们家被别人说成:他家人在梦里比晚上在餐桌旁更能吃饱……

课间休息时,他像箭一样从三楼飞到了楼下的更衣室,很高兴那里没有人,找到了她的蓝色博洛尼亚夹克,把他所有的焦糖都倒进了口袋里。只是后来才想到,有一块焦糖没有包装,它的口袋可能会因此而粘在一起。他急忙把手伸进夹克里去拿出焦糖,但是……那里没有糖果。口袋里发现了一个相当大的洞,这个洞瞬间吞掉了所有焦糖,它可不管焦糖有没有包装。他把手伸进一个看不见的"嘴巴"里:找到了第一块糖、第二块、第三块……总共有多少块来着?

而就在这时,背后听到了女清洁工的声音:

"你干吗摸别人的口袋?!"

他无法忍受女清洁工,那么小的个子,就像清洗地板的脏抹布一样,即使是一年级的学生也不怕她,并且他明白,任何情况下他都不会告诉她真相,他感到很羞辱,因为被她在这里抓到,并且现在认为他是小偷。最可怕的是,如果她知道这是谁的夹克,就会把一切都告诉娜塔莎。但女清洁工说:

"走吧,我们去找校长!"

他感到了一阵轻松。女校长不太可能相信他是一个小偷,虽然对她说出全部真相他还是没有勇气。

2

对一个人作恶,只要那个人还记得,我们就会在他面前感到内疚,但只要我们自己还记得这个行为,我们也会感到内疚。恶是一种罪,但如果我们在上帝面前赎罪,那么记忆是尘世法庭上唯一的法官,也是罪的唯一衡量标准。伤害一个人,然后对他做两次好事:他会原谅你们,但只要他还记得你们所给他造成的痛苦,你们就会在他面前内疚。

"很自然,"站在公交车站,仍然被从前的老师的最后一句话所惊愕的我心里想,"只有伤害别人的人,才能看到因爱而造成的伤害和因恨而造成的伤害之间的区别。但我对塔涅奇卡所做的坏事,二十年来不仅没有被遗忘,而且还在让她憎恨我吗?每一种过错都有自己的代价,但仇恨——代价太大。"

这时候,我头脑中有了一个拯救的办法:我潜意识里认为,塔涅奇卡应该原谅我所做的一切,因为我,她的学生,已经成为一个相当有名的人,老师应该为此感到自豪。但恰恰相反:我越出名,她就越恼火。我们已经二十年没有见面了,而这二十年我对于她即便是一个爱慕者,但也是一个固执的、有时甚至傲慢无礼的学生。

今天我来到城里找我的同学,他邀请我到他任教的学校演讲。我想事先和他讨论一下这次不同寻常的演讲的细节:他担任班主任的班级发生了紧急情况,不是警察或青少年事务委员会,而是由我来处理。这很好笑,虽然也很高兴,有些地方还有人认为,似乎作家的话可能有一些分量并可以解决一些问题。一个星期前,我在明斯克的一所学校讲过话,给八……真是莫名其妙!给八年级学生讲一些关于善良、纯洁和永恒的东西。讲完后,我已经走到了学校的门廊,一个半小时前坐在第一张桌子后专心听我读诗的女孩走到我身边,向我要烟抽。我不知道,也许今天八年级的学生可以向老师要烟,反之亦然——老师也可以向八年级学生要。我不了解现代的学校,特别是高年级学生,所以我不喜欢在他们面前讲话。我甚至有点害怕他们,因为我无法想象,如何站在他们面前,对他们说什么。我现在就完全不知道明天要说什么……

我正站在公交车站思考着,甚至慢慢开始恼怒,因为我清晰地意识到我愧对一个人——塔涅奇卡。

我决定不去城里了,而是走着回家,回四千米外自己的村里。我担心我可能会在城里再次遇到塔涅奇卡,这是我现在最不希望的。我知道我永远都不会带着从前的温柔来回忆我对她的爱。那就是说,今天她已经得到了比她可能想要的更多的东西。

我想到了在明天的演讲中想要谴责的八年级学生,我突然为他感到惋惜,尽管我们素不相识。

"我们有一个八年级学生曾经想借助互联网勒索老师。"过去的同学在邀请我去学校演讲时,在电话里对我说道。

"喔,"我笑了,"使用最新技术勒索啊!显然是个有才能的学生啊。也许他会成为一个知名的程序员呢?!"

"没那么简单,老师写了辞职信。"

我沿着路边往家走,小时候我就经常这么走,现在又在重复着自己的足迹。

我在想着那个男孩,明天我得对他说点什么关于道德和善行的东西。

我在想象中勾画出了他的肖像,不知为什么,最终他的肖像和中学老照片上我的肖像竟然像拷贝的一样。浅棕色的不太听话的头发,头发后面的耳朵几乎看不见;鼻子有点翘,大眼睛。只是他总是很有钱,因为上八年级就有带摄像头的手机。

我试着想象这一切是如何发生的。

今年的九月天很暖和,她来学校时穿得相当轻盈。她二十三岁,可她仍然无法习惯严肃的西装,尽管校长可能已经就这事给她提过意见。然而,校长毕竟是个男人,还不老——刚过四十。

她走进教室,带着一种专注的、略带紧张和兴奋的神色(她努力地把紧张藏在微笑背后)环顾了一圈八年级的学生。

"下午好。"

除了他,所有人都站起来了。

"哇。"从脚到头打量着她,为了让她能听见,他说的声音相当大。

可能,这是一种儿童式的表达钦佩的方式,她把这当作了一种不拘礼节的亲切。

他微微斜靠着后面的课桌,坐在那,她立刻明白了,和他打交道将比与任何人都难,特别是如果她从第一节课就不把他摆正位置的话。

"很遗憾,没有人事先通知过我,说八年级有一个残疾人,连老师进教室都无法起立。"

也许她应该以另一种方式对他的行为做出反应,她想了想。这样对他说:"我希望这位年轻人下课铃声响起的时候,也会像现在这样不急着起立!"或者她应该假装根本什么都没注意到。

"他在妇产医院掉地下了。"

又一个小丑,她用目光在"顶层楼座"①里搜寻到了他的同伙,心想:每个"英雄人物"都有他的"侍从",他们会原谅侍从说的话,以换取忠实的服务。和这些侍从打交道很容易:他们下意识可以感受到他们角色的"次要",不仅表现在街上,而且也表现在与老师的关系中。

"请坐,"她对全班同学说,并立即转向他,"你,年轻人,我还是要请你站起来并到黑板前面来。"

"我去那儿干什么?又没给我们提任何问题。"他很惊讶。

"相信我,我会为你找到事做的。"

他自信地走出来。无论如何,她反正不会给自己打二分②——他们还一个题目也没学呢,再就没什么好害怕的了。

"请说一下,你在夏天读了哪些白俄罗斯作家的作品?"

"没有给我们留这样的作业。"

"你先别急着替大家回答。没给你留,给别人可能留了。"

"那您问他们去吧。"

"我会问的。但我想知道,你对文学感不感兴趣,你在读

---

① 指最后几排或远处。
② 五分制的二分,即不及格的分数。

什么书，你是否在市图书馆注册了。"

"我在网上阅读。书很快就会过时了。"

"原来是这样。你在网上读什么呢？"

"他不读书，他看图片！"

又是翘鼻子的"侍从"的声音。她头都没转过去就确认了这一点。

"网上没有白俄罗斯文学作品。"

"真的吗？连库帕拉和科拉斯的作品也没有？"

他没有马上回答上来，因为他真的从来没有去过专门研究白俄罗斯文学的网站；另一方面，他不止一次听说过，互联网上什么都有。

她不能不利用好这个停顿。

"你记住：对于那些想要思考和成长的人来说，互联网是不可或缺的助手，而对于懒惰者它只有伤害。坐下！"还没等他坐下，她继续说，"那么，夏天到底找到了时间碰一碰书吗？"

她刺痛了他的自尊心。如果她四十或五十岁，他会认为这一切接受起来都是正常的，但她只有二十三岁，按年龄她只能做他的姐姐，而上了八年级一般都不想听从姐姐的。此外，她很漂亮，他还没有意识到，这才是最让他恼火的地方。

他对这门课已经不感兴趣了。他没有听他的同班女同学在黑板前伶牙俐齿地讲述着她夏天读过的书；好像她把世界名著都读过了，也许她并没有完全明白，她此刻对新教师所做的贡献有多大。老师饶有兴趣地听着她的话，内心已经准备好，接下来这个女孩将开始背诵库帕拉的诗,这些诗她们将在几个月后才会学到。她坐在椅子上,把整个身体转向女孩,没有意识到现在她没有被小短裙盖住的膝盖,正朝向他的方向,而他正从门口的第一排盯着她的双膝,然后,在她没注意时,从口袋里掏出了手机。

这一刻,我也在看着她——但她的脸,还有她的头发、她的胸、她的手臂、她的膝盖似乎都是已经决定和我藕断丝连的塔涅奇卡的——我在想象中所描绘的所有女人都是她的外表,她渐渐地有一种替代所有现实中女人的危险。

说实话,塔涅奇卡给我感觉无处不在就是从那时……

3

……从那时起,他就感到脸颊发烫,而且不知为什么,右脸比左脸烫得更厉害,好像是某个女孩儿给了右边一记耳光,而给左边的——是一个亲吻,谢尔盖·瓦西里耶维奇在女清洁工的护送下上了二楼,去了校长办公室。

女校长坐在桌子后,桌旁站着一个不认识的姑娘。他站在门口,完全忘记了五分钟前在更衣室里发生的事,着迷地盯着不认识的姑娘,看着——又像没有看见,因为他想看清她的整个样子,从刚要齐肩的金发到她膝盖以上都藏在白色裙子下的双腿。办公室散发出一股香水味,这味道是他们学校以前从未有过的,否则他肯定会记得。

"我叫米哈伊洛夫娜,对不起,您看,我把小偷带来了。

他在更衣室翻了别人的口袋。"

他需要说些什么，为自己辩解，但有一个无形的人掐住了他的喉咙，让他难以呼吸。虽然垂下眼睛，以免和她的目光相遇，但他还是发现了她脸上的惊讶，而且甚至，像他所感觉到的，还有蔑视。他沉默着，希望女校长会说："这不可能！"然后他松了口气，也许甚至带着微笑，肯定地说："这不是真的。我从没偷过任何人的东西。"

但是女校长说：

"好吧，我们待会儿再谈。去吧，该打上课铃了。"

"哎呀，上帝，还真是的！"女清洁工惊呼了一声，跑出办公室。开始上课和下课都是她站在板凳上宣布，板凳每次她都是从自己的房间拿出来，并按下一楼走廊墙上突出的电铃按钮，按钮就在图画老师兼本地画家伊万·罗曼诺维奇·沙库拉的大型画作之间。所有楼层都挂着他的画作。画的都是难以猜测的周围的田野、森林和村庄的风景，从某种意义上说，这也能让作者免于自我重复。他曾经试图画伟大作家的肖像，但在即使是白俄罗斯文学老师也没有立即在他画的肖像上认出扬卡·库帕拉之后，伊万·罗曼诺维奇（背地里，都简单地称为罗曼诺维奇）只得专注于风景画。

铃声响了。八年级的第二节是生物课。

"我们生物学老师是新来的年轻女老师。"拉里萨·沙吉科说，她了解所有的老师的一切，因为她的母亲就在费吉尤科维奇中学的低年级教书。

很多人都知道，以前的生物学老师阿洛奇卡终于在自己三十多岁那个夏天出嫁了,并搬到了她巴拉诺维奇的丈夫那里。她的学生爱她,包括因为她在做测验时给学生抄的机会,不完成家庭作业从不"奖励"二分——取而代之的是在班级日志里点上几个点,这意味着她肯定会在下一节课中叫他。

很明显,学校里为什么很多人的生物都荒废了,所以现在每个人都在焦急地期待着新老师的新起色。

铃声响起差不多两分钟后,教室的门开了,教室里开始弥漫着香水味。

"下午好,"女校长说,班里的同学都站了起来,只有一位同学没有立即起来,并看得出来很不情愿。"从今年开始,你们将有一个新的生物老师。她叫塔奇娅娜·安东诺夫娜。"

"下午好。"新老师的声音虽然很小,但相当自信。

女校长出去后,老师走到桌前,拿起班级日志说:

"那么,我们认识一下吧。安东诺维奇·斯维塔……"

名单上的第五名是谢尔盖·瓦西里耶维奇。

"好像,我们今天已经见过面了。"

也许说出这些话的语气中没有暗藏嘲弄,但他听出了嘲笑。

他想尽快向塔涅奇卡证明,他不是她认为的那个人。她的每一节课他都精心准备,但整整一个月,她从来没有提问过他。当他的诗歌选集发表在10月的一期《白俄罗斯先锋》报上时,他抓住了它们,就像抓住了一根救命稻草。生物课刚一开始,他就展开了报纸,尽一切可能吸引塔涅奇卡的注意。最后,她给他提了意见,但过了一分钟,他又沙沙作响地翻着报纸,期待这次塔涅奇卡会命令他把报纸放在她的桌子上去。他就会暗自欢喜,然后把报纸放过去,希望塔涅奇卡能看一眼,这样她马上就能发现报纸上他的姓名。但女老师,仿佛是害怕改变主意,快速地走到他面前,从他手中抢走了报纸,愤怒地撕得粉碎……

当你来到很久没有来过的父母的房子,你就会明白,它有一种不再习惯你的特性。如果你回来,家里没有任何人,那么,当你用钥匙打开门,从一个房间走到另一个房间,你就会感觉到处都是陌生人所遇到的那种暗藏的警觉:它来自四壁,来自每样东西,甚至是自己买的或自己做的东西。要想让这种警觉过去,为了让你踩着的地板、你抓着的门把手、你换洗的衣服重新习惯你,就需要时间。但习惯还不意味着就成了你的。这就像一个女人慢慢地可以习惯你,甚至一生都和你一起生活,但永远不会成为你的。房子就是一个女人,有它自己的性格,自己的任性;房子需要主人,没有主人它就开始生病,迅速老化和毁坏。因此,它最好有一个主人,它可能不爱,但会容忍他,不时表现出它的脾气,甚至伤害他,但总比没有主人要好。

这是我父亲教给我的,他是全州有名的会盖房子的人,他对我讲,在我快出生之前,他和母亲买下了一所小房子,以前里面住的是,我们这些孩子应该叫阿廖娜阿姨,其他人就直接叫她阿廖娜,或者因为她的眼睛,叫她咕咕什卡(布谷鸟),她和上帝的谈话要比和邻里多。没有人知道这些交谈的内容,但在阿廖娜五十七岁那年,上帝把她带到了自己身边。

留零点一俄丈的荒地、两个小窗户的小房子和小牲口棚扩建的部分,也没有亲戚申请继承,于是在阿廖娜死去一年零两个月后,1970年9月28日我就出生在了这个小屋里。当严酷的寒冬来临时,小屋其实根本不保温:热量马上就会找到不仅是门窗上,还有墙壁上的裂缝,所以,正如我父亲后来不止一次说过的,屋里生炉子的时候,坐在房前的院子里都可以取暖。正因如此,我一直生病,甚至是春天到来开始变暖和的时候,所以我母亲绝望地说,她疲倦了,并且她感觉,我的体温永远都降不下来。很奇怪,但在我的记忆里,我一般体温是36.9摄氏度,当我到诊所消病假的时候,总是让医生有点困惑。然而,在最近差不多三十年当中,我很少生病。

但让我父亲担心的不仅仅是我的感冒。我睡眠很差,半夜经常跳起来,好像被什么吓的,所以他最后说,我们应该找点钱,盖一栋自己的房子。

我们的房子四年后建好了,我几乎不记得它是怎么建的(凡是可以一个人做的,我父亲都是亲力亲为),但我知道,户外右侧屋角的第一根原木下有一个五边形硬币——图吉利。诚然,我父亲喜欢重复说,幸福不应该在未来寻找,而是在过去,只有在过去找到幸福的人,才不白活。

在新房子里我有了自己的房间,不再每年冬天都生病,也不再经常夜里醒来。

我出生的房子变成了一个小牲口棚。我父亲用晚餐时比我少吃几勺饭省下的钱买的第一只小猪仔一个月都没活上,父亲决定把牲口棚拆成柴火。

父亲从来没培养过我去从事盖房子的职业，但他知道，把自己的知识传授给别人——就像在走远路时分享面包一样，这会让你比一个人吃得更饱。还是在孩提时代，他就教会了我像观察人一样去观察房子。因此如果我第一次走进别人的房子，我立刻就会开始像观察一个有幸与之共处一段时间的陌生人一样观察它。遗憾的是，搬到明斯克以后和父亲很少见面，除了和他我没有人可以像人们谈论别人那样谈论房子。

我清楚地记得一件事，这件事好像就发生在昨天，而不是二十五年前。村子的最边上有一栋房子，每次当我离它不远的时候，它就像磁铁一样吸引着我。但院子里有一只极凶恶的狗，十岁的时候我感觉，它是诚实地靠它忽高忽低的吠叫赢得了自己的给养。有一天，母亲说："跟我去加尼娅家一趟：我怕狗。"在那一刻，我第一次觉得自己像一个成年人，并心想，成为一个成年人就意味着能够克服自己的恐惧，能够不是为自己，而是为他人做点什么。这种感觉在我们走近加尼娅的房子后在我身上保留了几分钟，在院子里忙碌的女主人立即将狗赶进了狗窝，并为了保温，把窝门儿用炉子的风挡遮住。在那一刻，我想变得更成年人一些。我侧着身子坐在加尼娅房子旁边的长椅边上，把脸颊贴在墙上说：

"你的房子呼吸沉重，它一定病得很重。"

加尼娅怜悯地看了我一眼，对我母亲说：

"你儿子不太健康。得让他多和孩子们跑跑，不要总坐着看书，毁了眼睛。"

三个月后，秋天时加尼娅死了，这是我第一次看到房子可以在我眼前变老。

我再也没有和一个陌生人谈论过房子，但一直没有停止像思考人一样思考它们。那时候，从某种意义上说，我已经成了一个收藏者——一个收集（自然是在头脑里）房子的人，就像后来（已经在现实中）我开始收集钢笔一样。总有一天，为了分享我的观察，我父亲今天仍在努力将自己的观察传给我，我一定会写一篇关于房子的故事。关于举行婚礼的房子，也有关于死过人的房子。关于白天永远不会比黑夜更长的房子，也有关于很少听到男人声音的房子，只要有这样的声音，它在房子里就会回荡很长时间。当然，在这个故事中，我也会写我家的房子，并且，愿上帝保佑它，它应该成为故事的主角。

在我往明斯克搬家的时候，父亲说：

"你越是把对你来说贵重的东西留在家里，你就会越想回来。永远都不要把它们全部带走——否则你永远都不会再回来。"

和以往一样，他是对的，而在这一刻，坐在明斯克三居室的住宅里，这里我有自己的书房、几千本藏书（不包括电子版本），还有DVD机和几百部喜爱的电影的收藏，总之，在一套拥有一切工作和娱乐条件的住宅里，我在思考着，在距离明斯克180千米的图洛维奇小村里，没有创作的条件，因为只有在梦中才可以一个人待在那里。我在思考着，那里的电视只能搜索到三个频道，而读书就像无爱的性。然而，我还是很想去那里，特别是现在，在此时此刻。想做很久都不承想做的事。我明白，塔涅奇卡愧对一个人，就像我懂得，这都是暂时的一样。

尽管我曾经决定不把任何与我的童年有关的东西从村庄带到明斯克，但在我最后一次到这里来的时候，我把八年级的生物笔记本放进了旅行袋——就是在写其中的几页时，把塔涅奇卡的钢笔用完的那本。我刚把短篇小说写完就把笔记本送了回去：我在那里比这里更需要它。只是文学作品中的真实日期和事实我总是反复检查，如果我写了上八年级那年的十月，我们生物课曾学过《大脑的结构和功能》的题目，那就是真实情况也的确如此。对一些读者来说，这似乎是一件不必要的小事，但肯定会有人想要仔细检查某种事实，例如，1985年上八年级的时候，到底什么时间学过《大脑的结构和功能》这个题目。我也得考虑这样的读者。顺便说一句，正是在我们上课学到这个题目时，塔涅奇卡当着全班同学的面撕碎了刊登着诗歌的报纸，诗歌下面还标有作者名字——谢尔盖·瓦西里耶维奇和学校名称——费吉尤科维奇中学。可不可以因为年轻作者的心潮澎湃，因为他认为他永远都不会原谅她就责怪他呢？……

4

和报纸相关的故事发生在星期五，而星期天早上他去了他的同班同学拉里萨·沙吉科家，带着一个代数笔记本，上面有做完的星期一用的习题。拉里萨住在一所过去的小学里，里面进行了很多改建，现在很难猜出以前哪里是教室，哪里是老师的办公室。瓦里克·普兰丘克已经在拉里萨那里了——他也拿着代数笔记本。他们抄写习题的时候，谢尔盖正在翻阅电话簿，在家庭地址和电话号码旁边寻找熟悉的姓氏：亚历山大洛维奇、安东诺维奇、阿特拉什科维奇……巴伊科夫、巴列伊沙、巴拉季纳、古列维奇、古力诺维奇……瓦西列夫斯卡娅、沃洛德涅茨……然后维索茨基这个姓氏重复了三次，于是他的心里好像一下子高兴了三次，因为每个姓氏旁边标注的是塔涅奇卡的电话号码的概率就增加了三倍。但哪一个是呢？

"第一个，"拉里萨说，"你想打电话给她吗？"

打电话？他跟她说什么呢？什么都不说——只是听听她的声音。

他拿起话筒，感到兴奋感让他渐渐陷入失重状态。拉里萨和瓦里克停止了抄写，他们看着他，好像他要从高高的桥上跳进河里：如果他改变主意，他们都会认为他是一个懦夫。

四五声长长的嘟嘟声后，听筒里传来了一个简短的声音：

"哈喽！"

他瞬间心里想，她在家里的声音和上课时完全不一样，他有种感觉，似乎她不是对着话筒说出的声音，而是在他耳边低语。

他自己都不懂，他这是怎么了，降低了声音问道：

"是塔涅奇卡吗？"

"塔尼娅，"短暂的停顿后她说，"您是哪位？"

"塔妮娅，我想和你认识一下！因为我再不能没有你了，我没办法每天在街上见到你，却找不到理由去找你说话！没有你，我很孤独！"

他说着，不敢停顿，害怕她正在等他停下来，好威胁他

（带着嘲弄、恼怒——为所欲为！）说："瓦西里耶维奇，明天我们一起去找校长，在那里你再把所有的话逐字逐句地重复一遍。"

"你和我说什么都可以，只是别挂电话。我整整一个月没敢给你打电话。"

他不知道还能说什么，惊恐地等待着判决。

但她笑了起来，然后说：

"年轻人，我，顺便说一句，结婚了！"

"那……我就把你偷走！"他几乎是在喊，能有机会这样和自己的老师说话，他已经陶醉了，这时他听到了一个不满的男性声音：

"你在跟谁说话？"

"不知道，可能是有人打错电话了。"

她的声音也变远了，听筒里传来短促的嘟嘟声。

"你怎么，真的和塔涅奇卡交谈过了吗？"瓦里克疑惑地问道，"你疯了！你想象一下，如果她认出了你的声音会怎样吧。"

但现在，当听筒里传来短促的嘟嘟声时，他突然想让她知道是他在给她打电话……

他迫不及待等着她的课。他贪婪地捕捉着她的目光，想从中至少找到一个小小的暗示——她猜到了是谁给她打过电话。但她的目光中，却只有往日的高冷。

他坐在倒数第二张课桌后。还是在课间休息时，塔涅奇卡拿过来一台幻灯机，放在了他背后的两排之间。第二节课时她说他们将看一个新题目《心脏的结构》的幻灯片。在教室的黑板上挂上了一块白色的油布屏风，窗户上挂着黑色的窗帘。幻灯机的光束射向屏幕。光线透过通风孔射向四面八方，在最近的课桌上散开，像一个个小水洼。塔涅奇卡小声地解释着幻灯片的内容，她的声音与听筒里的声音非常相似。听她的话他感到很艰难，很艰难地在半明半暗中忍受着她就在他的身边，而且，她的一举一动都伴随着金色绉纱裙的沙沙声。

在没有完全意识到自己在做什么的情况下，他在左手掌上用钢笔大大地写下了她的家庭电话号码，并将他的手掌心朝上放在自己课桌上的一个光线照出的水洼里。他看不出塔涅奇卡是否注意了他的手掌，试图通过她的声音来弄懂，但她的声音一如既往——均匀而平静。

"普兰丘克，把窗帘打开，"幻灯片刚看完，在从他旁边经过时，塔涅奇卡说道，并以同样的命令的语气补充说，"我劝你，瓦西里耶维奇，洗洗手，毕竟，你已经上八年级了，该注重一点自己的仪表了。"

5

到了家，在父母的房子里我坐立不安。我一直在想着塔涅奇卡，我清楚，在弄清她憎恨我的原因之前，我无法安宁。

快到傍晚的时候，我去了学校所在的邻村。学校建成后不久（三层大楼），旁边就起了一栋教师住宅楼。小牲口棚和小菜园也没有忘。从那里路过时，我们，这些学生，经常看见自己的老师们穿着工作服,有时是他们手提着喂得罗①去喂牲口,有时是拿着锄头或铲子在菜园里挖土。我不认为只有在我的脑海里,这样的画面摧毁了老师比世俗更崇高的形象。谁知道呢,也许,如果我经常见到塔涅奇卡不仅是在学校——穿着漂亮时髦的衣服,而且在这栋教师楼附近也经常见到——穿着橡胶靴子、旧裙子、系着在脑勺后打结的围巾,也许我对她的爱就不会几近疯狂。但塔涅奇卡不像我的其他老师:她住在城里,从城里到学校需要乘坐郊区公交车,之后还要步行大约一千米,就正好到了我们村附近。

学校校长奥尔加·米哈伊洛夫娜也住在教师楼里。虽然她已经退休了,但这并没有把我对她的拜访变得完全没有仪式感。首先,晚上她不用准备学校的事了,其次,退休后,人活在过去的时间就会多于当下,而我在这栋楼里寻找的正是过去。

她带着一个孤独者的热情接待了我,把茶壶放在灶台上,甚至没有问我是否喝茶。她的丈夫几年前去世了,她的孩子,两个儿子,都走了,一个去了明斯克,另一个去了维捷布斯克。他们很少来看她,这只会加剧她的孤独感。

"你变得让人认不出来了。"她说,而我想起来,昨天还有人和我说的正好相反。某种意义上说,每个人都是对的。但作为答话我没能说出这些人所共知的句子中的任何一句,因为它们都不是真话,她也知道这一点。

---

① 一种上粗下细的桶。

所以我说:

"您这里太美了——就像城里的住宅。"

"很遗憾的是,这只意味着现在我有很多多余的时间。而时间不应该是多余的——这会使生活变得毫无意义……你过得怎么样?还写作吗?"

"写。准备写一部关于学校的篇幅不大的自传体中篇小说。"

"哦,我们会很高兴读到它。"

"您知道,我准备写这部中篇小说只为一个读者——我自己。而为一个人写作比为一千个人要复杂很多倍,所以我还不确信,是否能写出什么有价值的东西来。"

"为什么只为你自己?"

"我的父亲为别人建造了许多房子,但把最多的爱和灵感都倾注到了他为自己所建的房子里——那栋让人刚刚走到街上,关上身后的院门就想回去的房子。我也想写一本我想一直放在案头的中篇小说。许多人告诉我,他们多次反复阅读我的书。但我自己从来没有读完过其中的任何一本——我只记得它们的手稿。这和那个'鞋匠不穿鞋'的谚语如出一辙。"

"如果这部中篇小说成功了,你不会吝惜让别人去读吧?陌生人也会走进你父亲建造的房子。"

"但要走进一本书,你必须先购买,使它为你所有。我知道,如果我父亲卖掉了自己的房子,他就永远不会到这所房子里去,因为它对他而言已另有所属。就像一个和你分手的女人,她已被另一个人所得到。谁知道呢,"我笑了,"有一天,也许，我也会卖掉我的这部中篇小说，以便写出更好的东西。它会有另一个主人，他会认为它是他的。"

厨房里茶壶开始吹哨，于是我们中断了谈话。

"我前几天见到了娜塔莎。"奥尔加·米哈伊洛夫娜说，在我面前的茶几上放下了一个托盘，茶几是暂时放在海沙颜色的沙发旁边的，托盘里有两杯茶和一只糖碗。我们班曾有三个娜塔莎，但我知道她说的是哪一个。

"我听说她在工作中遇到了一些问题。"

"可一个商人会有什么问题——就是钱。我们许多学生都在经商。结果你也看到了：我们在课堂上没有教过他们，他们也没有上过任何大学，通常都是因为他们没考上。但今天他们的收入比他们的老师多好几倍……她经常想起你。"

"我也经常想起她。您还记得女清洁工把我带到您的办公室，说我在更衣室里翻了别人的口袋吗？"

"记得。"

"当时您说过后再和我谈这件事，但从来没谈过。"

"谈的目的是什么？我知道你找的是谁的夹克，我都清楚。而且，那天我和你犯了同样的罪过。我也把手伸进了娜塔莎夹克的口袋里。说实话，我是想在那里找到你的纸条，可我找到的却是糖果。我把它们放在了另一个口袋里——没有洞的。但和你不同，我做这事时是有证人的。"

"女清洁工？"

"不，是娜塔莎。只是我让她永远不要告诉你这件事。对了，她做到守口如瓶了吗？"

"她甚至从未暗示过这件事。"

"也许她曾经想给你一个暗示,但你已经爱上了别人。我当时想,你有太多的爱可以给一个女人。甚至比这个女人通常需要的还要多。而且你还总会留一点给别的女人。像你这样的人,年轻时对爱情特别慷慨。让我不安的不是更衣室里发生的事——我毫不怀疑你没有做这事的能力,而是你看新生物老师的眼神。"

我们离最重要的越来越近了。

"我那时是用眼睛爱她,而不是用心,所以我只能欣赏到她外在的美,却没有去用心观察她的内心。也许她今天仍然认为我是个小偷。"

"完全不是,后来我告诉她是女清洁工弄错了。"

"可是,她对我的态度并没有改变。相反,我感觉,她有时还会因为我不是小偷而表示遗憾。"

"你对她的爱是带有非常大的侵略性的。她那时还很年轻,不知道如何抵御这种侵略。遗憾的是,这在大学里是学不到的。后来她已经处于另一种状态,在这种状态中平静对一个女人而言——不是特权,而是必需品。顺便说一句,她表现得非常体面:当发生在她身上的一切都过去之后,她没有吵闹,也没有向区里抱怨,而只是调到了另一所学校。但是,如果她确定是你们干的,谁知道她会怎么样呢。"

"她发生什么事了?"我问,感觉这些话像沙子一样沉淀在我的舌头上。

"难道你不知道吗?她怀孕五个月的时候,你们在晚上把她吓坏了,导致她失去了孩子。"

6

我们与童年告别,不是在我们成年时,而是在我们对童年行为的意义不再理解之时。三十岁的时候,再去拽小女孩的辫子并不是有多恶心(三十岁的时候我们经常做更恶心的事情),只是在这个动作中你不再能看到任何意义。

从今天的角度来看,1985 年 3 月晚上发生的事毫无意义,但如果八年级学生谢尔盖·瓦西里耶维奇二十年前就这样认为,这件事会发生吗?我知道这可以作为他的借口,但由于现在我对他而言既是法官又是律师,我很难指责他,也很难为他辩护。如果要指责他,那么与他和在那个命运多舛的夜晚在他身旁的同班朋友瓦里克·普兰丘克和维季科·日特科一起,许多活着和已经死去的人都应该被放在被告席上(如果为此可以让他们复活)。显然,他们中的大多数人最终有罪的程度将被认为是微不足道的,但需要考虑到的是,这大多数人中的许多人都可能作为被告出现在许多类似案件中。还不得而知的是,什么更糟糕:犯一千次小的罪过,还是罪过很大——但只犯一次。

像他的许多同龄人一样,他酷爱电影《达达尼昂和三个火枪手》,试图在所有方面都以了不起的四个主人公为榜样,却不明白:电影中被认为是英雄主义的东西在现实生活中可能被视为常见的犯罪活动。

他不止一次试过想象中的火枪手制服,拿起一把想象中的剑并击败了想象中的敌人。他满足于想象中的英雄主义,直到塔涅奇卡出现——一个真实的人,而不是屏幕上的必须用真实事迹证明自己英雄主义的康斯坦斯·博纳希厄(珀纳塞克斯)。

在60年代,在图洛维奇的郊外,德国人战争期间射杀九名村民的地方,树立了一座纪念碑,旁边建了一个小公园。二十年中,树木已经长高了,放学后或周末,孩子们经常聚集在那里玩一会儿野餐游戏或排球。

那天晚上,他和维季科·日特科去小公园看瓦里克·普兰丘克测试他的自动射击枪。用细钉子制成的撞针在撞击时怎么也点不着口香松脂胶。他们一直捣鼓到天黑,该散了,但第二天假期就开始了,他们不想回家。

大约晚上九点钟,塔涅奇卡出现在路上。他老远就认出了她。在一千个人当中——凭步态,或者闭着眼睛——凭鞋跟的声音,他就能认出她来。当她经过时,男孩们安静了下来,然后他提议说:

"要不,我们和她去走走?"

那一刻,他觉得自己就像是那个想在康斯坦斯面前展示自己英雄主义的达达尼昂,但这个达达尼昂只有十五岁,而且大仲马也没有站在他身后提示他该怎么做。

"好,我们送她到灌木丛吧。"瓦里克喊了一声。

塔涅奇卡走的路,过了一千米被另一条路挡住了,路的两侧生出很多灌木丛。

"你小点声!"他不高兴地嘘了瓦里克一声。

他们跟在女老师后面走了几十米,努力保持着距离,然而,他们和她之间的距离在逐渐缩小。担心当他们赶上塔涅奇卡时,瓦里克可能会对她说各种蠢话,他小声地说:

"我们超过她吧。"

"呜—呜—呜!"瓦里克像狼一样大声号叫着,把夹克拉过头顶,让塔涅奇卡认不出他来,往前冲去。在他后面,他和维季科也同样发出狼叫声,用夹克盖着头,一起跑了过去。

当塔涅奇卡被远远抛在后面时,他们停了下来。突然,瓦里克举起他的自射枪,扣动了扳机。谁都没想到,枪声大作。

"蠢货!"谢尔盖惊呼道。

他们意识到他们做了一件不可原谅的事情,逾越了一个界限,界限那边则是按照另一些规律流动的另一种生活。他们想回到公园去,但害怕如果他们再次从塔涅奇卡身边跑过,她会认出他们。如果从路上往右拐,去村里,塔涅奇卡也会猜到他们来自图洛维奇,这意味着她会猜出他们是谁。路的左边是集体农庄的田地,雪刚刚融化,地已经变成了一片泥泞。

只能往前走,去公交车站的方向,才能在灌木丛中等一等郊区公交车把塔涅奇卡拉走。

7

去演讲的路上,我想象不出我会说什么。我故意早早出了门,为的是步行到城里。许多人认为,似乎思想一直住在我们内心的某个地方。事实上,它们是通过我们的眼睛来到我们这里——无论我们是看着道路，看着一个人，还是看着我们的过去，都无关紧要。有些思想像苍蝇一样在我们周围盘旋。也有反复无常的想法，像蜜蜂一样，在飞向你之前会思考十次。但我现在需要的正是这样的想法，而在公交车的拥挤中不可能捕捉到它们。

到了城里，我立即前往学校，尽管距离演讲还有近一个小时。在老师办公室里，我的同学安德烈·涅斯特罗维奇正坐在桌子后翻阅一本班级日志。我还有一线温暖的希望——我不认识的男孩和女老师之间的冲突可以化解，我可以和中学生们聊一聊，而不用集中注意力。

但是安德烈见到我就提了一个问题：

"你到底想出怎么教育一个年轻的狗仔队员了吗？"

我不太高兴地冷笑了一下：

"狗仔队——有着光明的未来。今天是演艺圈的命脉，明天——就会成为政治的命脉，在这种背景下最好不要去想后天。"

"只是不要试图与我们的英雄分享你的观察，否则年轻的女老师就会害怕去上课。对了，你知道他是谁的儿子吗？"

"这就对了，"我想，"很可能是某个官员的儿子。现在清楚了，处理他们的为什么不是警察，而是一个倒霉的作家。"

"这是塔涅奇卡的儿子。你还记得我们八年级的生物老师吗？她只工作了一年，然后就辞职了。"

他所说的每一句话都在我体内回荡，仿佛那一刻，一种绝对的空虚充满了我的灵魂。

中篇小说

无论我在演讲前心情如何,即使是完全令人作呕的,充满了冷漠和思维瘫痪的,在最后一刻,我总是能集中精力,说出一些重要的东西——对我很重要的。不管听众是否会马上理解我的话,或者在一天、一个月、十年后才被他们理解,都没有任何意义。一个建筑工人,在一栋住宅楼交工后,永远不会进去看看人们是如何生活的。对他而言重要的是,为了能让他们在那里舒适生活,他已经尽其所能。

首先,我得去用目光寻找那个男孩,是因为他我才来到了这里。我找到了他。我不可能找不到他,因为他的外表非常像他的母亲——塔涅奇卡。是一个普通的男孩。有点自傲,有点自信,但在今天的世界里,没有这很难。

"我想和你们谈一谈关于爱情。一些人认为,成年人和八年级学生谈这件事还为时过早。而我感觉——已经太晚了。一个人活得越久,他对爱情的想法就越会被扭曲,成人的爱情永远都不会像校园里的爱情那样纯洁、无私。上八年级的时候,我爱上了我的老师。那时她才二十三岁,长得很漂亮。我经常回想起她,每次我都在想象中描绘她的肖像。而遗憾的是,每次的肖像看起来都越来越不像她本人。于是我越来越感觉自己不是一个画家,而是一个修复者,而且我明白,每一次新的修复只会让我远离我的老师,也就意味着,远离我的童年。遗憾的是,我没有她的照片,而且永远都不会有:照片可以帮我们让时间定格,甚至让它倒流。我听说你们学校的一位老师在课堂上被拍照后提交了辞职信。照片是以她不希望的方式拍摄的。我感觉,如果不是现在,那么以后她也会后悔她写了声明。她也很漂亮，没什么好害羞的。女生只能羡慕她，男生只能赞美她。而且即使是给她拍照的人，我想今天也会感到惋惜，因为这件事他可能再也见不到自己的老师了。在白俄罗斯文学课上，在黑板前，他再也没有机会让自己感到紧张了。紧张的不是因为还没有准备好功课，而是因为提问他的是她。"

我和他们说这位女老师的时候，好像我很了解她。虽然我从来没有见过她，即使是在照片上也没见过。但那一刻她活在我的想象中。和塔涅奇卡就像两滴水一样相像……

我收集圆珠钢笔。我有很多圆珠钢笔。我的收藏中从来没有两支相同的笔。也许我真的是一个不错的收藏家：例如，在不拧开钢笔的情况下，我可以确定笔芯里基本没有油了。顺便说一句，在我用来写这部中篇小说的钢笔中，笔芯里也几乎没有油了。原因在于，我经常在手稿上勾勾抹抹。但是，我剩下的只有再做几处修改和在末尾放上我的姓氏。当然，除非这时笔里的油还没有用完……

不合群的人

蔚蓝的海上有一块巨石，
巨石上有一棵橡树，
橡树上有很多只猫，
猫身上有很多个巢，巢上的喜鹊有很多只，
很多母喜鹊、小喜鹊、公喜鹊
——长着棕色、红色和白色的羽毛。
节日之神啊，快来帮我；
我带着言语，上帝带着圣灵；怎么开始，
就怎么终止……

1

"上帝，仁慈的主啊，在回想你的仆人维拉去世一周年之时，我请求你在你的天国里给予她一席之地，让她安息，并引领她进入你荣耀的光华。

"我知道，用不了多久，我也将等待你的惩罚。我的灵魂已经不属于我，没有任何东西能留住它。"

如果不是维尔卡①就躺在墓地的边上，老人也许不会拐到她那里去，而是继续步履艰难地走回家，走到自己的床前——

---

① 维拉的爱称。

他的腿已经不比从前，已经走不动了，可今天早上还脚蹭着地走了很远：去一千米半，回来又一千米半。他本打算明天去维尔卡那，去追思她去世一周年，但今天既然要经过村庄的这一头，他想去看看一个星期前他为自己选下的地方。

要不是墓地周围生锈的栅栏旁长着的红莓树丛，维尔卡的坟墓旁边——如果横着测量的话——有三米的空地。

"应该把红莓移到院子里。可男人们不会那么斯文的。他们知道在墓地里出言不逊内心会受到谴责，可还是会有说有笑地把红莓贴着根砍断——就完事了。"

老人知道，谁都不会因他而哭泣。没有人值得他们流泪。他知道，为什么掘墓的人们将会嘲笑他。他们会回想起他年轻时是如何缠着维尔卡的，拦着她不放。所以，有人会说，他这是往她身边凑。而且他还知道，墓地要关闭了，再下葬就得葬到离他们的奥尔霍夫卡四千米外的地方。

老人回想起，那时维尔卡经常在村里走来走去，怀着孕，让人感到陌生又难以接近。他总是用温柔爱抚的双眼目送着她，关注着她变得沉重的肚子，好像她的这些变化是他造成的，好像对于这些变化而言，他那唯一的一个吻就足够了，就是她嫁给从邻村扎德沃利耶过来做上门女婿的格尼克之前，他给她的第一个也是最后一个吻。他看着她，感到胸口有一种难以平息的疼痛。

女儿出生后，光彩照人、满脸微笑而又好动的维尔卡似乎平静了下来，她的眼睛失去了从前的光泽，但还是那么明亮，他的目光在她花枝招展、还没有被日常劳作所摧残的身体上划

过。维尔卡略微伸出下巴——这给了她一种特殊的威严和神秘感。每次见面,都仿佛有什么秘密,嘴角露出微笑说:

"你好,扎哈尔。"

维尔卡的女儿从巴拉诺维奇轻工业技术学校毕业后,很快就火急火燎地嫁给了一名军人,他带她去了鲍里索夫。当时,攀上一个军人是全家人的骄傲,但婚礼后,虽然维尔卡对女婿赞赏有加,但都是一些不咸不淡的话:高官都来参加婚宴了、在家里什么家务活都做了、在部队管好多弹药仓库了,还有做事很有条理之类的。

人们在村子里只见过一次这个军人,当时年轻夫妇带着维尔卡的外孙女来过夏天,之后女儿与这里就形同陌路了。维尔卡说过,她的女婿被调到了另一个部队,好像甚至去了蒙古。后来,谣言在村子里传开,说她的女儿早就不和丈夫生活在一起了,但是蒙古那么远,所以不是每个人都相信这些谣言。最后,很长一段时间里,人们早已把她忘记了,再想起她已经是格尼克去世的时候:在严寒的冬天,他醉酒后迷了路,在田地里睡着了。人们在村里到处找他,但没找到。直到春天,开始解冻的时候,田地里的雪融化了,露出了黑土。一天早上,维尔卡从床上跳起来,边走边把毛毡靴套在光着的脚上,在衬衫外面披上一件外套,光着头就出了村子。她在离道路三百米的地方找到了格尼克。他是从家里被最后送走的,但告别的时候棺材是盖着的,而且下葬前也没有让他像基督教传统所要求的那样,在家里过夜。维尔卡话讲得很漂亮,用的词如果他能听到,无疑会喜欢。只是她对格尼克所讲的话让每个人都感到很困惑,因为里面既有问题也有答案:"你的女儿在哪儿?你自己以前不是也不想让她来嘛!"

已经是晚年的时候,扎哈尔问过维尔卡,为什么她不想嫁给他。

"因为我不爱你。"她回答得很简单。

"那你爱过格尼克吗?"

"格尼克我也没爱过。但大家都说:格尼克很富有。我在战争期间饿怕了,所以当时就想:幸福不在于有没有爱,幸福,就是如果你不怕把剩下的一块面包掰着吃掉,明天还会有吃的。可是在这种富有中刚过了一年,就感觉——'够了'。我没有能取悦我的婆婆:我这做得不对,那也做得不对。"然后,她沉默了一会儿,又补充说,"可我的父母也不想让我嫁给你。"

村里人都知道,他的母亲会给被吓着的人说事儿。当有人有麻烦到他们家来的时候(通常是不认识的人),他母亲就会把他送到院子里。这些客人在屋里待的时间都不长。多亏了他们,桌子上才有了某种食物。家里的男主人上了战场再没回来,对于一个没有男主人的家庭来说,这可以救命。但要说随便什么人过来——只是坐坐、聊聊天,他不记得有这样的时候。他母亲也从来不去任何人家,整天要么在屋里,要么在院子里忙活。"坐吃山空是一种罪过,"她教导他说,"魔鬼等待的就是这个,好抓住你的灵魂。""那过节的时候呢?"他问,"你说过这样的日子不能干活。""神圣的日子上帝会保佑我们的灵魂。"母亲回答说。

在刚步入童年的时候,他不明白为什么他的同龄人叫他巫医。更正确地说,他不明白这个词是什么意思,但他猜测其中有某种侮辱性的东西。

"我不是巫医!"他试图摆脱这个难以理解的绰号,"我是扎哈尔!"

"巫医!"他们喊道。"你妈妈就是巫医,所以你也是巫医!"

而长大一些后,他注意到,同龄的孩子们开始躲着他,不太愿意和他结伴。起初,因为小孩子们的欺负他会心里难受,但很快他就平静下来了:他觉得孤独给了他自立和独立的权利,他可以独立于那些认为他与众不同的人。

他们家的房子靠近村边,屋后就是从三个方向围着村庄的森林。在森林里他感觉完全不同。在外面,和小孩子们一起,他软弱而无助,而强大又神秘的森林,似乎在与他分享着自己的力量和自信。

有一天,当他跪在地上采摘成熟的蓝莓时,一只蝴蝶落在了他的肩上。这是一只黄凤蝶,翅膀上有蓝色的斑点和红棕色的小眼睛。直到今天,老人还记得他是如何小心翼翼地把自己捏碎蓝莓的食指放在蝴蝶面前的。胆怯的黄凤蝶迟疑了一下,似乎在想是否接受邀请,最终小心翼翼地爬到他的手指上,开始用细细的小嘴儿吮吸蓝莓汁的残余。

许多年后,想起这只蝴蝶,老人认为一个人不可能孤独:如果他没有朋友,那动物、鸟类、树木就会成为他的朋友。但当时在森林里,他还太小,还达不到这个思想高度。只觉得当黄凤蝶的爪子在他手指上爬过的时候,他浑身都在颤抖,有那么一瞬间，他的心也因为一个喜悦的想法而颤了一下，在款待这只蝴蝶时，他做的正是没有人能做到的事。

老人瞥了一眼坟墓上的松木十字架，一年时间颜色明显变深了，目光停在了锡皮牌子上：

赫玛露科·维拉·伊万诺夫娜

26.03.1927 — 19.07.1992

"对不起，维尔卡，我没有在周年纪念日前为你立上一块墓碑。你可以看到，我现在捉襟见肘。但我在存钱，每个月都存。"

老人叹了口气，似乎不舍地走到路上。

从大约三百米远的森林里，传来了自行车嘎啦嘎啦的声音。对于当地人来说，每个声音都带有某些有时是非常重要的信息。你可以坐在屋里，背对着敞开的窗户，从脚步的沙沙声中认出是谁在街上行走，从斧头的敲击声里认出是谁在劈柴，从大门的吱吱作响中判断出拜访你的是亲人还是外人。骑车人还没有从森林里出来，老人已经知道是谁了。因为知道，他也就没有抬头，漫不经心地看着脚下，就像一个疲倦的、正在思考的人看着从小就熟悉的道路一样。老人没有朋友，偶然在村外遇到一个人也没什么可说的，——这是习惯孤独的人们的一个特征。老人知道，在村里人们背地里称他是一个不合群的人，但不是冒犯，而是甚至带有一点点遗憾，——因为他们认为他是一个善良的人，但心中却带着某种悲伤。老人仍然没有抬头，他知道，在森林边缘那里，骑车的人会立即左转，因为出售伏特加酒的商店已经关了，他将不得不去三千米外买自酿酒。

但听到自行车嘎嘎的声音越来越近。老人感觉他整个身体都凝固了，开始警觉起来。当他在森林中感到危险时，经常会这样，例如，不远处的某个地方一只狼嗅到人的气味正在跑过来。

老人抬起头。

差不多和老人并排时，骑车人朝相反的方向蹬了一下，一下子刹住了车。他身上散发着伏特加的味道。很明显，双重原因：晚上，又是星期天，喝的酒不够了。

"扎哈尔，你怎么不去迎接客人？"舌头已经不太听话了，但声音仍然很有劲儿：就是说，暂时还清醒。

"我还以为我的客人都在那里躺着呢。"老人朝墓地那边点了点头。

"赶快吐吐[①]……大伙儿说得可真对：不合群的人。"

"生下来就这样。"

"这是对的：生下来什么样，到死就什么样。好吧，别生气哈。"

"你说的是什么客人？"

"维尔卡的亲人来了——女儿和外孙女。"

白天的闷热似乎一下子回到了老人身上，开始感觉呼吸困难。

"打出租车！……从那头来的，证明是从巴拉诺维奇，也

[①] 斯拉夫人为了避讳某些事，往往朝左肩吐三下。

许从明斯克市里。这得付多少钱路费啊？！"

老人沉默着。

"来参加葬礼已经过去一年多了。"

老人只是叹了口气。

"一旦维尔卡的女儿想卖掉她的房子怎么办？"

"卖给谁啊？这栋房子快一百年了。"

"哪怕卖给你也行啊。有钱人去远地方都坐出租车，而那些卢布有的是的人，他们也是会算计戈比的。根据法律，你现在住的房子是她的。"

"当然，房子都烂了，但它还能坚持一段时间。为什么不会有人买下做别墅呢。而且地块很好。大花园。旁边就是森林、河流。空气清新……但为什么要卖——可以自己来度夏。我会看着它。房子不能没人管……仁慈的上帝啊，一切都是你的意志……"

"那，我走了。"

老人没有听到这句话，只有当自行车在他面前嘎嘎作响走远的时候，他叫道：

"佩特罗！"

嘎嘎声停了下来。

"客人现在在哪儿？"

2

经过自己从前的老窝儿，他放慢了速度。在现今长着三棵小苹果树的地方,曾几何时,他的那栋父亲战前盖的房子就矗立在那里。

那时他经常每天都想着死,有一天他问自己这样一个问题:房子以后会怎么办?他意识到不会有人需要它——无论是集体农庄还是人们,就开始感到痛苦。他母亲在他四十多岁的时候就去世了,他一生都是一个孤苦伶仃的人。到了谈恋爱的时候,他很快意识到自己的机会不多。女孩们对待他与其他男人不同:不会和他讲轻松的笑话和文字游戏,她们只回应严肃的谈话,好像他不是和她们,而是和她们的父母才是同龄人。因此,在维尔卡结婚后,他由于怨恨想向她展示,没有她他也有人可以拥抱,但他感觉这种情况是不会发生的。几年前,闪电从村里所有的房子之中选中了他家,只留下了烧焦的四壁。他死后房子怎么办的问题也就自生自灭了。

"如果你愿意,到我这来住吧。"维尔卡说。

一年后,他推倒了房子的墙壁,用邻居的马把原木运到了维尔卡家里当劈柴。这个世界上已经没有人可以干扰他的家庭幸福,但现在幸福也不是他年轻时那种幸福了——它是不完整的:就像一个在前线医院截肢后回家的士兵的幸福。

而且,这种不完整的幸福并没有持续多久。不知何故,他不经意发现维尔卡的食欲开始变差。他把这与春天联系了起来:刚刚在菜园里种了菜,垄上播了种,他们正在吃去年在村里的商店凭票购买的土豆和牛奶漂白的通心粉。商店里卖过凭票可以购买的米、黄油和面粉,如果能买到,维尔卡就把面和稀缺的酸牛奶和在一起,如果没有酸牛奶,那就用泉水,然后烤煎饼。说实话,用水和面做的煎饼像胶皮做的一样,但可以吃。哪怕是用黄油或者秋天屠宰的野猪脂肪榨的油也好啊,野猪油是老人用三升的罐子装起来准备过冬的。

然而,人体是神秘的:有时它甚至会把内里的某些东西吮吸出来——所以突然想要吃几年甚至几十年前最后一次吃过的东西。老人的母亲,在去世之前,很想尝尝籽仁酥糖,她曾经在维尔卡女儿手里一个漂亮的罐子里看到过,甚至不知道它的味道。但那种不寻常的气味让她记了一辈子。

老人选择了一个村里商店顾客很少的时间(午饭后)。仔细看了看几近空荡荡的架子,似乎没看到他要找的东西。他在柜台附近来回走了走。从未如此尴尬,甚至羞愧。他从口袋里拿出一张对折的纸,放在收银员面前。收银员来自另一个村庄——邻近的村庄,这是唯一帮助老人克服羞愧感的东西。

"我刚才想……"他没有像村里人那样称呼她"廖佳",但廖卡吉娅听起来又有点不像乡村的称呼。"我不抽烟,烟票要过期了。我也不需要那么多肥皂……要不等有好的香肠,生熏的那种……?我用不了太多……"

"生熏的?!"收银员哈哈地笑了起来。"你怎么,老爷爷,是不是准备结婚了?城里的人都拼命抢医生香肠①,而你在农村想吃生熏的。"

"那,要不给我来一小块儿医生香肠?"

"我和你说的是:在城里。不会运到这样的穷乡僻壤的。"

---

① 据说是一个医生为了增加病人食欲研究的一种营养配方香肠。

老人明白了,收银员眼中他的票券就像吸烟者眼中的老报纸。他得找一个理由去一趟区中心。但有一天,维尔卡在吃晚餐时吐了。他猜她是得了胃病——胃炎,或者更糟糕,胃溃疡。老人在她的夹克口袋里撒了一点盐,特意没让她发现。每天早上,他用亚麻籽泡水,并一勺一勺喂给维尔卡。亚麻籽用完后,他开始在碗里把芦荟捣碎,加入蜂蜜和黄油。但维尔卡并没有好转。她眼看着消瘦,并感到全身虚弱。最后,维尔卡住进了医院,医生发现她得了胃癌。村里从没有人患过如此可怕的疾病,他们小声地谈论着这件事,好像他们害怕把疾病引到自己身上。老人在屋子里哭泣着,因为维尔卡,好像她已经去世了一样,同时又祈祷她能康复:"伟大的、被赞美和不可理解、高深莫测的主啊,请你示现给你的仆人维尔卡,给她一个平静的睡眠——能让她身体健康和挽救她生命的睡眠吧,让她精神坚毅、身体健壮起来吧。"

祈祷完他去了森林。老人在这里做了半个世纪的林务员,即使闭着眼睛,也不会迷路。要想迷路,只能让他既看不见,也听不见,森林里的每一种声音都会给他帮助。他在森林里采摘了桦木菌。他知道,桦木菌夏天的药效会略微减弱,但此时草药的药效会增强:车前草、白屈菜、伊万茶、马尾草、薄荷。这些老人也采了,从森林回来,他没有顺着路走,而是穿过了草地。

到了晚上,他制作了药水,并对着药水,好像在祈祷,低声说着他母亲曾经教过的咒语。"如果我忘记或混淆了词语,会怎么样呢?"有一次他问道。"没关系,"母亲回答,"说出那些自己来到你头脑里的话。难道可以这样吗？""可以。最主要的不是你说什么，而是你此时的感受。从前，在不远的村子里有一个巫医，是个哑巴。土匪以为他当巫医发了财，晚上闯进他的屋里，让他把钱拿出来。但没有找到钱。从那之后，他就不说话了，但他并没有停止用自己的咒语给人们帮助。"

老人坐立不安。他感觉，如果维尔卡当时躺在家里，他就能让她站起来。维尔卡的灵魂离他太远了，他觉得这让他的咒语失去了力量。

结果过了一周。最后，老人受不了，决定明早就去区医院。可到了傍晚，从医院打电话到村里的商店，通知说维尔卡死了。

……走了很远的路，疲倦了的老人打开大门，他好像想靠在门上。意想不到的客人正坐在门旁的长凳上等着他。长凳旁边有两个大的旅行袋。

"还认识我吗，扎哈尔叔叔？"年长的女人迎着他站了起来。——这是维尔卡的女儿。

"不仅认识你，"老人笑了一下，把目光从一个客人转到另一个客人身上，"我还认出了你的女儿。她长得像妈妈，出落成漂亮的大姑娘了。你们等我很久了吗？"

"不是很久，"丽达巧妙地答道，"我们和您的邻居聊天来着，没觉得无聊。"

"好吧，和她聊天你永远都不会寂寞。她可能把一切都说了。但也许这样比我自己说还好。"

"那，我们去屋里吧？可能路上都饿了。"

他从挂锁环上摘下一个小钩子,打开了门厅的门。

"您不锁屋门吗?"丽达的女儿问道。

"她好像叫斯维特卡[①]吧?但已经不是思维特卡了——而是斯维塔了。斯韦特兰娜[②]了。她现在多大了?从外表来看,是不是有二十五岁了,应该没有,哪有这么大。二十二?二十一?"

"为什么要锁?"

"要是来小偷呢?"

"锁是小偷的第一个帮手。如果挂着锁,那就意味着家里藏着东西。"他半开玩笑半认真地说。

"好吧,外公!"女孩在腐烂地板的伴奏下笑了起来。她笑着,但脸上却是从远方带来的忧伤。

他把门闩啪啦一声打开,让客人先进,然后自己才进去。门槛的左边是炉子,右边是一个带两个抽屉的小柜子,同时也是一张桌子。柜子里存放着餐具,而抽屉里放着勺子、叉子、刀子,以及各种小东西(线、纽扣、钢笔、电池等),这些与厨房没有任何关系。从炉子边缘到远处的墙边屋子被一个由薄木板制成的木隔断分成大小不等的两个小房间,隔断两面都贴着带花的壁纸。作为卧室的较小房间的入口挂着一个从地板到天棚带金色斑点的红色帘子。在更大一些的"干净"的房间里,也有一张床,但这里最显眼的位置是一张桌子——不是餐桌,不是放在门口日常使用的,而是一直空着的,而且,因为

[①] 斯维塔的爱称。
[②] 斯维塔的正式名字。

房子里没有正房,某种意义上说,桌子应该是替代正房,所以上面盖着一个家织的白色桌布。桌子的一边靠墙是一把长椅,另一边有两把凳子。

"房子真小啊。"

"外孙女啊,不是房子小,是你长大了。而小时候,和老了一样,所有东西感觉都很大:房子、菜园、道路……你们先在这熟悉熟悉,我去摘点鲜黄瓜。"

他拿着黄瓜回来的时候,客人们已经放好了桌子,桌布上铺了一张报纸——上面放着他们自带的所有食物。一切都是自己的。当然盘子、刀、铝制的叉子、酒杯是从小抽屉里拿出来的。虽然公平地说,也是自己的。有些农村的东西老人没敢让她们吃。

丽达把带棱的小杯子都倒满了酒。大家默默地喝干(然而,斯维塔只用嘴唇沾了沾),没有任何祝酒词,好像每个人都想为自己的某些东西而干杯。

"吃风干香肠。"丽达建议说。

老人听到这话,感觉喉咙里哽咽了。

"尝尝吧,很好吃。在明斯克都买不到,可能永远都不会运到这里来。"

老人用不太听话的手拿了一小块。

"怎么样?"

"苦啊,孩子……"

于是他哭了起来。他哭是因为想起了维尔卡,因为她在坟墓里,而他坐在她的桌子旁,而且面前还有这么多款待的美味,都是她从未见过的。

一般情况下,人们哭的时候都会很难看,哭泣会让脸变得扭曲,变得无助、不快。老人虽然在哭,但他的脸保持着严肃,就像雨中大自然的肃穆。

3

房子里满是傍晚的昏暗,但老人没有发现:他习惯了晚上不开灯——并不是想从电费里省钱,而是因为在这个时候对他而言并不是特别需要。

"我去院子里,呼一呼新鲜空气。"斯维塔说。

"井边长着薄荷。你摘些叶子,涂在手指上再擦擦脸,蚊子就不会咬你了。"老人建议道,内疚地看着丽达说,"屋里很闷,但如果打开窗户,晚上它们是不会让你睡好觉的。"

"明天早上我们还要去墓地。"丽达叹了口气说。

"我没有闹钟,但我是太阳出来了就起床。"

"你可能会想:父亲去世了我没来,母亲去世我也没来……"

"我的闺女啊,一个人今天这样想,明天又那样想。这些想法——是人最无常的东西,不能去评判它们。"

"我最后一次来的时候,和父亲大吵了一架。他一直教我该怎么生活,可他自己……他的哥哥们结婚后,得到了土地和牲畜,只答应给他一头牛和一头小猪。他不会生活,只有傲慢——令人无法接近……我丈夫在鲍里索夫当兵时,我想克服我的怨恨回来看看。但由于某些原因也没有成行。然后，80年代中期，我的丈夫被派到了蒙古。我一辈子都记得：后贝加尔军区第 39 集团军第 2 坦克师。我和女儿也跟着他去了。我往家里写过几句话——主要是给我母亲写的，怕她担心。当然，我梦想去的是德国，或者至少去捷克斯洛伐克或匈牙利。但是，他们没有把他派到阿富汗——就已经谢天谢地了。的确，蒙古的气候——不是每个人都能忍受的。冬天如果你吐唾沫，唾液在空中就冻成冰了。周围是光秃秃的草原，没有一棵树。我经常做梦：我听到了树木沙沙作响——那是我们的白桦树。闻到了洋葱、琉璃苣、莳萝的味道。也许这就是我们的菜园，也许是我丈夫父母家的。他们也是农村的，住在利阿霍维奇郊外。但这些菜园在哪呢？你只能看到风把沙丘刮过草原……但有足够的钱。如果'私下'交换，蒙古人一卢布给四个图格里克。汇率很划算。不远就是乔巴山市。然而，五年时间，我们没过上大富大贵的日子，也没有过什么幸福生活。当该部队 90 年代被撤回到后贝加尔时，我们已经成了陌路人。在那里，在后贝加尔，我们就分道扬镳了，丈夫变成了前夫。但我回明斯克是和自己的爱慕者一起，"丽达最后的话说得很满足，甚至，就像老人所感觉到的，带着自豪。"维克多，是个大尉。他和我丈夫曾一起在蒙古服役。他升到副连长，然后就决定复员。功勋很多，但继续服役……为什么要继续？开始削减军队开支，压缩军官数量。没有人知道接下来会发生什么。一个人，如果不知道他的前途，就会开始思考如何选择接下来的生活。但维克多的母亲独自一人住在明斯克的一套两居室里。而且不用和任何人争夺他:他在去蒙古之前在罗斯托夫服役,并在那里结了婚。但妻子不想和他一起到草原去。她不想去——也就不爱了,嫁给了别人。"

老人沉默着,若有所思地看着丽达身边的某个地方,仿佛在努力想象着她所说的一切。他明白,她需要在父母面前一吐为快作为忏悔,这样才能缓解心中的愧疚。

"她在这里已经没有人可以哭诉。而我——仿佛是她的房子里过去的一道活的影子。"

"起初,当我们来到明斯克时,我们无法习惯新的生活:凭票购买商品、商店里空空如也、目光所及——到处都是物资短缺。但最主要的是不要放弃并找到正确的方向。维克多在圣彼得堡有很多朋友。他从那里运回来了一台生产一升塑料瓶装96度荷兰'皇家'酒精的机器。可以喝,但要是谁想把它稀释到40度,就可以把一瓶变成半升的四或五瓶。然而,我们那里大家都不怎么买:许多人担心它是工业酒精勾兑的,可能会中毒。一部分好歹是卖了,一部分被运到了波兰——不知道波兰人在那里用它做什么。我们去了一次,第二次——就欲罢不能了。但是,得感谢维克多:如果像当时的很多人一样,只是往波兰运些小东西,那么只会有足够的面包和水。他开始卖干酒精片。我们这里它们根本不值钱,而在那里……总之,还是酒精,只是那种可以喝,而这个可以燃烧。做'皇家'我们赔个底儿掉,而卖酒精片让我们站了起来。"

房子里一阵沉默,而老人没弄清楚——丽达是已经倾诉完了,还是还没有说完想说的话。

"这个时代不容易啊,"他终于打破了沉默,"人什么都会习惯的,即使是最糟糕的东西。这能让他更轻松地生活和生存。但今天怎么习惯呢?你好像不是站在地上,而是在小船里随波逐流,而且你也不知道,何时被冲到何地。"

"并非所有人都是这样的,扎哈尔叔叔:一些人是随波逐流,另一些人——则是逆流而上。我知道一点:无论你漂向哪里,都不要把船桨扔掉。这个时代是艰难的,但它也会让我们有机会过上好日子。"

"给一个人机会,剥夺另一个人的机会。而且什么是'好'?我经历的太多了:战争、饥荒、斯大林、赫鲁晓夫和勃列日涅夫年代——每一个年代好日子都有过自己的含义。对你们年轻人来说更容易,你们可以期待明天,你们不知道明天会是什么样子,但你们相信它会更好,而且,主要的是,你们相信会见到它。信心会赋予人力量。而老年人知道他可能活不到明天,他希望看到今天至少就有某些好的变化。因此,老年人和年轻人对好日子的理解是不同的。"

"您会活到的,扎哈尔叔叔。您自己也能看到,今天一切的变化有多快。我只是担心斯维特卡①。"

"斯维特卡怎么了?"老人警觉起来。

"她本应该去学经济学,以后学经济学的会很抢手。可她去了历史系,想成为一名历史学家。这不是女性职业。接下来等待她的是什么呢?读研究生,到中学教书,无论哪种选

---

① 斯维塔的爱称。

择,但结果是一样的:没有声望,没有钱。小时候她对任何历史都不感兴趣。这一切都是在蒙古的时候开始的:她开始追问关于我们的祖先、听民间歌手演唱、让我唱民歌。我哪懂这些歌……现在我和维克多一起开了自己的公司——她和我们一起工作多好,而……说实话,多亏她上了这个历史系,我们今天才能到这来,才能回家。我本来想的是——先在生活中取得一些成就,然后再回来。多年来一直以此为借口,既能让父母高兴,又能不让别人说闲话。结果,斯维特卡的一位大学老师就出生在扎德沃利耶。他告诉我们,我们已经没有任何亲人了,"丽达叹了口气,"就是这样,扎哈尔叔叔。"

最后一句话,她似乎是对所说的一切做了一个总结,但又突然补充道:

"你知道,我来不仅是为了到坟墓前看望父母,也是为了找您。"

这时候,房门开了——斯维塔回来了。

"院子里和屋里都很黑。"

"光顾说话了,"老人插话说,"该开灯了。"

"扎哈尔叔叔,"丽达用一种假装欢快的声音问道,"我们的炕炉怎么样,还没塌吧?"

"没塌,没什么变化。好多地方都涂抹了黏土,换了几块砖——所以没塌。"

"真想像以前那样在上面睡一觉啊!"

"睡吧。旅途劳顿后在炕炉上面睡觉很香。铺盖都有。衣柜里的东西都是干净的:床单、枕套。你们自己看需要什么,我去把牲口棚关上。"

老人想自己待一会儿。孤独的年头多了（和维尔卡一起的生活很短暂，给他带来的变化很小），他习惯了时常整理自己的思绪，让思绪总是一个一个平静地浮在他的脑海里，要么像被人揪下来扔进水里的一片绿色的树叶，要么像一片干枯的草叶，要么像由于岁月久远而变黑的木片。今天不仅打破了他的孤独和已经习惯了的生活秩序，老人感觉，这一天延展到了无限长，发生了许多事，每件事都存在于自己的地理和时光的空间之中，而且老人与每件事都有着某种关系，至少是它们的见证人。

他关上了牲口棚，然后是鸡舍，走到将院子与菜园隔开的栅栏前，双手抓住粗糙的栅栏，重重地叹了口气。

"你今天应该高兴到流泪啊，维尔卡。你女儿一切都好。她一直在讲，而我看得出，她是在对你讲，而不是我。只是通过我传递给你。就像一封信。通过我，也许不仅仅是因为我们很快就会见面。也许是她能感觉到，我对她亲近，就像对亲人一样。我也想让她感觉到。我这么想并不是为了你的房子，也不是因为害怕流落街头。我不会流落街头的：我会请求集体农庄在扎德沃利耶给我一个空屋。我这么想是因为，维尔卡，只剩我一个人在这个世上。虽然很难，但并不是因为身边没有任何人，而是因为已经没有人可以等待。"

4

早晨他们聚在墓地。

在门厅里,斯维塔把目光投向高高的、几乎在天花板下悬挂着的一束束草,并问道(也许她昨天就注意到了,但不敢问,因为她还没有熟悉情况,今天她不再像昨晚那样觉得在这里是个陌生人了):

"您为什么要晾这么多草?"

"这些都是药草,外孙女。金丝桃、斑鸠、碎米荠、旋覆花……没有无用的植物,每一种植物都能治疗一些东西。但人们不是对每种植物都了解。"

"那就是说,它们能治愈所有的疾病?"

"能。但这也取决于用它们做药的人。而人本身又取决于上帝。你看,这一切是多么复杂。"

"我能带个什么工具去给坟墓锄草吗?"丽达问道。

"前不久锄过了。我从旁边——就去了。"

在街上看到佩特里克①时,老人的胸膛里有的是一种陌生的感觉。这是一种同时兼有的既喜悦又自豪的感觉,因为他身旁有两个女人,他们昨晚一起吃了晚饭,今天又一起去墓地,即使与维尔卡在一起时也没有过这样的感觉。在人们面前,他曾经感到有些尴尬,好像她根本不是把他招来做上门女婿,而是把他像一只流浪狗一样捡了回来。当然,他没有这么想过,

---

① 佩特罗的爱称。

但总是感觉村里的每个人都这么认为。

而现在,老人想和佩特里克站着说会儿话——说什么无所谓。因此,虽然"这么早去哪啊?"这个问题是提给丽达的,而不是他,老人还是抢先回答道:

"我们去墓地看看。"

"去那儿永远都不会迟到,我们在长椅上坐一会儿吧,和丽达已经有一百年没见了。"

长椅就在街对面,在早就没人居住的小屋的篱笆墙边。长长的椅子上的木板磨得光光的,好像抛过光——这证明曾经有很多人喜欢坐在上面。

"你为什么不上班?"丽达坐在了佩特里克旁边。佩特里克比丽达小,但他的脸上布满了如刀刻下的皱纹,让他老了十几岁。

"我已经下班了,"佩特里克高兴地回答,"挣钱了。"并拍了拍夹克上露出瓶嘴儿的口袋。

"你会喝醉的,佩特里克。"丽达同情地说。

"一个人喝不了太多。这里和谁喝啊?星期天,你从村子这头到那头走十趟,都见不到一个活人。年轻人都跑城里去了,只有为数不多的老人留了下来。但这些为数不多的老人也剩不下,就像水会透过手指流入地下。"

"那些跑掉的人做的是对的。"丽达耸了耸肩,"为什么一个人能过不错的日子,而另一个人一生都要淘粪且一无所有。"

"难道过不错的日子就一定要去城里吗?难道在这里就不

能活得像人吗?"

"要想活得像人,就应该感觉自己像个人。感觉自己是这块土地的主人。你从集体农庄得到什么了?给你的东西只是让你不会饿死。当然还有你们自己偷偷拖回家的东西,因为大家都认为集体农庄的一切都不属于任何人,所以现在你们也受不了农民们这么说:东西应各有其主。"

"原则上,他们说得对,"没想到佩特里克竟同意了这个观点,"但我要和你说的是另外的东西。人们的家庭生活各不相同:互骂、互殴、连一个油渣都不能分享。但这一切都取决于老爹。如果上帝给了他头脑,那么家里的一切都会充满人情味,家里人就会和睦地生活。集体农庄也一样。如果把经营交给一个混账,那他想的只有自己的口袋。他的口袋里装满了,钱已经无处可放了,他仍然觉得不够多。但是,他可能会被关进监狱。可谁会把一个花几个戈比就能把拖拉机和康拜因买到手,进而在我们的土地上发家致富的农民送进监狱呢?曾几何时,为了挤进大老爷的行列,父辈、子辈、孙辈从早到晚累得腰都直不起来,而这些人却坐享其成……"

"既然你这么聪明,那为什么留在村里无所事事,而没有出去上学,然后回到这里管理集体农庄呢?"

"而我,顺便说一句,是全班唯一一个相信了'全班回家乡集体农庄!'的号召,永远留在了这里的。那时你已经走了,不记得了。所有人——区领导、集体农庄的主席、老师都劝我们中学毕业后回集体农庄。许诺要给我们金山。起初还真是,他们看着我们像看着小牛犊似的。给我们做了制服。给我们买了吉他、鼓，甚至还买了电子琴，并且说：'拿着吧，晚上在俱乐部弹！'在所有的报纸上表扬我们。但挤奶工或机器操作员的工作并没有因此变得更轻松。于是全班同学开始慢慢都跑掉了。首先是一个同学跑到了城里，然后另一个同学也搬走了，接下来就是第三个。一些记者得知了此事，就来了，开始询问为什么会这样。他去了学校找老师。他们以为他想帮忙，就说了实情。他和班级里留下来的我们这些人也见了面。我一开始不太喜欢他。你和他说东，他和你说西。当然，问题是有很多，但不管过去还是现在，哪里没有问题呢？大家都竭力讨好这位记者，供他吃喝了好几天。之后，都不是在明斯克，而是在莫斯科，他在一份报纸上写道，我们班的事都是好大喜功，这才真相大白。罪魁祸首是谁呢？显然，是集体农庄的主席。他很快就被从这里拿掉了。而对村子倒无所谓：走一个来一个的例行程序而已。而那个主席呢，也许，目光曾经看到了二十年后。"

"您应该到集会上去演讲。"斯维塔蔑视地笑了笑。

"那里谁会听我说话，"佩特里克挥了挥手，"我是个小人物。众所周知：一个小人物说话——每个人都会嘲笑他。大领导重复一模一样的话——人们会给他拍手鼓掌。"

"也许这就是为什么你活成这样，总认为自己是一个小人物。"

"我就是对付活。和我的父辈和祖辈一样。他们没有离开过土地，他们也没有去城市里寻找过幸福，因为他们没有在那里丢掉过幸福。要说一个没有，我其实是撒谎了，我们家族还真有一个。我的外曾祖父。嘿,他走遍了全世界!起初想去美国挣钱。妻子泪流满面。很好理解,一个人带着孩子。以后如果没有吃的,那可就不是哭了,就得号。那时有人说,在美国,一个油漆工一个月的收入和我们一年的收入一样多。然而,扎德沃利耶有人去了那里,但很快就回来了:发生了经济危机,他说,在美国,我们的人都无事可做。但我外曾祖父在家还是没待多久。他去了俄罗斯。"

"据说他去了西伯利亚,找黄金去了。"老人确认道。

"还有很多传说。我给你讲讲我的祖母,他的女儿,说了什么。在路上,一名士兵和他坐到了一起。因为在路上,如果是漫长的路途,魔鬼也会成为同志的。士兵和他如此这般地讲了很多:我这是回家看我的妻子,在斯摩棱斯克郊区。于是我这位外曾祖父就讲了自己的痛苦:穷啊。家里只有妻子带个孩子。我可能会去西伯利亚找黄金。但首先我想去彼得堡找到当议员的连襟,说不定他会给我点帮助(我们家在希特尼基[①]的确有那么一个什么连襟——远房的,但也叫加夫里留克)。他被选进了杜马……所以他可以帮忙找工作。士兵笑着说:他什么都帮不了你的。就算他是议员,他也是没有实权的议员,和你一样。而且他会很傲慢。他会假装不认识你。农夫一旦当上了议员,他就不想让别人知道他曾是一介农夫,并努力挤进大老爷行列……他们继续坐着车往前走着,闲聊着。马上就快到斯摩棱斯克了。这时士兵仔细看了他一眼,问道:'可以从你

[①] 俄罗斯斯摩棱斯克州的一个村庄。

们那里买点好的吗？''可以，为什么不可以，有钱就行。'士兵又说了很多：我的妻子来自明斯克省，她非常想家。她说，那里的人们友好、通情达理、勤劳，土地肥沃。而外曾祖父还在说着自己的：'如果有钱，就能找到好的干活的人。''钱是有的！你想不想成为我的帮手，可别失算啊？如果弄得好，那么你就会有一份很好的工作……'他为什么要拒绝呢？真是远在天边，近在眼前。但在斯摩棱斯克，这名士兵被捕了。他只是想看看给妻子买点东西，然后一群宪兵就过来了，所以……他努力侧着身子，而背包留在了长凳下面。他——侧着身，而宪兵们在他身后，把他抓住了。他对着人们尖叫着：他们捆住的是一个士兵、沙皇和祖国的捍卫者的胳膊。人们开始躁动，而宪兵头说：事情是这样，一周前在维尔纽斯，三名士兵与贝科夫斯基将军的厨娘和女仆一起实施了犯罪，杀死了将军和他的妻子。而正是这个被拘捕的人实施的这个案件，但他逃跑了并被列入通缉名单。他刚说完这些话，士兵就挣脱开了——跑了。宪兵们跟在他身后。而在那个背包里，原来是将军的钱和黄金。"

"所以你的外曾祖父，其实，是非常富有的？"丽达疑惑地问道。

"我们家谁都没见过这些钱或黄金。祖母说，外曾祖父把背包交给了士兵的妻子。是的，可能也和她好了，一个月后回到了家。但真相——谁都不知道。"

"你的外曾祖父是个会讲故事的人。就像你一样：你就喜欢讲各种荒诞故事。"

中篇小说

"我既讲荒诞故事,也讲真实故事。往往是,当某个同龄人来的时候。我带他们在村子里转转,就像游览一样。给他们讲谁什么时候死的、谁家还剩下谁了。我很想给他们讲谁家生了什么孩子,但这里已经很久没有孩子出生了。"

"你自己就结婚生孩子呗。"

佩特里克摆摆手,从长凳上站了起来。

"好吧,上帝保佑,我们还会再见面的。"

他以沉重而不均匀的步态走过村庄,就像一个干了很多活的人——不是一天,而是一辈子。

大概他也感觉到了,他们三个人都在盯着他的背影并看到了他沉重的步态,这种步态与他的年龄怎么都不相符,但他没有回头,也没有把脚步调整均匀——他并不在乎。

5

刚一来到维尔卡和格尼克的坟墓前,老人就发现了丽达眼中的泪水,于是说:

"你们先在这待会儿,我去我母亲的坟墓那看看。"

他明白,他现在最好走开,只留下她们自己,就像在下葬之前一般都只留下最亲近的人告别。对于丽达和斯维塔而言,从一定意义上说,这也是告别。

"哭吧,丽特卡[①],哭吧。从你离开这里的那天起,你就一

[①] 丽达的爱称。

直含着这些眼泪。而且每年它们都会变得更多。现在你应该把它们都哭出来,因为随着时间的推移,它们就会像石头一样留在心里。"

老人在母亲的坟前停了下来。在早晨的阳光下,钢筋制成的栅栏上闪耀着新鲜的黑色油漆。老人打开门,走了进去,在水泥墓碑前的一张漆成同样黑色的长凳上坐了下来。

来这里的时候,他常常会想,灵魂的生命并没有伴随着死亡而消逝,它在地球上的存在也不会终止。在这样一种超级特性中似乎隐藏着一些不可思议的东西,这与肉体中的灵魂和肉体之外的灵魂相比,连千分之一的能力都不具备这一事实不符。但老人也相信活人灵魂的不同寻常。只是这种不同寻常未必在每个人身上显露,或者不是旁人所能揣测的。他深信,母亲用巫术给人治病的天赋主要是与灵魂相关,而不是知识,因为,例如,什么样的知识可以解释母亲用魔法水远距离为不能亲自来找她的人治病的能力呢?

老人有时会想起和他同岁的科斯佳,小时候他最能嘲笑他,而且这些嘲弄是非常恶毒的。有一次,他在村外遇到了一群伙伴,科斯季克[①]就喊道:

"小伙子们,你们知道我们的巫医有尾巴吗?!想看看吗?来吧,我们把他按倒,把他的裤子脱了!"

他当时好不容易跑回家,躲在牲口棚里,像在严寒中一样颤抖,后来就努力尽量少在科斯佳面前出现。

---

① 科斯佳的爱称。

中篇小说

村里的所有人都认为，科斯佳的欺凌和无缘无故打架的习惯会以坐牢而告终。但最后他所发生的事，谁都没有料到。科斯佳在巴拉诺维奇与当地农民打架时，他已经三十岁了。更确切地说，是当地人打了他，以至于他在医院里躺了几个星期。科斯佳回到家里就变了一个人：变得很凶，而且总是恶狠狠地不爱说话。他开始经常抱怨头痛，说的话让人不是总能弄懂他在说什么。他那双黑色、让对方感到刺眼的眼睛里空空如也。这双眼睛环顾四周，仿佛是第一次看到这个世界并对其一无所知。甚至从他的眼睛里就很容易猜到，科斯佳还没有完全康复。科斯佳的妻子无法忍受，抱着孩子跑了，嫁给了别人——离奥利霍夫卡十五千米，把他扔给了他年老的父母。他的父母相继去世后，科斯佳就完全丧失了理智。

无论冬夏，高大的、接近两米高的他，总是穿着一件旧棉袄和同样的棉裤。

去谁家的时候，科斯季克从不长时间停留，也很少与任何人交谈——他会走进去、坐一会儿、叹叹气，用黑色的眼睛看看各个角落，然后就默默地离开。

村里人已经习惯了他的游走：有人试图和他说话，有人假装没有注意到他。只是他从来没去过他和母亲那里：老人感觉，这种疾病已经影响了科斯佳的大脑，给他注入了一种对莫名力量的恐惧。

并不是说村里人害怕科斯季克，但他们经常用他来吓唬小孩子：

"科斯季克要来了，把你抓走！"

257

那些已经成年和聪明点的人经常被警告说,上帝保佑,不要戏弄他:说不定什么就会刺激到傻子的大脑。

科斯佳的癫痫时不时就会发作,他开始在村里跑来跑去,说在他家的菜园里看到了美国间谍,或者要钱买票去莫斯科找勃列日涅夫。有关美国间谍和勃列日涅夫,科斯佳是从无线电广播中知道的——他的小屋窗台上的收音机从早上六点到晚上十二点一直在说话、唱歌和演奏。村里有人叫来了救护车,科斯佳被送进了医院。

过了一两个月,科斯佳回来了——很安静,对一切都漠不关心,眼里没有了光泽。经常把自己关在小屋里好几天。老人经常在窗口看到他:科斯佳在那里一坐就是几个小时,用灰暗的眼睛盯着街道。

有一段时间,科斯佳养成了习惯,常去独居的玛丽娅那里。后来她向邻居抱怨说:

"又喝了一盆汤。"

"这不足为奇,如果你给他吃的,他肯定会黏着你。"

"我怎么能不给他吃的,"玛丽亚把手臂交叉在胸前,"我看见他饿了,直咽口水,我就开始害怕。"

有一次,集体农庄的一头小公牛死了。先是给牛办理注销手续,然后还要决定把它弄到哪里去,半天的时间牛一直躺在牛棚里。这时候集体农庄里的一个喜欢找乐子的人遇到了科斯季克,就假装开玩笑对他说:牛棚里有一头小公牛,晚上死了,没有人愿意要。其实肉挺多的——你可以吃上一个月牛肉。

老人看到，科斯季克把公牛扛在他强大的肩膀上，像醉汉一样蹒跚地走着，把它扛回了家。而到了晚上，玛丽娅刚准备关前厅的门，科斯季克满手血淋淋地拿着一大块肉出现在了门口，左边的靴靿里还插着一把也是血淋淋的大刀。

"给我打开。"他喃喃自语了一句，并没等邀请，就进了屋。

后来，玛丽娅告诉我，她一看到科斯季克，腿就软了，差点昏过去。

"你又不能叫任何人，否则连我都得剁了。"

玛丽娅在煤油炉上煮熟了肉，倒进了一个大碗并放在了桌子上。

"我心想，让他把碗拿走吧。如果不还回来，那就让它见鬼去吧。而他坐在桌子旁就开始吃。我把肉切成很大的块！他就用双手抓着，整块整块地吃。我心想，好吧，吃吧，也许你吃饱了——很快就会回家。可他瞪了我一眼说：'你倒是和我一起吃啊！'他的怒目而视和说的话，让我的腿又软了。"

"你吃了吗？"邻居们惊叹道。

"吃了，吃了死牛肉！我能怎么办呢？可我都没好好洗！"

第二天早上，玛丽娅跑来求助的时候，老人正在家里。他听了她的话后，并没有去菜园叫母亲：他给了玛丽娅一把稠李干儿，让她煮二十分钟，每天三次，每次服用一百克。

过了不久，科斯季克就死了。令人吃惊的是，这么多年，自从他那次打完架从巴拉诺维奇医院回来后，老人和他单独见面只有一次。是在森林里。老人早上正在自己的领地上转，穿过茂密的云杉林到小径上去,差点撞上科斯季克。有那么一会儿,他们沉默地面对面站着。这时候,科斯季克不停地动着嘴唇,好像在说什么,只是没有声音,就像在无声电影里一样。最后,老人听到了他的声音——只说了一句话:

"是你妈把我弄成这样的,我知道。"

然后他快步朝村子走去。

老人站在那里,好像吓呆了。这样的想法在他的头脑中从未有过,他比任何人都了解自己的母亲,无论人们在背后说她什么,她都一直努力只为人们做善事——就是保护他们摆脱邪恶。因此除了通过惩罚另一个人来保护一个人之外,有时是不是就没有别的办法了呢?特别是如果需要保护的是亲生儿子……

6

丽达独自走到了他母亲的坟墓前。

"斯维塔想从林子里穿过去,没准儿还能摘一把浆果。"

"如果想吃,还可以摘很多蓝莓。有很多越橘,甚至有些地方还会见到黑莓。"

丽达看着墓碑上刻着的碑文:

科瓦连科·费多拉·安德烈耶夫娜

1907—1974

"本来是死不了的。"

"本来可以……"

"她治好了那么多人。还是别人比自己更容易医治呢?"

老人诧异地看着丽达。

"她不是生病死的。她在城里被车撞了。"

"太可怕了。"

"当时下着倾盆大雨,她正绕过一个水坑,一脚踩空摔倒在路上。这时正好一辆车……司机是这样解释的。"

"当场就死了?"

"没有,又过了好几天上帝也没决定把她带走。她摔倒时头撞得很重。那时我对死亡还没有过思考,还年轻,没有在她旁边给自己隔出一块地方。现在这里周围都被占满了,据说我们的墓地要关了。哪怕能葬在栅栏那边呢。"

"我妈妈旁边有一块儿空地,如果村委会允许的话。"过了一会儿丽达说道。

"如果把爬到栅栏上的红莓挖出来,空地会更大一些。而红莓可以移到房子附近的某个地方。"

"但据说——房子附近不能有红莓。"

"人们臆想出了很多迷信的征兆,但他们并不知道有的征兆是对的。为什么不能给死者拍照?因为相机里有玻璃,灵魂会在里面看到自己,可能会迷路?但是地球上有多少玻璃!如果在基督被钉在十字架上的时候有一个相机,那么有多少问题就会消失。今天早上露水像豌豆一样——所以不会下雨。这是对的征兆。而红莓的果实是可以治病的,它们可以治疗许多疾病。而且与之相关也有各种不同的征兆:但许多人说,恰恰相反,它们会给家里带来幸福和和睦。"

"生活是一个奇怪的东西，"丽达改变了话题，"我小时候很害怕您。而当我长大一些，已经知道您在追求我妈妈时，我心想：不可能一个人的一切都只取自他的母亲或只取自他的父亲。有些东西来自母亲，有些东西来自父亲。如果你们真的结婚了，然后我出生了，会怎么样呢？我会是什么样子呢？"

"我想，你会像你妈妈和你女儿一样漂亮。"

"我说的不是长相，我说的是天赋。它会不会遗传给我呢？"

"上帝给予每个人的比他所能用到的或者甚至是他所能想到的要多很多。如果一个人不能不去帮助身边的人，是因为他的心就是这样的，这是天赋的表现。而他有什么能力去帮助，并不是最重要的。"

"也许是，"丽达耸了耸肩，"但当时我不这么认为，一个孩子怎么能想到这些呢？"她笑了笑说。"有时根本不知道大人们在说什么。我记得，有一次我外公在草堆里看到一只青蛙。他手里正好有一把铲子。他就用铲子把它勾住——勾到了门外。而青蛙没跑，只是一条后腿蹬直了，它不停地把这条后腿儿朝自己的身下拉，像在冰上一样滑动。第二天，我听到外公对外婆说：'安托希哈可能昨天来我们这儿了。'而外婆一下子没听懂：'什么时候来的？'外公就给她讲了关于青蛙的事。这时我一看——安托希哈正从牲口棚里走出来，并且还有点瘸。当时我特别害怕，因为我在那之前的一天夜里爬到你们家的花园里摘了苹果。战前曾有过一段时间霜冻很严重，很多人家的苹果和梨树都冻死了。战争结束后，他们才开始种了新树,但它们还没长大……而你们家所有的树都活了过来。您妈妈春天用什么东西浇灌了它们,用破布把它们缠住,它们就都活了。战争结束后,众所周知,人们生活在饥饿中,有时就把苹果当食物。我兜了整整一下摆的苹果——一些我在路上吃掉了,另一些我藏在了干草堆里,这样我外公和外婆就不会看到。因为如果他们发现我爬进谁家的花园……而当我得知草堆里去了什么青蛙时,我首先想到的是:安托希哈正在找偷她苹果的人。那时我经受了巨大的恐惧。"

老人平静地,似乎甚至很冷漠地听着,好像这一切都与他的母亲完全无关。之前,他对人性的奥秘进行了很多思考。人们怎么能同时既相信上帝,又相信与这种信仰的根基相矛盾的东西。直到一个简单的答案出现:每一个对无法解释清楚和超自然的东西的信仰都会证明并加强一个人对上帝的信仰。这不就是教会为什么如此宽容地对待人们既向上帝祈祷,并同时又不想摆脱他们在信仰基督教之前的信仰吗?

老人和母亲生活了四十年,从来没有留意过有时人们曾经背着她说过的那些令人难以置信的话。她很普通——可以说,就像村里的每个人一样。她整天整天地操持家务,甚至一年也去不了一次区中心——除非需要买雏鸡的时候。到区中心有六千米远,很多人几乎每个周末都坐公交车去那里,而那些骑自行车的年轻人更频繁。对她来说,城市是别人的,她不喜欢它,好像她在城里会觉得自己没有安全感。虽然,从另一方面讲,也许正是因为她很少去城里,才有些不适应,因此才发生了这场悲剧。

她的天赋是在童年时被发现的。她父亲得了牙病。太疼了——甚至想拔掉。这时候她将手掌放在父亲的脸颊上，疼痛立即消退了。第二天，她父亲套上马，带她去了一个村子——在克列茨克郊外，有二十千米。村里住着一个老年女巫医。她命令父亲留在院子里，而自己在小屋里和他女儿聊了很久。然后走到院子里，命令父亲过一个星期来接女儿。

母亲从未以任何方式解释过自己的天赋，只是重复说：所有取决于她的事情，每个人都可以做到，而不是每个人都可以做到的事情都取决于她。主要是，她有时还补充说，如果你脑子里有不好的念头，就不要开始做任何事。带着不好的念头种的树都会枯萎。

老人深深地叹了口气。他不知道该不该告诉丽达，为什么有一次他们两家吵了起来。"可能她从亲戚那里也听到过这件事。如果她现在再听我说一遍，也没什么不好。有时候，两个人讲的故事比一个人讲的更真实。"

"我知道你为什么怕我母亲。也不仅是你。她大约十岁时就会给人治病。她能把手放在痛处来消除疼痛。有人问她：'你是怎么做到的？'她说：'不知道。'别人又对她说：'说吧，不要害怕！'她哭着说：'我真不知道！'最早是这样的：有牛的人——每个人都放自己的牛。或者，像你外公一样，把牛放到菜园后面的草地上，牛自己吃草，用绳子把它们拴在木桩上。有一天，他的牛挣脱了，进了我家的菜园并踩坏了田畦。我母亲的父母就让她去把牛赶走——她就赶走了，好像就是这样。第二天早上来了麻烦：牛在牲口棚里站不起来了。也不吃东西了,只是磨牙。过了一两天,牛死了。你外公就告诉所有人说,要么我的母亲被别人怂恿了,要么就是她自己因为牛的恶作剧用毒眼看了牛。这虽然不是真的,但你怎么能证明。而且,没有人当面说过什么,谣言是后来才知道的。你家人就不再往我们家这边看了。就这样相安无事。而有一点我是知道的:母亲虽然很难受,但她并没有对任何人怀恨在心。"

"我从没听说过这件事。我们家没有这样的习惯——坐着叙旧。父亲总是不停地让所有人干活,所以我中学毕业后就离开了家。"

"你别生你父亲的气。他自己也像牛一样干活。"

"我没生气。何况是现在。我没有来,是因为他在我走的时候对我说,不要再踏足这里。"

"如果说出的话可以收回来,那多少人会生活得很幸福。"

"但一些人对其他人得说多少粗鲁的话啊。"丽达咧嘴笑了笑。"扎哈尔叔叔,"她没有立即找到恰当的话,"您母亲所得到的,是礼物还是惩罚呢?"

"是……礼物。但这是经历考验才得到的礼物。"

"那当时可以拒绝或不让人知道吗?"

"不让人知道可以,但怎么能做到呢?如果深究的话,母亲只是把额外送给她的东西——健康,传递给别人。因为这个礼物不只属于她——而是属于她所治疗的所有人。"

"那您……"

"我怎么了?"老人警觉起来。

"您能像您母亲那样给别人治病吗?"

"我从来没有像她那样给别人治过病。"老人避开了，没有直接回答。

"扎哈尔叔叔，帮帮我的斯维特卡吧！"丽达突然声音变小了，好像是害怕，她看着自己的脚下请求道，"带她给医生看过，但他们治不了。"

这时，丽达用余光看到了让她警觉的一幕。她看了老人一眼：他正闭着眼睛微微晃动着，用手掌揉着太阳穴，似乎在抚慰疼痛。

"扎哈尔叔叔，您怎么了？"丽达惊呼一声。

老人双手垂到膝盖上。

"没什么，闺女。太阳已经很高了，很热。知道吧？回家吧，我也回去了。"

7

脑袋里的嗡嗡作响和疼痛消退了。老人知道不是太阳的原因。当他听到丽达的请求时，他头脑中的一切都交织在了一起：痛苦、困惑、恐惧。痛苦是因为他的怀疑应验了：几乎成了他亲人的斯维塔病了。他正是现在，在听了丽达说的话之后，才感受到了这种亲情。困惑是因为丽达向他寻求了帮助：老人并没有医院都治不了的病的治疗经验。恐惧是因为他可能什么都治不了。就像去年没治好维尔卡一样。

"我很难受，妈妈。最近一段时间，我可能经常重复这个词——难受，我从来没听你说过。但我说的不是身体，而是心里。原来和其他人一起生活比一个人生活要难得多。即便是你很爱这些人,并希望他们能继续和你在一起。

"你曾经教过我,不能拒绝向你求助和信任你的人。而如果我不相信自己该怎么办呢?我甚至有点害怕问丽达,她的斯维塔得了什么病。有点害怕再和她说话。我没有做好准备怎么帮她,尽管我昨天已经猜想过了:丽达的女儿出了问题。上帝保佑,但我感觉,她是丹毒:这么热,而她的手脚都不露出来,好像是因为什么而感到羞耻。昨天和今天她都显得很困倦或很疲惫。

"我记得你和我讲过用什么治疗丹毒。我还记得你的咒语。但我知道这是不够的——你没有告诉过我,怎么做才能让说的话给人安慰。也许所有目标每个人都应该自己去实现,并且每个人都应该按自己的方式去做,但不是每个人都能实现的,无论他多想实现。"

老人在母亲的坟前坐了一阵子,终于沉重地起身,慢慢地走到墓地这一头的大门口。他穿过通往村庄的道路,穿过草地去了森林。森林会给他力量,仿佛把他带回了在这些树木之间和林间小路上逝去的青年时代。对他来说,这里的一切都是鲜活的。他在森林里种下了不止一棵树,每棵都像自己的孩子一样。他和它们就像和自己孩子一样交谈,他曾相信它们会长成参天大树,它们也还记得曾经被他的手第一次触碰的感觉。

老人知道森林里哪儿有狼和狐狸的窝,还有野猪一般会在哪些树丛中整天整天地休息。

他知道动物和他走的是同一条小路,经常能感受到一头森林猛兽在自己身上关注的目光。但老人并不害怕它们，就像动物也没有从他身上感受到任何危险一样。它们通过他的呼吸和身体的气味能认出老人。每个生物身上的气味都是独一无二的，很远就能闻到这种气味。许多动物会去他家，因为它们习惯了，在饥饿的时候老人会在专门的喂食器中为他们留下食物。而当偷猎者出现在森林里时，最危险的地方就是能强烈地感觉到这种气味的地方——和老人的气味很像。但这些偷猎者害怕他，并知道不可能与他达成一致。

太阳已经升得很高，正午快到了。这么多的阳光，如此明亮，仿佛森林生长在一个透明的金色湖底。在这样的时候，鸟儿在森林里安静了下来，蝴蝶不再飞舞，动物保持静默。

老人特别喜欢这样的时刻。他停在一个四面环绕着挺拔的松树的小空地上，抬起头，眯上眼，将脸暴露在阳光下，暴露在它创造生命的温暖中。他感到疲劳远离了身体，思想迎来了开化。

"全能的上帝啊，感谢你现在、过去和将来所做的一切。我不是在请求你的帮助，因为那样只会表明我的软弱和不自信，而地球上所有的善行都是因为有你相助。"老人这样在那里站了几分钟。突然，在这样的寂静中，从格外恐怖的森林深处，传来了一声绝望的尖叫：

"救命！"

他听出了这个声音，心里一紧：斯维塔！

一个星期前，在离这里不远的地方他遇到过一匹狼，现在他立刻想到了它。

老人知道不能转身背对着狼,更不能逃跑,否则就会倒霉:狼如果感到眼前的人的恐惧和软弱,就会朝人扑上去。

按照老人的想象,距离惨叫声传来的地方应该有三百米。

"太远了,我可能来不及。我的外孙女啊,可千万别跑,千万别转身背对它啊!"

他用尽全身力气喊了一声:

"哎,我在这里!哎!站在原地别动,我来了!"

老人挤过浓密的榛子林,朝发出声音的地方赶过去。

"别跑,外孙女,等着我。"他低声说,艰难地呼吸着。他想再喊一声,声音却开始沙哑并咳嗽起来。

在榛子林后面就是一片云杉林,手变得轻松了一些,但脚却不停地被长满苔藓的云杉树枝绊住。

"它不会攻击你的,你千万不要害怕!"

老人跑上一个低矮的小丘,在他前面四十米处的一块洼地里看到了斯维塔。他惊慌失措:她跪在地上,在她身后,站着一个二十到二十五岁左右种牛般高大的男子,把她的右臂背到身后。他穿着运动服并戴着一顶灰绿色巴拿马帽。他旁边是另一个大约相同年龄的不认识的人——穿着花短裤和白背心,在这里,在树林里看起来特别荒诞。

"光天化日之下这是在干什么,"老人低声说,"还没完了是不是?"

他低下头并向前弯下了腰:他需要喘口气。他感觉力量恢复了就直了起来。

"放开她。"

他感觉,他说得太轻声细语了。

但他们听见了老人说的话。

"什么,老爷爷,跑累了吧?"种牛问道。"嗯,看来是把蘑菇筐都跑丢了。"

两人哈哈大笑起来。

"他自己就像一个蘑菇。只不过是生了虫子的。"

这家伙的声音尖细而又不自信。这里的主要人物——是戴巴拿马帽的那个。他把斯维塔的胳膊背在后边,让她动弹不得。他知道怎么控制她。

"放开她。"老人更生硬地重复道。

"我愿意放开的时候才能放。让我愿意——你就得跪下。"

"什么,你等着吧,我会的。你们是从哪跑这来的?"

他很害怕,但他知道能压倒恐惧的只有愤怒。比这更好的——就是憎恨。

"放开,然后离开这里!瞪什么眼?"

"老爷爷,你是抽烟抽多了吗?我们现在就把你在这埋了,听懂了吗?如果没听懂……"

"这是你,鼻涕虫,没听懂,我这个年龄已经没有什么可失去的了。"

老人从小丘上往下走了几步,停了下来,攥紧了拳头。他眼前的阳光变得模糊,他低声道:"天空中升起一朵黑黑的云;黑云带着黑暗和浓雾,给人们送来黑色和白色的纷争……金隔板请隔开,金钥匙请锁上……"

突然,他的低语开始淹没远处传来的声音。首先是狼嚎,然后尖叫：

"你看！"

"快上车！"

"外公！"

老人眼前的雾气散了：现在洼地里只剩斯维塔了。老人朝她指的方向看了一眼。小丘上站着一群狼：四匹狼露出尖牙看着他们。

"主耶稣，谢谢你！"

老人如释重负地想，狼群一定是在他往这里跑的时候一直跟着他。

"谢谢你，主耶稣！"

"别怕，外孙女，他们这就会走的。"

他向她伸出手。

"到我这来，千万慢点，别急。"

树的后面，传来发动机渐渐远去的声音。

8

在村子附近，他们遇到了一只披散着一身红毛的看家犬。

"见过狼以后，什么狗都不可怕了。"斯维塔说。

"猫都不怕这家伙。"

"流浪狗？"

"为什么，有主人。可能是从扎德沃利耶跟主人跑来的。"

主人的名字叫沃洛迪克。维尔卡房子对面的长凳现在暂时归它了。丽达站在旁边。令人惊讶的是,她来以后,村子这头不知何故一下子有了朝气。虽然,可能只是老人愿意相信这一点。

"我已经开始担心了:你们跑哪去了?"

"在树林里走了走。"老人平静地回答说,而斯维塔也什么都没有补充。

"真漂亮!"沃洛迪克摇了摇头说。"和她母亲一样。趁暖和你怎么不晒太阳呢?正好把你的腿和肩膀在阳光下晒晒。"

"据说这几天阳光不好。"老人说。

"太阳一直都是一样的,"沃洛迪克不同意这种说法,"我是以一名医生的身份说的。"

"你是医生?"丽达眉毛都挑高了。

"你问扎哈尔,如果牛生病了,都跑到扎德沃利耶找谁。"

"所以你是牛专家?"丽达的声音中带着讽刺。

"我是所有母性的专家——无论是四条腿的还是两条腿的。而且暂时还是一个自由的哥萨克。有房子。一个人住。"

"那你父母呢?"

"我爹很早前就去世了,刚刚又葬了母亲。她病得很重。让人难受的是:如果她再坚持一个星期,我就能救活她。现在我已经有治愈所有疾病的药了。我自己做的。的确,我学的是兽医,但这甚至更好。我在集体农庄工作时,在猪身上检验了我的药物。经常是,有的猪一天不起来,两天不起来,滴水不沾。嗯,别人都说,应该趁早杀了。可是我说:没有猪身上不能治愈的病。猪在哪里?我要摸摸它的耳朵,摸摸肚子。趁没人看见的时候——打一针，第二天从猪槽子那赶都赶不走。你什么时候回明斯克？"

"可能，明天早上吧。"

"要不我们一起走。你把我引荐给教授们。用这个药可以发财。这样一来，我就可以考虑婚事了。要不你嫁给我？"

沃洛迪克满足地笑了起来。

"你的药用什么做的？"

"啊—啊！"沃洛迪克高兴地叫了起来，"这么和你说吧！"他一直没有抹去脸上的笑容，看着丽达，期待她马上会请求他把制药的秘密说出来。

"好吧，你记吧。你买水霉素、咖啡因、诺沃卡因——只是一定要百分之零点二五的，贝利星……反正你也记不住。即使你记住了，最主要的你也不知道：按什么比例添加和按什么剂量吃。如果不知道这一点，什么都没用。"

"教授，"丽达笑了起来，"干吗要把你引荐给某个教授。"

"你别笑。我知道我在说什么。我给我自己的母亲都治疗过。只是想出来太晚了。我给她打了一针，其实应该至少打两针。莫名其妙，竟然就有了好转。"

老人皱了皱眉。

"胡说八道。总有一天你的舌头会把你带进监狱。"

丽达也不笑了。她突然站了起来。

"我们坐的时间太长了，孩子都饿了。我很高兴见到你——我们已经有二十多年没见面了。"

"从中学毕业。"沃洛迪克表示同意。

屋里很凉快。老人坐在长凳上,把腿伸开。

"我累了。也难怪,走了这么多路。"

丽达在桌子上放了三个深盘子,把勺子放在旁边。

老人和斯维塔在桌边坐下。

"我做了土豆汤。店里没有肉,只有骨头,但哪怕是有点肉味,也比完全吃素强是不是?我还放了新鲜的番茄和莳萝。"

"汤很好喝。"老人还没把第一勺汤放到嘴里,就夸奖说。

"您倒是先尝一下再夸啊。"丽达微笑了一下说。

老人尝了尝。

"还真是,我应该先喝至少一勺。否则夸奖得还不够劲儿。"

"可别夸奖大劲儿了。女主人的第一准则就是:要等全家人都饿了,这时候再放桌子。那么任何食物都会感觉很美味。"

在所有说过的话之中,老人最喜欢"全家人"这个词。这很奇怪,在这种情景中,这个词和他之间只是间接的关系,但他仍然很高兴。在一生中,他从未觉得自己是一个完整意义上的家庭的一部分。

"扎哈尔叔叔,"当勺子已经碰到盘子底儿的时候,丽达问道,"你知道沃洛迪克的母亲是怎么死的吗?"

老人沉默了许久。他不知道该怎么回答。这个问题,可能太突然,它的提出让自己的回答,从某种意义上说,成了一种评判。而只有上帝才能评判。

"她是老死的。"

"她难道没病吗?"

"老——这就是像癌症一样会吞噬身体的疾病。虽然很慢,但没有人能逃过。"

"但您也听到沃洛迪克和我们说的了。他可能给她注射了什么东西。她也可能是因此而死。他还奔走相告,自吹自擂呢。整个扎德沃利耶可能都知道这件事。"

老人叹了口气,用手掌的边缘开始从桌子上扫去看不见的面包屑。

"那没人报警吗?"

"谁知道是怎么回事。她一直躺在床上等死。她说,灵魂就像炉子里的肥油,如果门不关:都可以听见它马上就流出来了……如果有人报警,肯定会把这个傻瓜关进监狱。这样就会有人因此变得不轻松。没有他很快扎德沃利耶掘墓的活儿就没人干了。"

但老人在这一时刻最不感兴趣的就是沃洛迪克的命运。他认真地看着丽达的眼睛说:

"你说你想回明斯克?"

"想,扎哈尔叔叔。我去商店给我丈夫打了电话。需要马上办理开公司的文件——找到了一个大老板,他准备帮忙。一位朋友明天开车从巴拉诺维奇去明斯克,正好顺便到这来。"

"你呢,外孙女,你会留下来吗?"

"我也回去。过四天就要上课了。"

"你那历史课不着急,"丽达摆了摆手。"在外公这待着吧。"

老人明白,主要的事她们不知道该怎么说。"今天的女性感到最羞耻的就是身体上表现出来的疾病。过去不是这样的。女人以前真的很少考虑自己的外表吗?好像不是。我记得维尔卡给我讲过,她年轻的时候,用手指把红色的颜料从壁纸上擦下来,再把脸颊涂红。为了能更漂亮,什么办法都想得出来。"

"你,外孙女,也别羞愧。告诉我,你得了什么病?"

"她感染了丹毒,"丽达叹了口气,"整个小腿都红了。"

"那么有什么可羞愧或害怕的呢?医生怎么说?"

"他们什么也没说。从来没有过割伤、咬伤或烧伤。"

"是不是在哪儿受寒了?"

"好像,没有。"斯维塔终于自己回答道。

老人脸色一亮。

她开始说话了,感谢上帝。当一个人说话时,他的内心就会敞开。有多少疾病首先是与内心相关。而医生——他治疗的是身体,而不是内心。因此,很多病他们治不了。

"那你,外孙女,有什么能换的衣服吗?连衣裙什么的。"

"只有一条裤子。"斯维塔不知所措。

"我们就这么做。你从外婆的行李箱里选一些衣服。我和你妈妈先出去。"

丽达惊讶地看着老人,却什么也没说,跟着他出去了。

"你先在院子里,"老人在门廊上请求说,并解释道,"这样我更容易和她交谈。"

丽达默默地坐在房子旁边的长椅上。

老人去了牲口棚，门旁边的架子上有一捆干亚麻。他从亚麻中抽出五六根秸秆，将其揉成一团，并在劈柴的木墩子上把亚麻拍打几分钟，把麻秆上的碎屑清理干净。他把打麻板放回原处，从墙上，从干原木的裂缝中取出一把木梳，拿着木梳和清理干净的亚麻回到小屋。在"厨房"他从小柜子里取出一个干净的三升罐子，并用杯子从桶里舀井水把罐子倒满，在火炕上找了找火柴。

斯维塔到小屋的中间，已经换上了维尔卡的衣服：由四片长形的自织布缝制的红色裙子和同样的自织布刺绣翻领上衣。

"怎么样？"

老人一下子不知道怎么回答。

维尔卡的衣服她穿很合身，恰到好处。但这并不是困扰老人的原因。他看着维尔卡的外孙女，好像站在他面前的就是维尔卡本人：那时维尔卡年轻、漂亮、画着淡妆，她穿的正是这件出门穿的裙子和刺绣上衣，因为那天是库帕拉节，所有年轻人都会玩儿到天亮。所有，但不包括扎哈尔。他从不和别人一起去，今天也会和母亲待在家里，但他有自己的事：明天是星期天，从星期一开始他就会被招去做林业工作。所以他刚和维尔卡分享了他的喜悦，晚上在街上偶然遇到了她。她用微笑着闪闪发光的眼睛看着他说：

"怎么样，森林人，如果你告诉我在哪里可以找到蕨花，我就吻你一下！"

他不知道她是认真的还是在开玩笑，但现在对他来说主要的词是吻。

"蕨花——就是你。"他鼓起勇气向她表白道。

她吻了他的脸颊,既是因为她是个开朗的人,也可能,虽然一点点,但也是因为他的表白?

她跑到格尼克正在等她的街角,传来了女孩的笑声。

"怎么样?"

斯维塔的脸上闪耀着喜悦。

"新娘。"老人找不到任何其他的词,垂下眼睛,目光落在她的腿上:右边的小腿是红色的,像是烧伤导致的。

女孩注意到老人的目光投向了哪里,脸上马上蒙上了一层阴影。

"没什么可怕的,外孙女,我妈妈也没治过这种病。"

他知道,现在对他和她而言最重要的是要相信一点,就是任何疾病都是可以治愈的。

老人让斯维塔坐在凳子上,自己没完没了地说着——轻轻地低声说着。

"有一次,一个和你年龄差不多的女孩来找我母亲。她可不是走着来的,是坐车从巴拉诺维奇附近来的。她说:她母亲已经一个多星期没有下床了。开始是这样:每天早上醒来就头痛。然后走路就很困难了。最后彻底病倒了。好多医生都看过了——都没用,因为他们没有找到病因。这时候有人建议她的女儿来找我母亲。她来了,讲述了情况。于是我母亲对她说:闺女,把你母亲睡觉的枕头拿出来,把它拆开,找到一根打了几个结的线。走出村子,到道路交叉的地方,烧掉它。女孩回到了家,还真是的:她找到了一条缝在枕头里的打了几个结的线。她走出村,走到第一个十字路口,把它烧了。然后她又来找我母亲道谢,我母亲对她说:亲人或邻居有人对她怀恨在心,想置她于死地。"

"难道谁都可以将线打成节缝进枕头——导致躺在这个枕头上睡觉的人生病或死去吗?"

"怎么会谁都能?感谢上帝,不是每个人都有这样的力量。但是有关于这样的人的传闻,就像关于那些用巫术给人治病的人的传闻一样。因此,如果谁想做坏事,他才能找到它们。你闭上眼睛,这样内心很快就会平静下来,我看得出你是多么紧张。有什么好怕的?我只是和你说说话。你也可以不听我说的话。忘了什么时候,当时我还很小,被一只狗吓了一次。一条大黑狗。就是我当时觉得很大。它把我吓得在睡梦中尖叫。我记得我母亲把我放在凳子上,站在我身后低声不停地说了些什么。我弄不懂说的是什么,因为她在我的头顶上把水来回从一个容器倒到另一个容器里。说话的声音越来越弱。我不知道她是从哪往哪倒,因为我看不见,我也不能动。水发出潺潺的声音,声音很轻很轻,我感觉很舒服,很平静,给我感觉,要是能整天这样坐着听就好了——既有母亲的低语,也有水声潺潺。这就是所谓的把恐惧倒出去。后来,妈妈说她在那水中看到了狗毛。而她知道是谁家的狗挣脱了链子——佩特里克爷爷家的。她就去了他家,让他给自己的狗剃下一块毛。她把毛放进一个小袋子,而小袋子——晚上睡觉的时候放到我枕头下面。我也就停止了喊叫。"

老人从麻团上拔出一根线,开始用木梳梳理。

"我要向上帝祷告,我要敬拜圣母玛利亚。帮帮我吧,帮帮上帝的仆人扎哈尔吧,赶走丹毒……"

他站在斯维塔身后,眼前的光芒像雾气一样翻滚着,他感觉,维尔卡就坐在他的面前,而他又被赐予了一次拯救她的机会。

"丹毒,

或者你因为喝水,

或者你因为吃饭,

或者你因为劳累,

或者你因为狩猎?

或者你是睡出来的,

或者是风吹出来的,

或者你是咒出来的,

或者你是想出来的,

或者你是占卜算出来的……"

老人划着了一根火柴,把那根梳好的亚麻线点着,把它从女孩伸直的双腿上扔了过去。线掉在地板上,散落成灰。

"你从哪里来的,就到哪里去吧。随风飞散吧,别再回来……"

他梳理、点燃并扔了第二根线,然后第三根。

"走吧,消失吧,从她的身体离开吧!"

老人从小柜子里拿出一罐半升的蜂蜜、黑麦粉和一个鲜鸡蛋。把蛋黄在碗里搅拌均匀,加入一勺面粉和蜂蜜。他跪在斯韦特兰娜①面前，开始小心翼翼地涂在她的腿上。在说话和涂抹的时候，他一眼也没有看女孩的脸，不希望他们的眼神相遇：不能让任何东西破坏她内心的平静。

最后，老人站起来，手掌放在水罐上，小声读了一遍《我们的父》。罐子给他感觉从未如此沉重：这意味着他的手弱了。

"喝点吧，外孙女。"

斯维塔喝了几口。老人接过罐子，放在桌子上。

"这是你今天和明天的。"

他走到院子里，沉重地移动着双腿。丽达急忙从长椅上站了起来。老人明白，她正在等他说话，这些话给她的不是希望——这几天她所赖以生活的希望，而是信心，让她对女儿康复的信心。但自己没有的东西他怎么给她呢？反过来说，他现在所拥有的最重要的东西：就是信念。相信他能给她的女儿以帮助。

9

第二天，客人们一大早就开始准备上路了。更正确地说，第一个开始忙活的是老人：生怕忘了什么东西。在菜园里挑选了刚摘下来的微微弯曲的黄瓜、半筐西红柿，甚至还有没熟的：需要把它们放在不见光的盒子里——在家里就成熟了。丽

---

① 斯维塔的正式名字。

达什么都不想拿，但他故意狡猾地摊开双手：现在这些往哪放啊！然后他又去了菜园，摘了莳萝和欧芹；他一个人留这么多也没用！又提醒别忘了冰箱里的十个鸡蛋。

"水就在这喝足吧，别往明斯克带了。"他对斯维塔说。

桌子上放着一罐水。剩下的水不超过一升。它装满了清晨的阳光，水因此而闪闪发亮，给人感觉是水在散发着光芒。

"尽量少想现在最让你担心的事情。"

丽达急忙打开放在长椅上的深米色带着长带的包，拿出钱包，掏出一些钱，数都没数就递给了老人。

"扎哈尔叔叔，这是给您的，拿着吧。"

老人的脸上露出了不知所措的神情。而沉默的时间越长，就越感觉到自己对丽达来说还是外人，和昨天她们刚到的时候一样。他的嘴唇颤抖着。感觉马上就要哭了。

"闺女……你这是……你怎么能……"

丽达觉得很尴尬，于是她急忙把钱藏进了钱包里。

"您千万不要认为，我们只是习惯这样——至少象征性地送点什么。这只是这样一个征兆：一个人不懂感恩，他将一事无成。"

老人情绪激动起来，挥挥手，用粗糙的手掌擦了擦眼睛：听了丽达的话后，他的眼睛变得湿润了。

"你别管我，丽特卡[①]：在我这个年纪，已经是不管说什么，做的都不是该做的事了。"

---

① 丽达的爱称。

"我可以带着昨天穿过的维拉外婆的裙子和刺绣上衣吗？"斯维塔问道。

"为什么不呢？"老人高兴地说。

"你要它们干什么？"丽达很惊讶，"你穿那些衣服去哪儿？！"

"我们历史系有一个民俗小组。大家看到都会惊呼的。"

"小组……上中学去各种小组我还能理解。可二十岁了何必白白浪费时间？"

"不是白白。"斯维塔抱怨说。

"你随便吧。"丽达缓和了下来，老人也明白了，现在是时候转移话题了：他不希望母女俩上路前吵起来。

"车什么时候来接你们？"

"十二点左右。"

她走到窗前，说出了下面这句话，好像是对窗外一个看不见的人在说：

"去明斯克我们要经过巴拉诺维奇，这样我今天，可能，可以给母亲订一个墓碑。"

她转过身对着老人，笑了笑说：

"这样的话大约一个月后，您就等着客人的再次到来吧。"

"我会每天等的，"老人真诚地承认并确认说，"两位客人。当然，是该立一个墓碑了。而且天气，我想，还能坚持一两个月，以免把墓碑立在泥里。"

"只是您最好装一部电话。否则整个村庄就两部电话：上帝保佑，可别发生什么事——否则还得跑到村头去打电话。"

"难道装电话那么容易吗？必须排队报名，然后等好几年。"

"这就是我们的生活，"丽达叹了口气说道，"排完一个队，马上就得排另一个。"

老人没有争辩，尽管他一生都习惯了没有必须要排队才行的东西也可以活。从某种意义上说，凡是没有也可以活的东西都是多余的。

斯维塔从桌子上拿起水罐并一饮而尽。放在原地的罐子不再闪闪发光。然后她从木箱里拿出维尔卡的衣服，整齐地放进旅行袋里。

"还是没有改变主意。"丽达摇了摇头。

这时，一辆轿车停在了房子旁边，按了三声短促的喇叭。

丽达把她戴表的手举到眼前。

"才十一点，"她惊讶地说，"好吧，早走，我们会早些到明斯克。"

老人从冰箱里拿出放在纸箱里的鸡蛋，用亚麻绳捆着，这样它就不会开。

司机在车边等着，是个年轻人，和斯维塔的年龄差不多，也可能大一点，由此可以得出结论，这是和她要好的那个人的儿子。他接过袋子放在后备箱里，开玩笑说：

"把外公打劫了！"

老人没有反对：这个笑话里的某些东西对他来说是快乐的。

告别的时候，他先拥抱了丽达，然后又拥抱了斯维塔。

"别忘了，外孙女，到这来的路，"他请求说，并从口袋里拿出一条带银十字架的银项链，"拿着，让它永远保佑你抵御一切邪恶。"

老人站在路上,直到汽车消失在拐弯处。很多年前,他就是这样站着,看着维尔卡消失在街角去找格尼克,并一起庆祝库帕拉节。

"不管一个人走多远,只要你还能看见他,就感觉他还能停下来并可以回来。但一旦他从眼中消失,你马上就不再相信这一点了。"

老人叹了口气,依依不舍地朝小屋走去。他随手关上了门。环顾了一下四周。一切都和往常一样,与丽达和她的女儿来之前一样,同时一切都让他想起她们不久前还在这里,仿佛不是他的记忆,而是小屋的空气保留着她们的嗓音、笑声、脚步,以及另一个生命的灵魂,对这个生命老人并不习惯,而且在昨天之前也并不了解。他从来没有想过,他会如此希望有人一直在他身边,除了他的母亲和维尔卡。

老人走到桌前拿起空罐子,看到了三张五百面值的带胜利广场图案的钞票。他没有注意到丽达把它们放在桌子上,也不知道该怎么处理它们。但他觉得,现在他不会因为这些钱生她的气了,好像这次她给相同的行为注入了另一种情感,这种情感连接的不是陌生人,而是彼此亲近的人。

蓝河那边阴暗的森林里

一个几乎不必要的序言

"那后来发生了什么事呢?"娜塔莎问,不耐烦地在我的腿上蹭来蹭去,"怪物放她走了吗?"

"后来? 我不记得了。如果你昨天听到最后,你就知道后来发生什么事了。"

"我听了,是我的眼睛没听,闭上了。"娜塔莎生气地说。

"好,那我们就从头开始吧。"

"这也不是从头开始啊,这也不是从头开始啊!"当我开始再次给她讲这个童话故事的时候,娜塔莎大声说,"那个开头里没有这些!"

"当然,"我没有反驳,"那个开头是昨天的,而这个——是今天的。"

"……从前,很久以前,别人给我读过一篇关于一个美丽的姑娘爱上了怪物的童话故事。那个童话故事叫《一朵小红花》,是谢尔盖·阿克萨科夫写的——正如他自己所说,是由管家佩拉格娅口述。童话故事很吓人,而我当时还小,所以不懂,怎么可能爱上一个怪物。后来我知道了,法国作家勒普兰斯·博蒙特也写过类似的情节,而在美国,在华特迪士尼工作室,也拍摄了一部彩色版动画片《美女与野兽》——非常好,非常好笑,只是里面的怪物比我童年时想象的更可怕。"

"可你怎么还不讲啊?你是在等我的眼睛又想睡觉吗?"娜塔莎不高兴地问。

"好吧,我给你讲一个新的童话故事吧。"我笑着说。

"又是一个新的?"娜塔莎很惊讶。

"是的,一个新的。或者也许……是用新的方式讲一个古老的童话。你听吧……"

第一章 被施加魔法的财宝

在蓝河那边阴暗的森林里,曾经有一栋林务员的房子。以前这栋房子里住过一个林务员和他的家人——妻子和儿子,甚至从他儿子的名字里都能听出一种神秘的森林里群鸟喧闹的声音——他叫盖伊①。初秋的一天,林务员又去值班,像往常一样游走了半天,累了。太阳还像夏天一样烤着,大地上的热气还没散去。林务员在一棵树下坐了下来,把枪放在一边。周围很好,很静谧。只有松树上的青鸟在惊恐地鸣叫着。林务员朝上面瞟了一眼——这只无聊的小鸟不是在骂他吧?他还没注意,一条蛇从一个老树桩下面爬了出来。它扭动了一下,静止了片刻,仿佛中了什么魔法,然后突然冲向了林务员。第二天他才被找到。已经死了。

---

① 此为音译,该单词俄语中原意为小树林。

母子俩，当然，可以搬到河对岸的村里去投靠亲戚，或者甚至可以搬到近在咫尺的城里，徒步就可以到达，但他们还是没搬。

林务员盖的房子很坚实，也很宽敞，上下两层——卖了可惜。而且他们也习惯了森林里的隐居生活。

那时儿子也长大了——长成了一个少有的美男子。

可是现在有了一个新的麻烦。母亲病得很重。前一两个星期，她还能在房子里稍稍挪动挪动，到了第三个星期就倒下了。医生也来过了，看了，开了各种药，但没人能说清楚，她到底得了什么病，双腿不能行走，头像用老虎钳夹住似的疼痛。有一天，母亲把盖伊叫到自己身边，把他的头贴在自己的胸前，说：

"儿子，我和你父亲一辈子节省每一个戈比，就是为了让你能学有所成，出去见见世面。你不太喜欢学习，但只要有钱，就什么都会有。"

盖伊抬起头，看了一眼母亲的眼睛，却什么都没听懂：她在说什么？

"儿子，你去门厅，"母亲继续小声说着，"下到地窖里。那里最上面的搁板上有一个陶罐。里面有一把用抹布包着的钥匙。把钥匙拿出来，然后在下面的搁板上把那些果酱罐拿走，从墙上取下两块木板。你会看到墙里面有一个小铁门。用钥匙打开它。你在里面就会找到一个小箱子。你把它拿过来。"

盖伊冲向了门厅，一切都是按照母亲说的做的，很快就回到了她身边，怀里抱着一个黑色的小箱子。

"但它是锁着的。"他惊慌地说。

"那里,"母亲指着红色的墙角①,"圣像后面有一个小盒子。里面有一把钥匙。"

盖伊打开了小木箱,由于太出乎意料,差点尖叫起来。

里面不仅有钱,还有各种黄金和白银制作的东西——项链、戒指。

"这是财宝,儿子,"母亲用刚能听见的声音说道,"你父亲以前在森林里捡到的。那时你还很小,还没记事。财宝,你都不会相信,就在路上放着。就像是某个善良人专门送给我们的一样。这才盖了房子。让所有人都羡慕。只可惜你父亲还没来得及享受这份幸福。我没有错花过一个戈比,我是为你省的。为有这样的生活而庆幸吧。"

到了晚上,母亲就去世了。

几年过去了。林务员的家里发生了很大变化。曾几何时,这个家里一直萦绕着平静和安宁,而现在白天夜里音乐声、尖叫和笑声四起。几乎每天都有客人在盖伊这里玩乐,其间,房子周围建起了高高的砖墙,上面拉上了铁丝网。橡木大门开起来很沉重,吱吱作响,好像害怕把不速之客放进来。林务员的儿子觉得他什么都不缺。他拥有别人所梦想的一切。

当然,除了忠实的朋友——盖伊这么多年来几乎没剩下什么忠实的朋友。但是,他周围的阿谀奉承和无耻下流之人却越来越多,他们千方百计地诱骗哪怕是他的一部分财富。

---

① 指放圣像的墙角。

盖伊本身也纵容他们所做的一切。他内心的同情、善良和爱似乎被人偷走了一样。只有几个中学的朋友还记得，他曾经是多么善良和富有同情心。他们都还记得并仍然爱他。盖伊最忠实的朋友是尼尔和卡尔尼尔。在这世上很难找到另外两个年轻人，既能和他如此要好，也能经常争吵和争论。

"咱们今晚去看电影吧。"卡尔尼尔提议说。

"竟然还有这事，我正好没事干呢。"尼尔喃喃地说，并马上去口袋里拿钱——给自己和朋友买票。

"好神奇的画啊！"尼尔去朋友家的时候这样大声说，"你在哪里买的？多少钱？"

"好多好多钱。"卡尔尼尔会自豪地说，然后就会去另一个房间，好像如果有人哪怕只是看看那幅画，他都会很舍不得的样子。

但还没等尼尔回家，这幅画已经挂在他家里了。

盖伊的这两个朋友就是这样的。但说实话，他并没有太珍视他们的友谊。

有一天，盖伊邀请了很多客人来参加生日聚会。从一大早，他的房子里就传出了音乐和笑声。到了晚上，一位客人走到年轻的主人身边，说有一个女人在门口等着他。

"还有什么女人？"盖伊惊讶地问道。

"她穿着像个乡下阿姨。"

"乡下阿姨？"盖伊挑起了眉毛，"走吧，去看看她想干什么。"

盖伊和客人们一起走到院子里。一个系着最普通的黑色头巾的女人站在敞开的大门前,拄着一根橡木拐杖。

"你要干什么?"盖伊不耐烦地问道,停在离她几步远的地方。

她认真地看了一眼盖伊的眼睛,请求说:

"让我进去过一夜吧,善良人。天色已经晚了,很冷,而我无处可去。"

"很冷!"盖伊哈哈笑了起来,"对上帝有点敬畏好不好,阿姨!整整一个星期了,晚上闷得喘不过气来。"

他刚说完最后几个字,就刮起了大风。树木开始呻吟并变弯。给人感觉,院子里已经不是盛夏,而是深秋。

"让我进去过一夜吧,善良人,"女人又请求道,"我无处可去,而且我浑身都被雨淋透了。"

"什么雨?"盖伊觉得很奇怪,用手捂住脸,为了挡住刺骨的风。"没下雨啊,而且很久没下了。你在瞎说什么,阿姨?!"

这时,倾盆大雨倾泻而下,一股股的水流,像蛇一样,喧闹地爬过地面。

"这是个女巫!"一个客人喊了一句,"快把她赶走!"

女人摇摇头,眯起眼睛说:

"别听他们的,伙计。我知道你有一颗善良的心,你不会把我赶走的。我很饿,我快站不住了,难道你会不帮帮我这个可怜的女人吗?"

"我这就去给你拿点什么吃的。"盖伊皱着眉头说。

"呃,不,善良人。你也看见了,我身上的衣服都破了,补丁摞补丁。"

"好,"盖伊不耐烦地打断她说,"我去给你拿些衣服。"

"其实也不是,"女人微笑了一下,"我不需要你的衣服。"

"那你想要什么?"

"金子。"不速之客的眼睛闪了闪。盖伊打了个寒战。

"瞎说什么,什么金子?"

"就是你白得的那些。"

"你这是,你的舌头是怎么翻过来才说出这些话的?!你在编造什么?!滚!把她赶走,赶走!"盖伊对客人们大喊道。

客人们喧哗起来:

"滚出去,滚开!"

"好吧,"女人平静地说,如此喧闹,不是每个人都听到了她的声音,"谁像狼一样生活,就让他像狼那样奔跑。再见,伙计,三年后我们还会在这个地方见面。别忘了,三年整。"她说完——就立即消失了。

而一些奇怪的事就开始发生在盖伊和他的客人们身上。随着惨叫声,他们开始翻跟头,刚一翻,胳膊和腿上就马上长满了狼毛。

这样盖伊和他的客人们就变成了狼人。他们在森林里跑了三年,每天晚上都聚集在林务员的房子附近,整夜地哀号。

在女巫指定的那天,天刚亮狼人们就聚在门口。他们时而长时间地嗅着早晨寒冷的空气,时而不耐烦地用带着锋利趾甲的爪子耙着去年的发黑的树叶。

最后，女人出现了。她马上就从狼人当中认出了盖伊，她拄着橡木拐杖，不慌不忙地走到他身边说：

"现在，你会把白得的那些财宝还给我了吗？"

"还给你。"盖伊回答说。

女巫看了其中的一个狼人一眼，他立刻就翻了个跟斗，变回了人。

"你会把白得的财宝还给我吗？"女巫又问盖伊。

"还给你。"

第二个狼人也变回了人。就这样所有的客人依次变回了人，只有盖伊还是狼的外表。

"我最后问一次，"女巫说，"你会把白得的财宝还给我吗？"

"还给你。"

但还没等盖伊说完，其中一个客人就喊道：

"抓住女巫，抓住她！"

所有人都不约而同地朝这个女人扑了过去。可是，还没等他们迈几步——女人就没了踪影。客人们仿佛被施了魔法，呆住了，不敢相信自己的眼睛。

"嘎、嘎！"沉默被乌鸦的叫声打破了，篱笆墙上不知哪来的乌鸦。

"是她，女巫！"突然，一个客人喊道，"拿东西打她！"

几块石头朝乌鸦飞去。

"打不着！"还是那个声音沮丧地喊道。

在喧闹声中，没有人注意盖伊，盖伊跪在离所有人很远的地方，绝望地用头撞着地。他的身体和脸上还留着浓密的狼毛。

"她在哪儿？！乌鸦在哪？！"客人们环顾四周。这时，女巫朝盖伊俯下身，轻声说：

"你欺骗了我，但倒霉的是你自己。在一个姑娘出现在这里并告诉你魔语之前，你会一直带着狼毛。如果不告诉你——那没办法，你到死都将是一个狼人。而要想知道你还能活多久，你在家里的桌子上会找到一面镜子。你照照镜子——就全明白了。"

女人直起身，对着客人们喊道：

"而你们一直都将忠实地服侍他！"她很恐怖地哈哈大笑起来。

"她在那！抓住她！"客人们大叫起来。

"魔语，该说什么魔语？"盖伊嘟囔着，但女巫已经听不见了。

第二章　露易丝、戈尔迪和阿夫里康爷爷

在一个大城市的郊区，在几乎没有多层建筑的那个区域，在太阳大街上有一栋小房子，从外面看和其他房子没什么差别。里面住着一个叫露易丝的姑娘。她不是一个人住，而是和她的哥哥戈尔迪住在一起。他是个又高又瘦的年轻人，有点粗心，但很善良。他戴着眼镜，虽然从旁边看似乎是多余的，因为眼镜从来就没戴在该戴的地方，而是一直滑到下面。

戈尔迪曾经是一名工程师,在汽车厂工作。他利用完成本职工作之外的业余时间,成了一名真正的学者。虽然他自己不喜欢这个词——"学者"。他称自己为发明家,这与真实情况非常相符,因为在他的房子里总是有什么东西在敲敲打打、嘀嘀嗒嗒,房间里到处都是很有用的垃圾,而戈尔迪本人的手和脸永远都是肮脏不堪。

很好理解,他最大的爱好就是汽车。但分什么车!福特、奔驰和宝马戈尔迪看着就想笑。他梦想创造出一辆汽车,第一,可以借助计算机用语音命令来控制;第二,它不用加油,而是加清水。如果说第一点聪明而有创造力的戈尔迪几乎已经成功了,那么第二点暂时还没有着落。

可能,他因此才这么粗心?

"你好,戈尔迪,"某个熟人在街上跟他打招呼,"你的车怎么样了?很快就可以开了吧?"

"是的,是的,"小伙子会点点头,而他正在想着自己的事,"今天的天气真的很棒。"

据说戈尔迪像他的、被人怀疑会点魔法的父亲,但戈尔迪几乎不记得他:他在儿子还是婴儿的时候就死了。

母亲也死了,她是一个把自己的全部都给了孩子的漂亮女人,是一个心地善良的人。露易丝像她——也是金发碧眼。你根本不知道露易丝的笑容多美!我甚至找不到描写它的词汇:只要你回忆起那个微笑,思绪就开始变得混乱,就像小猫正在玩的一团线。

而且,混乱的似乎不仅是我的思绪。据说,理发师哈尔拉姆在第一次看到露易丝的时候，盯着窗外的她看得入迷，把顾客的头发当胡子都给刮掉了。但那位根本没生他的气，因为那时他也正全神贯注地盯着露易丝，之后很长时间一直是魂不守舍。当他终于恢复过来时，他的头发已经重新长出来了。

露易丝和戈尔迪一样，也有自己的爱好，只是，与发明无关。这个世界上，小女孩最喜欢的就是读书。特别是童话故事。十四岁开始读童话故事可能已经太晚了，但她读的可基本都是关于爱情的童话故事：关于为了爱人准备经历任何严峻考验的勇敢的骑士、关于被年轻的心上人拯救的中了魔法的王子。

阿夫里康·多尔玛托维奇·博多罗日尼克，或者简单称作阿夫里康爷爷，阳光大街上最知名的书籍爱好者，非常了解露易丝。他们甚至是好朋友。当小女孩来他这里做客的时候——一般是每周好几次，他总是给她一本新的童话。说实话，这对他来说越来越难：作家们构思出童话故事的速度比露易丝阅读的速度要慢！

那个早晨，顺便说一句，就是露易丝惊人的历险开始的那天，是一个最平常的夏天的早晨。令人气愤的是，所有令人难以置信的东西，总是开始于和所有其他早晨极为相似的早晨，或和其他傍晚看不出差别的傍晚，因为你不知道这个令人难以置信的东西什么时候到来，好能做好充分的准备。

小女孩像往常一样早早醒来了，做了简单的早饭。

早餐后，戈尔迪去院子里鼓捣他的车，用他的话说，差一点点就可以进行测试了。

露易丝也没在家里待着。前一天晚上,她读完了又一篇童话故事,因为故事的结局很好,她有那么一会儿,甚至喜极而泣。而早上就决定把书还给阿夫里康爷爷。

阿夫里康爷爷站在门槛上迎接了她,好像整个早晨所做的就是在这里等待她的到来。

"我看得出你又哭了,"他摇了摇头,"你不能再读童话故事了。你对待一切都太用心了。"

"您怎么猜到我哭了?"露易丝很惊讶。

"这很简单,"阿夫里康爷爷摊了摊手。"当你和很多魔幻的童话故事书相处的时间长了,你自己就会变得有点像魔法师了。"

"您总是开玩笑。"露易丝叹了口气。

"根本不是,"阿夫里康爷爷认真地回答说,"通常人们认为,童话故事只是某个人的幻想。其实,往往真是这样。但并非总是。书籍是多种多样的。有些无聊的书是某个作家匆匆写出来的。但也有神奇的书籍,是的,神奇的,从几个世纪前遥远的过去来到我们的面前,藏着我们宇宙的许多秘密。如果你仔细阅读它们,然后试着将从中吸收的所有知识系统化,就可以解释今天我们无法理解的许多秘密。而世界本身就会呈现出另一个面貌,而不是我们通常所看到的。我们对它知之甚少!简直对它几乎一无所知。例如,我们对鬼魂了解多少?什么都不了解,因为,首先,我们几乎从来没有见过它们……更确切地说,是我们认为我们没见过它们。其次,我们不相信它们的存在。但鬼魂知道我们的一切。它们知道过去曾经发生在我们身上的事情,以及我们每个人在一天、一年、一百年后会发生的事。"

"我们每个人在一百年后还会发生什么事?"露易丝的眼睛瞪得更大了,"但是……"

"哦,我明白,你,当然,认为,一个人死了,那就没有任何事可能会发生在他身上了,是吗?"

"是的。"露易丝慌忙回答说。

"事实上,一个人永远都不会死。他只是从一种状态转换到另一种状态,而鬼魂知道这一点。他们可以轻松地穿越过去或未来,这就像你,比如,从这里出去到街上,然后回来一样。对,"阿夫里康爷爷摇了摇头,"这些都是不寻常的书籍。而且我告诉你一个秘密,孙女,如果你认真阅读这些书,自己也可以学会一点魔法。"

"就是说,您也学会了魔法?"露易丝赞赏地大声说。"所以才这么轻松就知道我昨天哭了?"

"怎么和你说呢……"阿夫里康爷爷挠了挠后脑勺,"当然,如果以一个能读懂他人思想的魔法师的身份出现在你面前,那将是非常有诱惑力的。但是,说实话,这很简单。对我来说,猜到你读完这本书的时候哭了,就不是什么难事,因为你总是这样。难道不是吗?"阿夫里康爷爷狡猾地笑了笑。

露易丝脸红了。

"那您能不能……把一本魔法书借给我哪怕一天?"她试探地问道。

"哦,我亲爱的,你别生气,但我担心你读这样的书还为时过早。万物有时啊，万物有时。而且，令人不可思议的历险故事不久就会发生在你身上。"

"不可思议的历险故事？！"

"你不用怀疑。"

"阿夫里康爷爷，您有事瞒着我！请您告诉我！"露易丝恳求道。

"我？瞒着？"阿夫里康爷爷开始闪烁其词，"你在说什么？我指的是，像你这样的漂亮姑娘，总会发生一些令人惊奇的事情。她们会陷入各种令人难以置信的故事之中，但故事的结局总会很好。我指的就是这个，仅此而已。哎呀，我和你聊的时间太长了。我还有那么多的活儿，那么多活儿呢！顺便说一句，我给你挑了一本新书。一篇非常有趣的童话故事，相信我。我把它送给你。"

"啊，您在说什么！"

"为什么一个老弱多病的图书爱好者不能把一本书送给这样一个年轻奇妙的生命？！我这么孤独。在我的遗嘱中，我会写下，我死后，我的所有藏书都传给你。"

"您不会死的。"露易丝自信地说。

"为什么？"阿夫里康爷爷很惊讶。

"您自己说的，人不会死，而只是进入另一种状态。而且，您知道这么多各种各样的秘密，在我们的城市里再没人知道。"

"的确，"阿夫里康爷爷表示同意，"我是说过这样的话。但问题是，就算到了另一种状态，我还是无法读书。"

"您为什么不能读书？"

"嗯，不知道。这是给你的童话故事。"阿夫里康爷爷把礼物递给了露易丝，让她明白，谈话结束了。

露易丝对爷爷送书表示了感谢，然后告别并走到了街上。

第三章　关于懦弱的伏奥卡和他的妈妈

是时候认识一下我们故事中的另一位主人公了。他的名字叫伏奥卡，他也住在露易丝住的城市，只是在另一端。他的父母很爱他，凡事都纵容他，因为他是家里唯一的孩子。他们给他买最好的玩具，给他吃最美味的食品，给他穿最漂亮的衣服。

"你是我们城市最漂亮的男孩。"他妈妈特蕾莎每天都温柔地对他说，并抚摸儿子的头。

虽然，说实话，并不是所有认识他们的人都这么认为。伏奥卡和他妈妈一样，身材矮小，胖胖的（特别），可能因此有点笨。跑步的时候他的嘴唇就会：噗—噗—呼—呜—呜！噗—噗—呼—呜—呜！

"你是我们城市最强壮的男孩。"妈妈特蕾莎每次都会补充说，尽管坦率地说，伏奥卡的所有熟人对此都非常怀疑。而关于他的懦弱，院子里所有的孩子都知道。如果伏奥卡看见一条狗，他发出的叫声，都能让那些碰巧在他旁边的人耳朵里嗡嗡作响好几个小时。

"我们不会让任何人欺负我们的儿子。"妈妈特蕾莎在腿上

摇晃着伏奥卡,并没发现他已经长大了。当终于注意到的时候,她惊呼道:

"卡皮顿!你快看吧:我们儿子完全成了一个成年人了!"

卡皮顿——伏奥卡的父亲——把眼镜卡到鼻子上,开始仔细地、怀疑地看着自己的儿子。

"还真是的,"他最后说,"长大了。"

"应该给他娶媳妇了!"妈妈特蕾莎再次惊呼道,"我会亲自为我们的儿子挑选新娘!一定是我们城市最美的姑娘。"

妈妈特蕾莎冲到衣柜前,开始从里面掏出最好的衣服。

"你看,多漂亮的绿西装,"她对伏奥卡说,"穿上这件绿西装,就是公主也会爱上你。我现在就和你去寻找新娘。我们会走遍整个城市,我们会走一个星期、一个月,如果有必要,那就走一年,但我一定给你找到一个让所有人都羡慕不已的姑娘。"

伏奥卡和他妈妈特蕾莎在城市的街心花园和公园里每次都徘徊很久,每天在人来人往的街道上走上好几遍,乘坐拥挤的公共汽车和无轨电车,但是,挑剔地看着姑娘们,妈妈特蕾莎只是皱眉和深深地叹息。

在寻找的第十天,妈妈特蕾莎用手拍了一下额头,惊呼道:

"我真笨!"

"怎么了?!"伏奥卡惊讶地问,"爸爸说你是最聪明的女人。"

"你没听懂我的话。我说我很笨,是因为我没有立即想出来，应该怎样才能找到城市里最漂亮的姑娘。你爸爸总是说实话。"

"那我们怎样才能找到这个城市里最漂亮的姑娘呢?"

"得去找巫婆!"

"找巫婆?"

"当然。她,好像,什么都知道。"

一个小时后,他们已经坐在一个阴暗的、半空的房间里一张桌子旁边了,桌子上点着一支细细的蜡烛。

一个满脸皱纹的老巫婆,她主要引人注意的是鼻子,凶巴巴的,马上就要挨到下巴了,她坐在一把高高的硬椅子上,洗着扑克牌。

面前的桌子上放着一杯咖啡。

"黑色的夜,快来吧。黑色的湖,露露脸。"

"什么夜,什么湖?!"妈妈特蕾莎嘟囔着,"现在是早晨。"

"不要打扰我,"巫婆生气地说,扔出一张牌,看了一眼杯子,可能又什么也没看到,"黑色的夜,快来吧。黑色的湖,露露脸。"

妈妈特蕾莎受不了了。

"我们已经在这里坐一个小时了。我们自己就能看到她的脸,只要你告诉我们这个姑娘的名字和地址就行了!"

"快说话!"伏奥卡甚至跳到了凳子上,"她住在哪儿?"

"怪人,"老太太喃喃自语,"我可以告诉你的东西将极大地改变你的生活。再来十枚金币。"

"什么?"妈妈特蕾莎惊呼道。

"在桌子上再放十枚金币——脸怎么都不愿意出现。"

"十枚?!太多了吧?!"

"我的占卜本来就是无价的,而你,这个女人,还在为十枚小硬币动摇。"

"十枚?我们可是已经掏出来五十多枚了!"妈妈特蕾莎喊了起来。

"对,掏出来了。"伏奥卡确认说。

"那又怎样?"巫婆耸了耸肩,好像不知道这有什么好争论的。

"如果你说出这个姑娘的名字,我们是不是还得再掏五十啊?!"

"还得五十。"伏奥卡点点头。

"是的,还得,"巫婆冷漠地说,"你们给的金币越多,我对你们讲的就越多。"

"可我们只需要……"妈妈特蕾莎刚开始说,但巫婆打断了她:

"我预先提示过你们,小钱儿我不挣,"她愤恨地说,"名字,让那些伸着手在城市里走来走去的人去算。现在请你们不要打扰我,趁地上和天上的灵魂还没有生我的气。"

她又低声说:

"黑色的夜,快来吧。黑色的湖,露露脸。"

"花这么多钱,"伏奥卡喃喃地说,"我自己都学会和灵魂交谈了,我也能说出来,谁什么时候会发生什么事。"

但女巫没有听他说话。她目不转睛地盯着杯子,眼睛越睁越大,嘴唇低声说着难以理解的话:

"沙尔多玛赞多里……阿托梅恰尔波里……"

巫婆抛出的最后一张牌突然开始自己移动。

老太太的手开始颤抖,她发出嘘嘘的声音:

"钱,扔钱!"

妈妈特蕾莎从包里拿出几枚金币扔在桌上,像中了魔似的盯着爬向桌边的纸牌。

突然,杯里的咖啡开始发光,变成了一面镜子。

"黑色的湖,谢谢你,"老太太低声说,"黑色的夜,谢谢你。"

杯子里,就像在电视屏幕上一样,出现了露易丝的脸。姑娘正坐在她家房子旁边的长椅上看书。

"天啊,她真漂亮啊!"妈妈特蕾莎惊呼道。

"我要娶她!"伏奥卡拍了拍手。

"你们静一下!"巫婆发出嘘嘘声,"你们影响我听。"

"听什么?"妈妈特蕾莎很惊讶,"难道你能听到什么吗?"

"她的名字……"老太太眼睛滚动了一下,低声说,"她的名字叫露易丝。她住……她住……在阳光大街。"

突然,露易丝的脸消失了,代替它出现的是伏奥卡的脸。

"你看,"妈妈特蕾莎惊呼道,"你看,伏奥科奇卡[①],这是

---

① 伏奥卡的爱称。

你。"

伏奥卡脸上洋溢着喜悦。

"嘿——嘿——嘿！"

这时他的脸在杯子里消失了。代替伏奥卡出现的是一个怪物。

"妈妈！"伏奥卡吓得从桌旁跳开，"这是谁？"

"这是谁？"妈妈特蕾莎重复了一遍儿子的问题。巫婆沉默着。

突然，杯里的咖啡开始沸腾，开始溢到桌子上。咖啡变成了猩红色，像血一样。

"这是怎么回事？"妈妈特蕾莎尖叫起来。伏奥卡吓得爬到了桌子下面。

只有巫婆一动不动地坐在扶手椅上，静静地看着猩红的咖啡洒在桌子上。

"老妖婆！"妈妈特蕾莎受不了了，握紧了拳头说，"这都是什么意思？"

但巫婆只有在杯子里一滴液体没剩时才开始说话。

"你忘了露易丝吧。"她阴沉着脸对从桌子下面惊慌失措地伸出脑袋的伏奥卡说。

"你说什么废话，老妖婆？！"妈妈特蕾莎愤怒到了极点，"我儿子会娶她做妻子的！"

"你忘了露易丝吧，"巫婆重复道，"她不适合你。"

"闭嘴！"特蕾莎吵闹着说，"她就是适合他。"

伏奥卡惊慌地眨着眼睛，不知道该说什么。

"不要急于找死。"巫婆摇了摇头。

"什么？！"妈妈特蕾莎的声音在房间里如雷霆万钧，"该死的妖婆！你怎么能说这种话？！伏奥卡，我们走！"

被激怒的妈妈特蕾莎，双手抓住桌边，用力地把它翻了过来。纸牌和钱散落在地板上。杯子弹到了墙上，但仍然完好无损。伏奥卡跳了起来，冲到了门口。妈妈特蕾莎跟在他后面。

"站住，"巫婆喊道，"算完后你们应该支付的五十个金币呢？！"

"五十个金币？"妈妈特蕾莎停了下来，一个邪恶的笑容从她脸上划过，"可你是个骗子！只有疯子才会相信你的童话故事。你得说声谢谢，因为我们没有从你那里拿回我们之前给你的钱。"

"对，给了你那么多钱！"伏奥卡附和说。

"你们可以把自己的钱拿回去！"巫婆像被蜇了似的猛然从她的椅子上跳了起来，向客人们投去一个恶毒的目光，"房子里的垃圾会少一些。"

"你这么说！"妈妈特蕾莎咬牙切齿，"伏奥科奇卡，把钱拿走！"

伏奥卡乖乖地扑过去捡散落在地上的金币，但突然他脸色发白。

"妈妈！"他喊道，"你看，妈妈，这个妖婆对金币做了什么！"

在他的手里，金币变成了锡币。妈妈特蕾莎喘着粗气，半天说不出一句话。

"好，"她转过身，最后对巫婆说，"即便钱对你来说是垃圾，那也不能白给你。伏奥卡，我们走！"

"走吧，走吧，"巫婆埋怨地说道。"我会看到这一切将是如何结束的。我要看看。我已经有一段时间没见过这样的事了。走吧，走吧，去找死吧。你们这是活该。"

巫婆哈哈大笑起来。

第四章　伏奥卡和露易丝

露易丝正坐在自己家房子旁边的长椅上看书。童话故事深深吸引着她，以至于她都没注意到，几个小时飞逝而过。

"你好，露易丝。"她突然听到头顶传来一个女人的声音。

露易丝放下书。一个矮胖的阿姨正带着居高临下的笑容看着女孩。女人旁边站着一个同样又矮又胖的小伙子，不停地眨着眼睛。

"下午好。"露易丝说。

"怎么样？"妈妈特蕾莎（这当然就是她）转向她的儿子，"你觉得新娘怎么样？"

"嘿—嘿—嘿，"伏奥卡似乎被剥夺了说话的功能，最后他说，"是我们想要的！"

"我也是这么想的。"妈妈特蕾莎同意儿子的观点，上下打量着露易丝，然后又笑了笑。

"孩子，我想说你很幸运。"

"为什么？"露易丝什么都没听懂。

"我儿子喜欢你,我也喜欢!"

"那又怎么样?"

"什么——怎么样?他想和你结婚!"

"结婚?!"露易丝惊呼道,"但是……但我不想结婚——无论是嫁给您的儿子,还是其他任何人的儿子!"

"为什么?"妈妈特蕾莎很惊讶,"我,比如,以前就一直想结婚!而且,你看看我的儿子多英俊!"

听到这话,伏奥卡脸红了,笑了起来。

"你看看,你看看他!"妈妈特蕾莎继续夸奖着,"这样的小伙子整个城市你都找不到的!"

露易丝看了一眼伏奥卡,便笑了起来,但为了不惹妈妈特蕾莎和她的儿子生气,她立刻用手捂住了嘴。

"但我还没想过要结婚。"露易丝说,努力表现得很认真,"我无法想象……完全。"

"我的孩子,现在我儿子会替你想的。"

"但我才十四岁!"露易丝大声说。

"十四?"妈妈特蕾莎再次惊讶地上下打量着女孩,"是吗?那怎么办,看来,我们得和你父母谈谈。"

"我没有父母。"露易丝平静地说。

"那有什么人啊?"妈妈特蕾莎小心翼翼地问道。

"哥哥。"

"好极了!"妈妈特蕾莎大声说。

"什么好极了?"女孩没明白。

"我们会和你哥哥商量好的。到十八岁之前,你将住在我们家。然后再说。"

"但我不想住你们家！"露易丝打断了女人的话。

"傻孩子，你都不知道你在说什么。你在自己拒绝自己的幸福。"

"对，拒绝幸福，"伏奥卡急忙开始点头，"你只要听我妈妈的话，一切都会好的。"

"可我不想听任何人的话！"露易丝喊道。妈妈特蕾莎摆了摆手。

"你哥哥在哪儿？"

"不知道，"女孩耍了个心眼儿，"他不在家。"

"他回来的时候，你转告他，就说他很快就会穿上这个城市最好的设计师缝制的衣服，并且住在，"妈妈特蕾莎瞥了一眼露易丝的小房子，"住在一个漂亮且富有的豪宅里。我知道该如何和男人谈话。"

"别怀疑，她什么都知道。"伏奥卡附和道，但露易丝看了他一眼，只是皱了皱眉头。

第五章　燃水汽车测试

当浑身机油的戈尔迪幸福地飞身进屋的时候，露易丝还没有从妈妈特蕾莎和她儿子的意外拜访中回过神来。

"成功了！"他喊道。"我成功了！你能想象吗？！"

"什么成功了？"露易丝没听懂。

"我创造出了一辆不需要汽油的汽车！我终于把它创造出

来了！"

"戈尔杰尤什卡①，你真了不起！"露易丝很高兴。"我相信你。大家都在笑，而我相信你会成功的。"

"我们现在应该把它测试一下！我们要开着它环游整个城市！"

"等等，戈尔杰尤什卡！你看看自己：你得换身衣服。"

"对，对，"哥哥不好意思地说，"今天我有一种节日的心情，我应该打扮得也像过节一样。"

几分钟后，他已经站在妹妹面前，梳洗干净、发型整齐、穿着新牛仔裤和衬衫。他的脸上放着光，像一面捕捉到太阳光斑的镜子。

"可以开始了！"戈尔迪一本正经地说，于是他们朝车库走去。

"你认为这是什么？"戈尔迪对着车点了点头。

"什么是什么——汽车啊。"

"不完全是。称它为水车会更准确一些。我觉得，我创造出了一辆不是靠汽油运行的汽车，而是靠清水，你能想象吗？！"

"太厉害了！"

"那还用说，"戈尔迪满意地笑了笑，"但这不是主要的。上车，你会看到更神奇的东西。"

露易丝小心翼翼地爬上了车，戈尔迪自信地跟着她也爬了

---

① 戈尔迪的爱称。

上去。

"你看哈,"他说,指着安装在仪表板上的一个小盒子。"这是一台电脑,它将代替我来操控水车;我只是发出语音命令。它会准确地判断路况,记录交通拥堵,并选择最佳路线。"

"这能行吗?"露易丝怀疑地问道。

"肯定行啊!"戈尔迪笑了起来。"出发。他按下了位于仪表板右下角的绿色按钮,几个彩色的小灯立即亮起来,于是车子就开动了,逐渐加快了速度。戈尔迪坐在柔软的座位上,双手放在脑后,甚至没准备操控这辆车。而且,他也不可能操控,因为水车里没有方向盘。"

坐在没有方向盘的车上在城市里飞驰,是一种难以形容的乐趣。诚然,一开始,当这个神奇机器追上一辆奔驰或日古丽的时候,露易丝还攥着小拳头,吓得尖叫。但很快就习惯了,并开始自己"操控"起了水车。

"降速!"当他们的车超速时,她用严肃的声音对着仪表盘上的小麦克风说道。而水车就乖乖地放慢了速度。

"超车!"女孩命令道,水车就真的又超越了一辆车。

戈尔迪默默地坐在她旁边,开心地笑着。

很快他们就到了城市的另一端。这里的车没有市中心那么多,水车行驶得很平稳,没有减速或加速。

又过了几分钟,露易丝和戈尔迪已经飞驰在蜿蜒的林间道路上了。

"是不是该回去了?"戈尔迪不时会不确定地征求一下妹

妹的意见,但从他的声音里不难猜出,他根本不想回去。

"马上,"露易丝回答说,"过了那个拐弯就掉头。"

但当他们到达转弯处时,女孩问道:

"咱们开到那棵树再掉头吧。"

突然,发动机出了故障,然后完全不动了。慌了神的戈尔迪下了车。露易丝也急忙跟他下去了。

"严重吗?"她问,"我们还能开回家吗?"

"不知道,"戈尔迪耸了耸肩,"得看看。只是我没带任何工具。"

这时,黄昏已经降临在大地上,在车里捣鼓起来就越来越艰难。

戈尔迪的脸色变得完全阴沉了。露易丝远远地站着,怕妨碍哥哥。

远处传来了发动机的声音。有几辆摩托正朝他们这个方向飞奔而来。

"呜啦!"露易丝喊道,"这下有人帮我们了!"

戈尔迪用一块脏兮兮的抹布擦了擦手,开始挥舞着抹布,希望骑摩托车的人能停下来。他们是五个人。他们还真停下来了,摘下了头盔。不知为什么,露易丝一开始就不太喜欢他们。他们的表情是傲慢的,步态上有一种迫使别人给他们让路,从而免受伤害的强硬和自信。

"我们的这个水……水车趴窝了。"戈尔迪有些内疚地说。

"谁—谁趴窝了?"一个骑摩托车的问道。和其他四个人一样,看外表他不到二十岁。

"水车。"戈尔迪小声重复道。

"水……"那小子没等说完就哈哈大笑起来,"你这是什么玩意,只能在水上走啊?还是能过水坑子啊?"

其他骑摩托车的也一起笑着随着他起哄。而那小子把戈尔迪推开,朝车走去。由于猝不及防,戈尔迪失去了平衡摔倒了。哈哈声又一次响起来。

"你们在干什么?你们不感到羞耻吗?!"露易丝喊了起来。

"哦,大美女啊!"其中一个家伙惊呼道,"和我们走吧!"

"滚吧!"女孩差点哭了。

"你们看看他们的这辆水车吧,"推戈尔迪的那个骑摩托车的嘲笑着说,"里面连方向盘都没有。他们可能是把这个破车一路推过来的!"

"现在他们累了,希望我们帮他们。"另一个骑摩托车的补充说。

"我们现在就帮他们,"第三个冷笑着说,"那这样吧,我们把这个破马车翻过来,以免在路上妨碍别人。"

于是这帮人就开始干了。

他们五个人就把水车翻了过来。一开始把车翻到侧面很艰难,然后就很轻松地四轮朝上了。

"它这么看起来好多了。"那帮家伙满意地说。

从旁边看,他们看起来像五胞胎兄弟一样——个头一样,都穿着同样的皮夹克和皮裤子,而他们在暮色中的脸也是一样的——凶恶而又自鸣得意。

"你们怎么能这样呢?!你们没有这个权利!"戈尔迪跳起来并朝他们扑了过去。

但其中一人用力推了他一把。戈尔迪的眼镜飞到了地上。

"眼镜!我的眼镜!"戈尔迪喊道。

骑摩托车的脚下的眼镜片在嘎吱作响。

"好吧,我这就给你们点颜色看看!"

戈尔迪开始伸手去抓一个,然后又抓另一个家伙的衣服,试图将他们从翻过来的水车跟前赶走。

"滚开!"他带着那种可能是他一生中从未经历过的愤怒和仇恨喊道,"我说了,滚开!"

但他的话引起的只有嘲笑。没人怕戈尔迪。他不是那种让人在犯粗或嘲笑之前需要仔细思考的外表。

这帮人哈哈大笑着把戈尔迪在他们中间推来搡去,像传球一样。

"请你们放开他!"露易丝恳求他们说,但他们好像根本没有听到她的声音。

如果戈尔迪没有巧妙地想出办法,并且没有用拳头打中其中一个家伙的下巴,还不知道这一切会怎么结束。那家伙由于猝不及防,挥舞着双手,像是要起飞似的摔倒了。然而,他立刻跳了起来,从夹克口袋里掏出一把折叠刀,把刀打开,尖叫着说:

"好吧,这回有你好受的了。"

"戈尔迪,快跑,他们会杀了你的!"露易丝吓得喊了起来。

她跑到哥哥身边,抓住他的手,拉起他就跑。

"抓住他们,抓住他们!"有人喊道,这些话让戈尔迪清醒了很多。

兄妹俩开始飞奔。露易丝抓着戈尔迪的手,他喘着粗气,嘀咕着:

"我的眼镜。我看不清楚。他们踩碎了我的眼镜!"

"快点,快点,戈尔杰尤什卡!"露易丝喊道,"他们快追上我们了!"

但往哪跑呢?周围是一片茂密阴暗的森林。是的,前面一点,几乎紧挨着河流,有一堵高高的砖墙。难道在这样的荒野里真的会有人住吗?

然而,露易丝和戈尔迪别无选择,只能设法躲进这道砖墙。

"快跑,戈尔杰尤什卡,快跑,"露易丝恳求着,"这里应该有门。"

"我看不清楚,"哥哥重复说。"不戴眼镜我看不清楚。"

"快点,戈尔迪!这里不可能没门!"

感觉他们一直在沿着无尽的砖墙奔跑。

露易丝不敢回头:一旦她突然看到一只拿着刀的手举在她的头上方呢?!那他们就没救了。

而给他们带来威胁的呼喊声和口哨声越来越近了。

"抓住他们!"传来了邪恶的喊声。

"别让他们跑了!"

"他们逃不掉的!"

"抓住他,抓住他!"

但这时拯救之门出现了。露易丝和戈尔迪用尽全力朝大门扑过去——这是两扇橡树大门,上面覆盖着苔藓和某种令人作呕的黏液,门没开。

"完蛋了。"露易丝低声说,无助地垂下了双手。

"哎!"戈尔迪喊道,"有人在吗?帮帮我们!"

门里没有任何声音。不祥的黑暗在空气中蔓延,树木阴沉地看着正在发生的一切。

"救救我们!"戈尔迪喊道,已经不抱任何指望。

突然,大门自己开始打开。如果不是这种情况,露易丝和戈尔迪一定会对此感到非常惊讶,但现在他们的思想只被一件事所占据——如何获救。

露易丝和哥哥沿着通往花园后面的小路开始飞奔,而大门在追赶的人的眼皮底下关上了。

"鬼杂种,他们是怎么打开的?!"

"你好好看看,那里应该有一个门闩。"

"这里什么门闩也没有。"

"嘿!"

"你知道这是谁的房子吗?"

"谁的?"

"一个富有的怪人,好几年都没人见过他了。"

"他离开这里了吗?"

"不知道。但据说这是一个被诅咒的地方,所有人都极力避开这里。"

"啊哈,听老奶奶的故事听多了。"

追赶他们的人在大门口转了几分钟,很不情愿地回去了。

"我们得救了。"露易丝高兴地说。

"我的车,"戈尔迪叹了口气说,"他们可能会把它砸碎或烧掉的。"

"你再组装一个更好的,"妹妹搂着他的肩膀,"可能它就用太阳能了。你手多巧啊!"

第六章 发生奇迹的房子

露易丝和戈尔迪越靠近两层楼的豪宅,他们心里就越惶恐。似乎有成千上万只看不见的眼睛透过黑洞洞的窗户看着他们。但好奇心让他们坚持着往前走。

露易丝走上了门廊的台阶。戈尔迪在黑暗中小心翼翼地跟着她走着——他不戴眼镜辨认不清方向。

还没等露易丝碰到那扇沉重的橡木门,它就吱吱地打开了,好像在邀请这两位意想不到的客人进去。这时,房子周围的树木开始摇晃并沙沙作响,尽管几乎没有风;一群乌鸦飞了起来,带着令人讨厌的嘎嘎叫声飞走了。

"奇怪,"戈尔迪若有所思地说,"这不是他们说的被施了魔法的房子吧?"

"会是吗?"露易丝吃惊地说,"我没听过这种说法。"

"如果是这样的话,"戈尔迪摇了摇头,"我们最好尽快离开这里。"

"千万不要。"女孩抗议道。

"露易丝,"戈尔迪温和地说,"令人遗憾的是,生活中令人惊异的传奇故事的结尾并不总像书里写的那么美好。"

"但是,如果有人五分钟之前救了我们,并不是为了伤害我们。"露易丝说。

"那就是你也觉得这里有人?"戈尔迪问道,惊慌地环顾着四周。

"我感觉,有人在背后看着我,但也许这只是我的错觉——夜里在陌生地方经常会有这种感觉。"

关于门自己打开的事,露易丝对哥哥什么都没说。现在她觉得自己比他更年长,更聪明。正在发生的事,让她想起了阿夫里康爷爷给她读的神话故事里的情节。

露易丝紧张地跨过了房子的门槛。

"那,随便你吧,"戈尔迪嘀咕着,"我反正不能把你一个人留在这里。"

于是他小心翼翼地跟着她。

他们来到一个灰暗的大房间。最远角落里的梳妆台上燃着一支高高的蜡烛。旁边立着一个古老的闹钟,对一切都漠不关心地嘀嗒嘀嗒地走着,声音刚刚能听见。闹钟的指针显示23:43。露易丝心想,有人在给闹钟上弦,那就说明这里有人住。因为如果你不住在这栋房子里,干吗要给闹钟上弦呢?

露易丝和戈尔迪开始仔细观察这个房间。墙上挂着几幅画。一张小桌子,上面盖着一张几乎垂到地板的桌布,几把椅子,地板上铺着一块大地毯——这就是露易丝和戈尔迪所能看到的所有东西。家具是仿古的,这让房间,特别是在半明半暗中,显得既庄严又肃穆。

唯一的窗户被黑色的窗帘紧紧地遮着。入口对面的墙上还有一扇门,略微开着。

"别对着我的耳朵喘气!"突然有人低声说。

另一个人立刻对他嘘了一声:

"你小声点!"

"你转过去!"别人对他耳朵呼吸的那个人还是没平静下来。

"你听到了吗?"戈尔迪问。

"什么?"露易丝装作什么都没听懂的样子,虽然,说实话,她一切都听得一清二楚。

"有人在小声说话。"

"你听错了吧?"

"一点没错。"

"在任何情况下,当你走进别人的房子,都应该问好,"露易丝说,并大声说了一句,"晚上好!"

"晚上好!"一个看不见的人回答说。

"你怎么回事,疯了吗?!"另一个人嘘了一声。

"很抱歉我们不请自来,但几个小伙子在后面追我们。"露易丝尽可能温和地说。

"他们推翻了我的水车。"戈尔迪补充说,环顾着四周。

"那是一辆不靠汽油,而是靠水运行的车。"露易丝解释道。

"嘿！"看不见的人低声说道。

戈尔迪聚精会神地听着房间里所有的声音，他感觉，最后的话是从桌子下面传出来的。他慢慢地，小心翼翼地开始往桌子那边靠近。

"我本来就知道，一切都会这样结束的。"有人再次低声说。

现在戈尔迪已经毫不怀疑是桌子底下有人在说话。他刚一靠近，一只黑色的长鼻子杜宾犬就从桌子底下爬了出来，不满地说：

"请不要害怕。你们面前只不过是一些会说话的狗。"

"晚上好，"摇着棕红色尾巴，一只圣伯纳犬从桌子下面爬了出来。"很抱歉我们没能盛情地迎接你们……在桌子下面。"

"哦，我们这就努力改正。"露易丝和戈尔迪背后传来了一个声音。

兄妹俩回过头，更加惊讶了。原来，刚才和他们说话的是一只暹罗猫。她旁边是一只小的暹罗猫，它正饶有兴趣地看着意想不到的客人。

"什么，你……你们也会用人的声音说话吗？"戈尔迪困惑地问道。

"正如你们所看到的。"暹罗猫说。

"我们甚至还说得很好呢。"小暹罗猫自夸说。

"请坐，"暹罗猫邀请道，"你们是不是饿了？要喝茶吗？"

没等露易丝和戈尔迪回答，小暹罗猫就叫了起来：

"我,我去拿杯子!"

它跑出了门。

"圣伯纳,"暹罗猫温柔地请求说,"请把茶壶和糖拿过来吧。"

"你们这是,"圣伯纳抱怨道,"找到服务员了。"

尽管如此,它还是乖乖地跟着小暹罗猫去了。

几分钟后,露易丝和戈尔迪就享用上了美味的热茶。

"如果有人给我讲,说真有这样的事,我只会嘲笑他。"戈尔迪摇了摇头。

露易丝看了一眼正在说话的哥哥,说:"看见了吧,你还不想来呢,你看我们来到了一个多么令人难以置信的故事里!"

但戈尔迪对这个眼神没有做出任何反应。他喝了几口茶,眯着眼睛环顾四周,问道:

"怎么,这房子里没有灯吗?这里太黑了。"

"怎么和您说呢,"暹罗猫不好意思地说,"以前这里有电。但现在只有蜡烛了。"

"那房子里有人住吗?"露易丝问道,但马上感觉问得不对,于是补充说,"除了你们,当然。"

"是的,"暹罗猫说,"这里有一个主人。"

"我们能见到他吗?"

"嗯……原则上……如果能行的话……"暹罗猫闪烁其词地说,"再给你们倒点茶吗?"

"不,谢谢,"露易丝摆了摆头,"谢谢,茶很好喝。"

"是的，这是一种不寻常的饮料。我敢肯定，你们之前从来没有喝过这个，"暹罗猫没有继续说，怕说它自夸，"它是由稀有的草冲泡的，非常有好处。可以神奇地消除疲劳和头痛。"

这时，戈尔迪喝完茶，起身在房间里走来走去。没有眼镜，而且在半明半暗中，他看得很不清楚，为了看清任何东西，他都必须靠近它。当他走到门口时，忍不住向隔壁房间看了一眼。那里也很黑。墙壁上点着几支蜡烛，但在这样的烛光下，显然在这里做不了任何事情。

戈尔迪走近一张大桌子，从上面拿起一张年轻人的照片。戈尔迪想把它拿到蜡烛跟前好好看看，但他撞到了一把椅子上，照片从他手里滑落到了地板上，将照片压在框架上的玻璃摔成了碎片。

戈尔迪弯下腰去收拾碎片，突然打了个寒战。房间里传出一种可怕的非人的呻吟声，同时，一个巨大的黑色怪物低垂在戈尔迪的头上。在黑暗中很难看清，但这让戈尔迪更加害怕——似乎有一座黑色的山峰马上就要倒向他。

怪物用毛茸茸的爪子抓住戈尔迪的喉咙，咆哮着：

"你打碎了我的照片！你怎么到这儿来的？你想从狼人这里得到什么？女妖派你来的，是吗？别不说话，回答我！"

戈尔迪虽然什么都没听懂，由于恐惧几乎喘不过气，他并不反对回答他的任何问题，但怪物紧紧地抓着他的喉咙，以至于他一句话也说不出来。

露易丝听到隔壁房间传来一声可怕的吼叫，急忙冲过去帮戈尔迪。杜宾犬、圣伯纳、暹罗猫和小暹罗猫也匆忙地跟在她身后。

一进房间,露易丝愣在了原地,不知道发生了什么。一个又大又黑的人朝她哥哥弯着腰。

但其他的狗和猫立刻全都明白了。

"请放开他吧!"圣伯纳急忙说道,"他们不是故意的。这两个人在我们的森林里遭到了袭击。"

"谁给他们开的门?"咆哮声再次响起。

"我们没开!"圣伯纳摇了摇头。

"我们甚至没有离开过房子。"杜宾犬补充道。

"门是自己开的。"暹罗猫不确定地说。

"我和妈妈在厨房来着。"小暹罗猫惊惶地尖声说道。

"你们是谁?你们在这里干什么?"怪物威严地问露易丝。

"对不起,我们来这里是偶然的。我们没想来。请您放了我哥哥吧!"露易丝开始乞求他,"他没有任何错。"

"他打碎了我喜欢的照片!我必须为此惩罚他。他将永远留在这里。"怪物看了戈尔迪一眼,停了一下后,补充说,"如果他会有任何用处。如果没用,我就把他扔进地窖,让他饿死。"

"怎么会……"露易丝差点哭了,"都是我的错。是我劝他进来的,他不愿意。您别抓他,抓我吧。"

"你?你同意代替他吗?"由于吃惊,怪物竟然松开了他毛茸茸的手指,这对戈尔迪来说就是得救,否则再过几分钟他就窒息了。

"不，露易丝，不！"戈尔迪立刻用沙哑的声音喊道，"你自己都不知道你在说什么！我不会允许你的！"

"如果我同意，你会放他走吗？"露易丝问怪物，好像没听见哥哥的话一样。

"我会放。"

"我同意。"

"但我想事先警告你，你将永远留在这里。"

"不，露易丝，我不会允许的！"戈尔迪绝望地喊道。

"我同意，"露易丝重复说，"但……我几乎看不见你。你是谁？"

又传来一声恐怖的非人的呻吟声，房子的主人慢慢地走近了墙上燃烧的蜡烛。

露易丝尖叫起来。衣服下面藏着的是覆盖着浓密黑毛的野兽的身体。畸形的脸上长着同样的黑毛，从黑毛里往外看的是一双灵活的眼睛和大大的狼的鼻子和嘴巴。

看了一眼狼人的脸，露易丝吓得闭上了眼睛。

又是一声呻吟，声音中听得出无限的痛苦和绝望。

"我不许您拿我们开玩笑！"戈尔迪喊道，"马上放我们走！"

主人完全被这些话激怒了。

"把他从我的房子里赶出去！"他发出了恐怖的咆哮声。

杜宾犬和圣伯纳扑向了戈尔迪，把他拖到了门口。还没等他明白过来，他就已经在大门外了，身后的大门立刻砰的一声关上了。躺在路上，戈尔迪试图想清楚接下来怎么做，但半天没清醒过来。

第七章　女囚犯的房间

"你不是把他咬了吧?"回到房子里的时候,杜宾犬问圣伯纳。

"我又不是挨饿的狗。"圣伯纳生气了。

"感觉他们人不坏,"杜宾犬叹了口气,忽略了他朋友最后说的话,"我为他们感到可惜。还不知道整个故事会如何结束。"

"谁知道呢。但我们有希望了。"

"什么希望?"杜宾犬没明白。

"也许这就是那个知道咒语的姑娘,并能除去我们身上的诅咒。"

"哦,如果是那样就好了!"杜宾犬满怀希望地叹了口气。

"任何情况下,我们必须一直满怀希望。"圣伯纳说。

说着,他们就到了露易丝和狼人所在的房间。女孩背对着狼人,低着头站着。

"您甚至都没让我和哥哥告别一下。"她说,声音里带着痛苦。

"我不认为这会让你感到轻松,"狼人平静地回答,"走吧,我带你去你的房间。"

"去我的房间?"露易丝感觉很奇怪。

"如果,当然,你不想在这里过夜——在地板上或椅子上。"

狼人没有回头,开始慢慢地沿着宽宽的楼梯上了二楼。露易丝犹豫了一会儿,看着怪物的背影,然后叹了口气,跟着他去了。

二楼的墙壁上也点着蜡烛,但这里的蜡烛很少,所以一切都淹没在半明半暗中。

露易丝走进了房间,她可能注定要在这里度过余生。与其他房间相比,女孩儿感觉,这个房间似乎更舒适些。有更多的家具和更好的照明。角落里有一张床。旁边是一张低矮的桌子,一把很大很柔软的圈椅。而最主要的是——长长的占了整面墙的摆满书籍的书架。圈椅旁边躺着几个儿童玩具:一只泰迪熊、一只橡胶猴子和一架塑料直升机。给人感觉,他们在这里已经等了露易丝很久,这个房间就是他们特别为她的出现而准备的。

"如果你需要什么,暹罗猫就在隔壁房间,"狼人嘀咕道,"你不许独自在房子里走动。"

"为什么?"露易丝脱口而出。女孩无论如何还不能习惯的一点,就是她不是这里的客人,而是一个囚犯。

狼人没有回答,而是相当用力地、砰地关上了门,之后房间变得异常安静。

"随便吧!"刚剩下一个人,露易丝就想,"我主要是担心我会被关在某个地窖里。"

她脱了衣服,钻进被窝里,但在此之前快速扫了一眼书架。"有意思的是,"女孩心想,"难道一个人,就算是狼人吧,如果他喜欢读童话故事,他怎么会很残忍呢?而狼人真的会读书吗?可能会,否则家里为什么有这么多书?"

不经意间,睡意已经悄悄地溜到了她的身边,并轻轻地闭上了她的眼睛。

第八章 狼人多想成为一个有礼貌的人

狼人背着手在卧室里心烦意乱地走来走去。杜宾犬和圣伯纳犬坐在圈椅上,全神贯注地看着狼人。

最后,房子的主人停了下来,沉重地叹了口气说:

"胡说八道!"

说完,他又心烦意乱地在卧室里走来走去。

"但为什么胡说八道?"圣伯纳没忍住问。

"她怎么会知道需要的魔语呢?!"狼人用爪子抓了抓头,"难道从她的外表看不出来她不是什么魔法师吗?!"

"嗯,"杜宾犬若有所思地说,"那个几年前曾出现在这里的、把我们变成了鬼知道是谁的农村阿姨,也不是很像女巫啊。"

"那,让我们回忆一下,这个女孩和她哥哥是怎么到这里来的吧。"圣伯纳补充说。

"怎么来的?"狼人耸了耸肩。

"从大门。从谁都没开的大门进来的。而且大门从外面也不可能打开。"

几分钟时间里,房间里一片寂静。最后狼人说:

"我同意。就按你们希望的来吧。让她在这个房子里感觉自己是客人,而不是囚犯。但想让我放纵她所有的心血来潮,像丧家之犬第一次遇到一个主人那样跟在她后面跑,你们是做不到的。"

"你所要做的就是尽可能对她有礼貌。"圣伯纳说。

"说实话,随着时间的推移,在你的行为中,狼性变得越来越多了,"杜宾犬说,"有时根本不可能和你正常交谈。"

"什么?!"狼人怒吼道,"你们都是谁啊,轮到你们教我该怎么做吗?!"

他从桌子上抓起一个烛台,朝他的朋友们扔了过去。蜡烛熄灭了。狼人的卧室里充满了黑暗和圣伯纳及杜宾犬的尖叫声。

"感觉他把我打伤了。"圣伯纳抱怨道。

"他可能只是喜欢做一个狼人,"杜宾犬喃喃地说,"他显然认为,长着狼毛很独特,很有威望,而且这正是女孩喜欢的。"

"够了!"狼人喊道,"把烛台给我。"

他点上一支蜡烛,重重地坐在了床上。

"难道这样的怪物也可以变得有礼貌?!"狼人痛苦地说,"我不知道该怎么办。"

"作为开头,你应该先回想起哪怕是几个有礼貌的词。"圣伯纳怯怯地说。

"什么词?"狼人嘀咕了一句。

"例如,请、谢谢。而且,最重要的是,尽量克制自己。"

"怎么,我克制得不好吗?"

"怎么和你说呢……"圣伯纳开始很礼貌地说,"对于一个狼人来说,你自我克制得简直太好了。但作为……绅士……你想象一下,现在我——就是你,杜宾犬——就是露易丝。"

圣伯纳彬彬有礼地走到了杜宾犬面前说:

"亲爱的露易丝,你能不能帮我们一个忙——能和我们一起共进早餐吗?"

杜宾犬笑逐颜开。

"你呲牙笑什么,你这个呆头呆脑的笨蛋?"圣伯纳勃然大怒,"快回答,如果问你的话。"

"我很乐意和你们共进早餐。"杜宾犬鞠了一躬。

"哦,你今天穿着这么漂亮的天鹅绒礼服。它非常适合你,"圣伯纳继续道,"你在哪里买的?"

"一个法国外交官送给我的。"杜宾犬微笑了一下说。

"傻瓜,"圣伯纳叹了口气,转向狼人说:"总之,一切都应该看起来像这样。你应该像四十度炎热天气里的冰激凌一样在她面前流淌。跟她不停地说、说、说。她说话越多,就越有可能最终说出魔语。"

"好吧,"狼人耸了耸肩,"我试试吧。虽然……"

"是啊,还能怎么样?"圣伯纳皱了皱眉。

"对这样的女孩而言,我不是她们最喜欢的那种。我这样一笑……"狼人龇了龇牙,露出可怕的獠牙。站在一旁的圣伯纳由于太突然一下子跳到了一边,"……她肯定再也不想跟我说话了,而是从我身边随便逃到哪里。"狼人说。

圣伯纳挠挠头说：

"当然，她得习惯你……我们也不是马上……但，最终呢，是你自己告诉她的，说她将永远留在这里。"

"我等不了太久！"狼人咆哮着，"还有几个月，就什么魔力也帮不了我们重新变回人了。"

"听我说，"杜宾犬加入了谈话，"这样我们就会无休止地争论。我去叫女孩吃早餐，然后就会很清楚，我们下一步该做什么了。"

狼人对此什么都没说，只是再次深深地叹了口气。

半小时后，大家都聚集在厨房里。这里像整个房子里一样，点着蜡烛。蜡烛很多，明亮的光线照亮了几乎所有的角落。暹罗猫在煤气灶前忙碌着，把豌豆汤倒在盘子里。鹦鹉萝莉切了面包。

"早上好！"露易丝一边用眼睛选择坐的地方，一边说。

她看到一只鹦鹉在切面包，微笑着向它点点头，并重复说道：

"早上好！"

圣伯纳凑到狼人耳朵根，低声说：

"对她说'早上好'！"

狼人犹豫地在椅子上蹭来蹭去，好像坐到了什么热东西上。

"说啊，快点！"圣伯纳催促他说，"然后问问她：'你睡得怎么样啊，小姑娘'？"

"你们睡得怎么样？"露易丝突然问道，用欢快的目光扫视了大家一遍。

早已鼓起勇气开口问她同样问题的狼人,没想到哆嗦了一下,咳嗽了起来。

"您不是感冒了吧?"露易丝同情地问道。

"是的……虽然不是……虽然……早!……你睡得怎么样,小姑娘?"狼人开始像上了发条一样不停地嘀咕着。

"哦,我做了一个神奇的梦,"露易丝如梦似幻地说,"好像有一个全身穿着白色的、闪闪发光衣服的美丽仙女,把我送到一个遥远的国度去给一个年轻王子除去魔咒,一个邪恶的女巫把他变成了一头熊。"

听到这话,鹦鹉萝莉把刀掉了下去,暹罗猫几乎从板凳上摔倒,而长勺里的豌豆汤也从盘子里溢了出去。杜宾犬突然咳嗽了起来,圣伯纳像触了电一样跳了起来。狼人鼓起眼睛,张了张嘴。"呜啦!"小暹罗猫也以自己的方式理解了女孩的话,拍起了手,之后所有人都盯着露易丝。

露易丝闭着眼睛站着,仿佛在那一刻,她就在自己神奇的梦里的某个地方。最后她睁开了眼睛,叹了口气说:

"很遗憾,这只是一个梦。我非常喜欢各种传奇故事。"

"只是一个梦?"圣伯纳失望地问。

"只是一个梦?"杜宾犬附和道。

"就是说,所有这一切都是你梦见的,"小暹罗猫说,"而你不能……"

"好了!"狼人突然喊道,并使足劲用拳头捶了桌子一下,"别再说了!吃饭!我想吃饭!"

第九章 不成功的拜访

"她消失了！她从我们身边逃跑了！"妈妈特蕾莎心烦意乱地满屋子走着，"我昨天在她家附近坐了半天，但一个人都没出现！"

"也许是你们以某种方式冒犯或吓到她了吧？"爸爸卡皮顿胆怯地说。

伏奥卡自己坐在沙发上，用手指抠着鼻子，看着电视上的动画片。

妈妈特蕾莎向丈夫的方向投去了恶狠狠的目光，灵魂深处徘徊许久的愤怒终于挣脱了出来。

"而你，老树桩子，为你唯一的儿子的幸福做了什么？！"

"而我能做什么……"卡皮顿喃喃自语着。

"否则，"妈妈特蕾莎没有让他说完，"你早就应该跑遍整个城市，找到这个女孩并把她带回来。"

"但昨天你说，她会乖乖地自己迎着自己的幸福飞奔而来。"卡皮顿耸了耸肩膀。

"我是说过！她会飞奔而来的！如果……如果……如果不是害羞的话。伏奥科奇卡！"

"嗯？"伏奥卡勉强回应了一下。

"我知道我们该怎么做。"

"嗯？"

"准备好，我们这就去巫婆那。她可能知道你的新娘现在在哪儿。"

"你认为我们上次对她说过那些话之后,她还会告诉我们什么吗?"伏奥卡咧嘴笑了笑。

"会告诉的!"妈妈特蕾莎自信地说。

"为什么?"

"因为将要和她说话的不是我们。"

"那是谁?"伏奥卡吃惊地问。

"他!"妈妈特蕾莎指了一下卡皮顿说。

几分钟后,他们已经站在老巫婆的房子附近了。卡皮顿叹了口气,犹豫地按下了电子门禁按钮。门禁立即响了。

"魔鬼又把谁带来了?"它用老女巫的声音问道。

"我叫……更确切地说,是我们……虽然不是,是我……"卡皮顿每个字都说得结结巴巴。

"我,我们……"巫婆模仿他说,"姓名及不得不过来的目的?"

"我是卡皮顿,是全市最帅的新郎伏奥卡的父亲。"

"当然,当然,我听说过,"老太太嘲讽地说,"你儿子在哪?"

"他就在这。"

"妈妈特蕾莎呢?"女巫很明显振奋了起来。

"也在这。"卡皮顿回答说,没有注意到,妈妈特蕾莎先是拽了拽他的袖子,然后意味深长地在鬓角上用手指转了转①。

"我们来找你有事,奶奶。"卡皮顿尽可能礼貌地说。

---

① 表示怀疑对话者的智力不正常。

"奶奶？！"老太太哈哈笑了起来，"我成你们奶奶很久了吗？你们以前可不是这么叫我的。你们是忘了还是发生了什么事？你儿子又需要我帮忙了，啊？这个胖子，他身上冒出来的高傲自大就像从一个漏桶里流出来的水。"

"你原谅他吧，奶奶，"卡皮顿急忙说，"他是因为强烈的爱才变成这样的。等结了婚，他就不会对任何人说不好听的话了，苍蝇都不会伤害。"

"是啊，还能是什么原因，"女巫嘀咕着，"否则我也不会了解你们的儿子，也不会了解你们的。"

"你别再回忆过去了，奶奶，"妈妈特蕾莎没忍住，"你把我们的钱都变成了垃圾，我们也没有生你的气。还是来找你了。"

"是啊，你们不是来打牌，也不是来就着小面包喝咖啡的！你们还要干什么？"

"这不是嘛，伏奥科奇卡想让你再给他算一卦。"

"真有你的，他还用算！你们之前欠的钱还没付呢。还是已经忘了？"

"我们记得，我们都记得。所有欠的钱我们都会给你的。只要你给他算！"

"你们有钱吗？"老太太问，"没准你们在这段时间里变成乞丐了呢，我怎么知道？！"

"这可太过分了哈！"妈妈特蕾莎咬牙切齿地说，"竟敢对我说这样的话！"

不知怎的，她还是成功地抑制住了自己的愤怒。她从口袋里掏出金币说：

"这就是钱。你听见它们的声音了吗？"

"听到了，听到了。"老太太回答。

"那我们能进来了吗？"

"你们会付多少钱？"女巫问。

"五十金币。"妈妈特蕾莎回答说。

"把它们扔进垃圾桶吧。"女巫哼了一声。

"你要多少钱？"

"一百五。"老太太在短暂的停顿后回答说。

"她一定是发癔症了！"妈妈特蕾莎小声地说，但同时大声地说，"好的，我们同意。"

"那就进来吧。"巫婆笑着说，她家的门开始慢慢打开。

妈妈特蕾莎第一个走了进去，她后面是伏奥卡，卡皮顿在最后。突然间，传来了喧哗、惨叫和轰隆隆的声音。不速之客们一个个从屋里飞了出来，好像被一群狗追着似的。他们从头到脚都湿透了，像刚从河里爬出来一样。跟着他们，盘子、杯子、平底锅、扫把和其他不知什么东西也都飞了出来。

"哎，你们干吗去？！"老太太哈哈笑着，"不是算卦吗？你们怎么，反悔了吗？！"

"你看见是谁朝我们扔过来的吗？"妈妈特蕾莎问卡皮顿。

"它们，好像是自己飞出来的。"后者困惑地回答说，加快了步伐。

"好一个妖婆！"妈妈特蕾莎发出咝咝的声音，"我要让盘子和平底锅在她身后飞一辈子！"

第十章　新的活儿

"她在往楼下走。"圣伯纳对狼人轻声说，小心翼翼地把脸伸出门外。

狼人心烦意乱地在自己的卧室里走来走去，眼神中带着不安和警惕。

"她从厨房旁边走了过去，去了过厅。"片刻后，圣伯纳站在楼梯旁边说。

狼人用头撞了一下门，开始烦躁地用爪子抓它。

"她看着墙上的一幅画。她在环顾四周。她……"

圣伯纳吓得不敢出声。

"怎么样了？！"狼人咆哮着。"她在干什么呢？"

"她打开了门……从房子里出去了。"圣伯纳惊慌地说，"拦住她吗？"

"不用，"一分钟的停顿后，狼人脸色阴沉地回答，"随她……"

他的声音里带着痛苦和无望。

露易丝走到门廊上，环顾了一下四周。这之前，她只是在黑暗中见过房子和花园，那时它们给她感觉阴沉而神秘。现在一切都展露在阳光下，鸟儿轻声地歌唱，树木发出静静的沙沙声。

女孩在门廊上站了一会儿，然后迟疑地走上通往花园的小路。周围有许多树：苹果树、梨树、樱桃、李子。花坛散落在树木之间，但它们看起来好悲伤：花坛长满了几乎一人高的杂草，稀疏的花朵奇迹般地在杂草之间脱颖而出。

但这都是什么花呢！从它们身边经过无法视而不见，它们可以打动最冷漠的心。

"太可怕了！"露易丝惊呼道，她非常喜欢花，"我可怜的花啊！你们在这里受了多少苦啊！应该马上帮帮你们！"

于是女孩冲进了房子里。

"发生了什么事？"圣伯纳吓得问道，露易丝差点撞到它。

"那儿……快死了……"露易丝气喘吁吁地解释道。

"要死了？"圣伯纳惊呼道。"谁快死了？在哪儿？为什么会死？"

"那里的花快死了！"露易丝终于说了出来，"在花坛里。"

"花？"圣伯纳松了一口气，"在花坛里？哎呀，我吓死了，还以为有人攻击我们呢。"

它摇了摇头，轻声地吹着口哨，吹的是一首什么歌的曲调，去了隔壁房间。杜宾犬迎面跳了出来，不满地发着牢骚说：

"别吹了！我和你说过多少次了？！这让我很烦躁！"

圣伯纳什么也没说，消失在了门后。

"难道你们一点也不为这些花感到惋惜吗？"露易丝困惑地问道。

"为什么不惋惜？"听到了女孩儿和圣伯纳交谈的杜宾犬平静地回答，"当然惋惜。"

"那应该做点什么，"露易丝说，"要不它们就彻底要死了！"

"唉，你都不知道这里曾经有多少花！而且都是什么花！"杜宾犬叹了口气，"但我们一般尽量不去院子里，更不用说照看花坛了。"

"那我来照顾它们！你有什么铲子吗？"

"甚至还不止一个，"杜宾犬说，"说实话，我也不知道……不过，我们去看看吧。"

它带路穿过厨房来到一个小储藏室。那里有很多不同的工具——耙子、锄头、铲子。露易丝为自己选了最轻的一个，然后就出去了。杜宾犬留在储藏室里，困惑地看着女孩的背影。

土是如此坚硬，杂草盘根错节，大约十分钟后，露易丝就筋疲力尽了。

突然杜宾犬出现了——也带着一把铲子。

"我一想，"它有点不自信地说，"我们两个一起可以干得更快些。反正我现在也没什么事可做。"

工作变得更快乐了，露易丝完全忘记了疲倦。突然，圣伯纳出现在路上。它随身也带着一把铲子。

"好家伙，"圣伯纳说，"我看见你们一直在这里挖。我想我也来帮你们吧。"

然后暹罗猫和小暹罗猫也来了。

暹罗猫带来了耙子，小暹罗猫带来了一把小锄头。

"我们也想帮助你们。"它们说。然后鹦鹉萝莉也飞来了。

"我可以把杂草堆成堆。"它高兴地说。

只有狼人没有从房子里出来：他从窗户里透过黑色窗帘之间的缝隙观察着发生的一切。

第十一章　露易丝的病

第二天早上,露易丝被喉咙疼醒了。刚尝试着从床上起来,头马上就开始眩晕。

"我好像感冒了。"女孩把头躺到枕头上,想到这心里很害怕,于是想起来,昨晚在花园里干活时热了,她喝了很多冷水。

露易丝本想叫人,告诉他自己病了,并问问这房子里有没有感冒药,但她的声音变得很小,几乎自己都刚能听见。现在只能或者忍着头晕走到门口,或者待在床上,等别人发现她病了。

正当女孩思索着怎么办更好的时候,门突然开了,暹罗猫出现在门槛上。

"你醒了?"它高兴地问道,虽然它本来就看见了,露易丝没睡觉。

女孩默默地点了点头。

"太好了,"暹罗猫高兴地说,没有意识到任何事情,"起来吧,马上就吃早餐了。"

露易丝摇摇头,声音沙哑地说:

"起不来了。我感冒了。"

女孩生病的消息瞬间传遍了房子,不一会儿,她的房间里就挤得水泄不通了。每个人都又哎呀又叹气的,责怪自己昨天让她干了那么多活儿。狼人一个人站在门口,默默地看着女孩忧郁、苍白的脸。给他感觉,自己眼里的眼泪马上就要夺眶而出了。

"那我们还站着干什么?!"暹罗猫突然明白过来,"应该给她喝点马林果热茶!"

于是它冲进了厨房。

"茶!应该给她喝带马林果的茶!"房子里的其他居民也匆忙地跟在暹罗猫的后面。

只有狼人留在原地,仿佛没有注意到任何人,也没有听到任何声音。

第二天,大家一大早就起来了。

"她怎么样了?"狼人满怀希望地问正从露易丝房间往出走的暹罗猫。

"不好,"暹罗猫叹了口气,"体温升得更高了。"

狼人突然转过身,默默地朝自己的房间走去。半个小时没有人见到他,但突然门开了,狼人不是走了出来,而是从里面跳了出来。没有和任何人说话,他从一个房间赶到另一个房间,熄灭了墙壁上的蜡烛,突然打开了窗户上的黑色窗帘。每个人都对狼人的举动感到非常惊讶,但没有人敢问他——怪物看起来像是准备撕碎任何在那一刻和他说话的人。

这栋房子几年来第一次充满了阳光。光线如此耀眼,以至于房子里的所有居民几乎都眯着眼睛,而且走路都差不多是试探着走的。

狼人又躲进了自己的房间,一个小时后才从房间里出来。他现在看起来很平静。狼人坐在了露易丝的床边,小声问:

"你怎么样?"

"还行。"年轻的女囚犯试图微笑一下,但她的微笑看起来完全是忧伤的。

狼人在女孩旁边坐了一整天。晚上晚些时候，他回到了自己的房间，走到桌前，打开最上面的抽屉，拿出了一面镜子。他照了照，闭上眼睛低沉地呻吟着：从镜子里一个老态龙钟、衣衫褴褛的小老头儿正看着他，虽然很难，但还是可以认出来——是盖伊。

第十二章　戈尔迪泄露秘密

从露易丝和戈尔迪不情愿地分别，过去了一个星期多一点点。在这段时间里，小伙子已经变得很难认出了——脸色变憔悴了，变丑了，他的眼皮因经常睡眠不足肿了起来。如果你不知道你妹妹怎么样了，你又怎么能睡着觉呢？可能被怪物囚禁着度日如年。

所有发生的事，戈尔迪只责怪自己。但最让他不安的是，他无法给露易丝任何帮助。如果抓住她的是普通的恶棍，和他们斗会容易得多。可怎么和一个被赋予了魔力的（对于狼人会施魔法，戈尔迪没有怀疑）斗呢？！怎么都斗不过。这样露易丝就只能受到伤害。然后他们就再也见不到对方了。

在他已经开始感觉这场灾难没有任何出路的时候，戈尔迪卧室的门砰的一声打开了。戈尔迪正躺在床上，头埋在枕头里想着露易丝。

"啊，终于找到了！"他听到一个陌生的声音，并艰难地把头从枕头上抬起来。

门洞里站着一个矮小、丰满的女人,一个青年正从她的背后窥视着,青年和她长得一模一样。

"终于找到了!"女人高兴地重复了一遍,"如果我没弄错,你是露易丝的哥哥吧?"

"是的。"戈尔迪回答说,不情愿地从床上坐了起来。

"我叫特蕾莎,我是这个美男子的母亲……伏奥科奇卡,我的小太阳,展示一下自己吧。"

女人抓住儿子的衣领,把他往前推了一下。

"什么风把你们吹来的?"戈尔迪沉闷地问道,他的思绪已经飞得很远。

"没有别人吧?"妈妈特蕾莎环顾了一下四周,几乎是耳语问道,推开伏奥卡,走到戈尔迪跟前。

"没有,"他耸了耸肩,"那……"

"那太好了,"妈妈特蕾莎满意地说。"您,种种迹象表明,是个正派人。我们也是正派人。我想我们可以很容易达成一致。"

"关于什么?"戈尔迪疑惑地问道。

"我的儿子,"妈妈特蕾莎朝伏奥卡的方向点了点头,"想结婚。"

"祝贺。但这和我有什么关系?"

"嗯,我儿子想娶一个我们城市最美的女孩。而我们城市最美的女孩,众所周知,是露易丝,你的妹妹。所以我们就来了,想讨论一下,这怎么办更好。"

"这不好笑,"戈尔迪皱起了眉头,"特别是现在。"

"我们没想开玩笑!"

"那对你们来说更糟糕了。"

"什么意思?"妈妈特蕾莎惊呼道。

"这就是说,你们来这里是徒劳的。"戈尔迪平静地回答道。

"但您根本没有听我们的建议!"

"我根本不想听你们的建议,也完全不想说这件事。露易丝被狼人囚禁了,而你们却来求婚!"

有几分钟,房间里完全是一片寂静。听到狼人,伏奥卡吓得不停地眨眼,然后退到了门口。

妈妈特蕾莎对戈尔迪最后的话感到非常惊讶,以至于她半天说不出一句话。

戈尔迪也沉默着,在思考着自己是不是说了什么多余的话。

妈妈特蕾莎首先打破了沉默。

"什么狼人把她囚禁了?"她问道,并威胁地补充说,"看来这里有人要耍我们!"

"没有任何人会耍你们。"戈尔迪叹了口气,开始讲述他和露易丝怎么去了森林里的一栋奇怪的房子。

"我可能再也见不到露易丝了。"他泪流满面地讲完了自己的故事。

"那现在我的婚事怎么办呢?"伏奥卡大声说。"现在我在哪里能找到新娘啊?我不想……"

"伏奥卡!"妈妈特蕾莎打断了儿子的话,"别吱声!"

她一分钟前惊恐和惊讶还在搏斗的脸上，露出了狡黠的笑容，立刻又消失了。

"啊，这太残忍了——把一个人囚禁一辈子！"她用一种假装悲惨的声音说，"尤其是一个女孩。而她又那么年轻，那么漂亮！"

戈尔迪低下头，什么也没说。

"只要他能放了露易丝，我自己都会留在狼人那里，直到生命的尽头。"

"真的吗？！"伏奥卡高兴地叫了起来，"那你去试试吧，说不定狼人会同意拿你交换露易丝呢！"

"白痴！"妈妈特蕾莎嘘了一声，"别吱声！"

"不，"戈尔迪叹了口气，"他不会同意的，我知道。而且狼人的房子也进不去。它周围是只有一个大门的高高的砖墙，随便什么人是打不开的。我已经去过那里好几次了，敲门，喊，一切都是徒劳的，没人回应。"

"我的上帝，"妈妈特蕾莎又一次用假装悲惨的声音说道，"把这么好的一个女孩囚禁起来，是多么不公平！您可能会为一个能把她救出来的人做很多事情！"

"哦，我一定会，只要力所能及！"戈尔迪大声说，"我会满足他的任何愿望！我……但是……我在头脑里反复做了成千上万的选项——把露易丝从那里救出来是不可能的。"

"是啊，说'不可能'是最容易不过的了，"妈妈特蕾莎狡猾地眯起了眼睛，"如果这个狼人被一个英俊、聪明的年轻人打败了，比如说，像我儿子这样的，"女人朝伏奥卡的方向点了点头,"我想您不会反对她嫁给他吧?"

"唉,要是能找到一个可以拯救露易丝的人就好了。"戈尔迪叹了口气,并没有深入思考妈妈特蕾莎最后一句话的含义。

"我感觉,这个人就站在你面前,"妈妈特蕾莎一本正经地说,并朝伏奥卡转过了身,"对此你想说什么,伏奥科奇卡?"

她偷偷地开始对他使眼色,让他说同意。

但伏奥卡根本不喜欢这样的拐弯抹角。

"我?我要和狼人搏斗?"他惊慌地问道,摇了摇头,"还是算了吧!我要的是结婚,而不是去送死!对不起,妈妈,但我厌倦了整天跟着你在城里跑,还得躲闪不知什么原因自己飞出来的锅碗瓢盆。现在我还要冒生命危险?!还是算了,不!如果我从一开始就知道婚姻——是一件如此麻烦和危险的事情,我说什么都不会听你的!"

他突然转过身,跑着冲到了街上。

门刚在他身后砰地关上,妈妈特蕾莎说,好像在为她的儿子道歉:

"您知道,我的这个儿子就像一团炽烈的火,而不是小伙子。他简直太好了,聪明、勇敢、坚强。您别听他的!您会看到他怎么把露易丝解救出来的!但也不要忘了您的承诺!"

她没有告别,就冲过去跟着儿子走了。

"什么承诺?"戈尔迪困惑地想了想,"我答应过他们什么吗?总之,我是白和他们讲关于狼人的事了——但愿不会变得比本来更糟吧。"

第十三章　生死之间

露易丝慢慢开始康复。她的脸颊又变成了粉红色，她的嘴唇上开始越来越频繁地出现笑容。

狼人从早到晚待在她的房间里，他身上出现了一些让人惊讶的东西：总是很阴郁、对所有人都不满的他，突然停止了发怒、动粗和总皱眉头。

他尽可能地取悦于女孩，给她读书，给她讲不可思议的故事，心甘情愿地满足她所有的要求。他还特别喜欢听露易丝给他讲一些事情。他会尽量舒服地坐在圈椅上，在女孩说话的时候，他一动不动地坐着。

的确，他的眼睛不时会突然充满无法形容的忧愁和痛苦，那时他会转向窗户，沉默着长时间地望着远方。

露易丝也曾试图从狼人那里找到这种情绪突然变化的原因，但他假装什么都没发生过，把谈话转到另一个话题上。

但对房子里的其他居民，狼人并没有掩盖他忧愁的原因。有一天路过厨房，他遇见了正端着滚热的马林果茶去露易丝那里的暹罗猫，他停在它面前，轻声说：

"完了。今明两天肯定会死掉。"

狼人发现暹罗猫爪子里的茶杯开始抖动，并朝地板上滑下去，他平静地拿起来，上了二楼。

不需要和暹罗猫解释，谁会死。和房子里的其他居民一样（除了露易丝），它知道，当狼人照镜子时，他就会看到盖伊在里面，他在这三年里已经从一个年轻人变成了一个老态龙钟的老人。而且只要他的眼睛一闭,他们将一直到死都保持现在的面貌。

现在谁都不怀疑,露易丝并不知道那些能把它们变回人的魔语。因此,房子里被施加了魔法的居民们,已经不再相信奇迹,最近几天经常默默叹息:"最好快点吧……没有什么比等待你将清楚地知道你永远都不会重新变回人的那一刻更糟糕的了。"

当狼人转身朝向窗口,久久地凝望远方的时候,这样的想法也曾出现在他的脑海。

如果女孩知道狼人情绪变化的真正原因,她可能也会泪流满面,为他和房子的所有居民感到难过,因为她有这样一颗善良的心!

但露易丝认为狼人是担心她的病,所以就努力变得开朗和无忧无虑,尽管她起床时,她的腿不听使唤,她的头也和以前一样眩晕。

一天早上,狼人特别伤心,不时转向窗户。露易丝困惑地看着他的背影:她已经快康复了,他为什么心情还这么不好?!

突然,门开了,惊慌失措的圣伯纳出现在门槛上。

"发生什么事了?"狼人突然问道,感觉到了一种不祥的东西。

"大门口那里站着一个老女人。她想见你。"圣伯纳声音颤抖地说。

有一分钟,房间里变得非常安静,然后狼人深沉地呼出一

口气,一半问,一半断言:

"是她吗?!"

"可能是。"圣伯纳呆呆地说。

"她是谁?"露易丝问,什么都没明白。

但他们似乎没有听见她的话。

"我马上回来。"狼人小声说道,并离开了房间。圣伯纳跟在他身后。

房子的居民聚集在一楼客厅里。大家都惊惶地看着狼人:他会做出什么决定?

狼人朝出口走了过去,但在门口停了一下,说:

"可能是女巫来了,来通知我们,给我们的时间已经用完了。也许这是最好的,终于用完了。"

说着这些话,狼人走到了院子里。

女人站在大门口,低垂着头,拄着一根歪歪扭扭的橡木拐杖。女人的头被一条肮脏的手帕绑着,手帕挪了地方,几乎盖着整个脸。女人给人感觉太胖了,怎么说也是上次看起来更苗条些。

"嘿,她怎么胖成这样,"狼人嘲讽地想,"或者是她把所有的衣服都穿在了身上?"

"下午好,主人,"客人哀怨地说,"你不让我进你家歇歇脚吗?"

"还在嘲笑我!"狼人愤怒地想,但用友好的方式大声说:

"为什么不让,请进。"

那个女人把头垂得更低,用力地挪动着双腿,走在狼人的前面。

"这栋房子里的所有人，大家好啊！"她从门槛上说，皱着眉头看着房子里的居民，然后她用目光扫了扫，挑了一把椅子，并朝它走去。

"我累了，我走了一整天没有休息。我的喉咙干得喘不过气来。"

"我去拿点茶过来。"暹罗猫忙活了起来。

"两杯，如果可以的话，"客人请求道。当两杯茶放在桌子上了，她说：

"我走了很长时间，我选择你们的房子是有原因的，因为我有一件非常重要的事情要告诉你们。"

房间里的每个人都屏住了呼吸。

"但首先我想知道，一个叫露易丝的女孩在这里吗？"

"在这里，"杜宾犬回答说，"只是她生病了。"

"生病了？"客人惊呼道。

"更确切地说，已经基本康复了。她在那，在上面。要叫她吗？"

"不，暂时不用。"客人好像被什么东西吓了一跳，摇了摇头。她朝狼人的方向点了点头，平静地补充说，"让我们两个单独谈谈吧。"

当房间里只剩他们时，女人在桌旁坐下，把其中一个杯子拉向自己，问道：

"有面包吗？可以和你们要一块儿面包吗？"

"马上。"

"看来她决定取笑一下我们。"狼人一边往厨房走,一边气愤地想着,"难道她认为我们没有猜到她是谁,为什么到这里来吗?"

狼人刚一消失在门后,女人就从口袋里掏出一个东西,迅速地扔进了其中一个杯子里。杯子里发出咝咝的声音,好像里面不是茶,而是一条小蛇。客人把杯子从她身边推开,然后满意地笑了笑。

过了一分钟,狼人用碟子端着面包回来了。女人,好像她是这里的女主人一样,提议说:

"请坐吧,和我喝杯茶。喝茶的时候更好谈话。"

狼人乖乖地在客人对面坐下。

"我知道你想和我谈什么。"他低沉地说。

"你知道?"客人无法掩饰自己的惊讶。她把杯子朝狼人推得更近了一些。

"喝啊,喝。"

狼人喝了长长的一口,重复说:

"我知道。只是我对你做了什么,让你决定毁了我?!"

"毁了?!"女人跳了起来,"你真的什么都知道?!"

"别嘲笑我,够了!我不怕死!总比这样活着好!"

狼人也跳了起来。他突然开始窒息,用爪子抓着肚子慢慢地坐到了地板上。

"你不怕真好!"女人蔑视地笑了笑,"而且毒药很好。喝一口就够了。"

她小心翼翼地绕着趴在地上呻吟的狼人走了一圈,冲到楼上去找露易丝。

当门敞开,门槛上出现了一位不速之客的时候,女孩正在床上躺着。手帕滑到了她的后脑勺上,露出了她的脸。

露易丝转过头来,惊讶地大声喊道:

"是您?!"

"是我,"女人很高兴她被认出来,"是我,特蕾莎,伏奥卡的妈妈,我们这个城市最帅的小伙子!"

"可您是怎么到这里来的?您为什么穿着这些破布?"

"为了阴谋,"妈妈特蕾莎小声说道,瞥了一眼门口,"快准备一下,你自由了!我成功地把狼人毒死了!"

"什么?"露易丝惊惶地低声说。"毒……毒……毒死?这不可能!"

"我为什么要骗你,"妈妈特蕾莎越来越烦躁。"快点,赶快准备一下,否则这些狗会扑向我们。"

露易丝从床上站起来,摇摇晃晃地朝门口走去。

"哎,你看来还病着,"妈妈特蕾莎摇摇头,"没关系,到了家我们会让你很快就站起来的。"

"我想见他。"露易丝低声说。

"谁?"

"我要见他,无论死活。"

"你不是乐疯了吧——你自己都不知道你在说什么。"妈妈特蕾莎很着急,但露易丝没有听到她说的话。

第十四章　回家

狼人一动不动地躺在地板上。露易丝朝他弯下腰，眼泪汪汪地说：

"不要，你不要死！"

她抚摸着他厚厚的毛，低声说：

"醒醒！我不想让你死！你那么好。你有一颗善良的心！"

露易丝刚说出最后一句话，狼人就哆嗦了一下，艰难地抬起头，发出可怕的咆哮声。

露易丝惊恐地从他身边朝后退去。狼人怒吼得更厉害了。从地板上站起来，用爪子遮住脸，在房间里从一个角落跑到另一个角落——突然，借着冲劲儿翻了一个跟斗并变成了人。

家里其他居民听到隔壁房间的声音也跑了过来。它们也一边跑一边翻着跟斗，都变成了人，变回了盖伊的客人。圣伯纳变回了尼尔，杜宾犬变回了卡尔尼尔。暹罗猫变回了年轻的女人，小暹罗猫变回了她的女儿。鹦鹉萝莉原来是一个高大、优雅的男人。

妈妈特蕾莎站在楼梯最上面的台阶上，用鼓鼓的眼睛看着这一切。

"呜啦！"有人喊道，"我们又变回人了！"

"呜啦！"立即有几个声音附和着，"我们又变回人了！"

大家都开始拥抱、亲吻、跳舞。露易丝发现自己在一个嘈杂的人群中间。他们也拥抱她，感谢她，但她无法弄清楚为什么。

妈妈特蕾莎，趁着房子里的人声嘈杂，认为还是走为上策。她的计划惨遭失败，现在她不得不考虑如何尽快从这里脱身。

在大门口，妈妈特蕾莎几乎与一个老妇人正面相撞，她看起来像一个乞丐。她看着妈妈特蕾莎撒丫子跑向在远处等她的汽车，只是微笑了一下，然后听了很长一段时间从房子里传来的欢声笑语。老太太消失得是如此突然，就像出现时一样。

露易丝当天就回到了城里，无论盖伊和他的客人们如何恳求她至少和他们待到明天。

"不行，"露易丝说，"戈尔迪还在等我。但是我……但我们一定还会到这里来。因为你们现在是我最好的朋友。"

戈尔迪躺在床上，头埋在枕头里。

当他听到妹妹的声音时，起初以为是在幻想，或者出现了幻听。

"戈尔迪！"露易丝温柔地叫了一声。

他抬起头，不敢相信自己的眼睛，直到露易丝跑到他身边，用胳膊搂住他的脖子。

"露易丝，"戈尔迪终于说出了一句，"他把你放回来了？！"

露易丝没有回答。这样的问题谁又能马上回答出来呢？……

女妖之国的非凡之旅

1. 不愉快的遭遇

公交车站有很多人,但达尼克站在路肩的最边上——只要公交车"一打喷嚏",打开门,他就第一个跳上去,坐在窗边。你们乘公交车时坐过窗边吧?当然,坐过!那就不需要和你们解释了,为什么即使是车站乘客很少的时候,甚至在不满的"阿嚏!"声传来之前,乘客们就开始往离人行道边缘更近的地方挤。这是对的,这样才能占一个最好的座位——在窗边,从那里,比如,数那些从旁边飞驰而过的汽车非常方便。格拉尼亚是达尼克平行班的朋友,他吹嘘说,他曾经数了整整一百辆,但对格拉尼亚来说,骗人就像吐口唾沫一样不费吹灰之力,然后看着你的目光还会让你感觉应该对他说声谢谢。达尼克的记录是六十四辆车,这是没有骗人的。

公交车门关上了。达尼克将沉重的书包放在脚下,目光停留在某人奇怪的破旧鞋子上,鞋子前面的鼻子弯弯的,像滑雪板一样。这鞋是来自哪个博物馆的吧?!达尼克想看看是什么人能穿这样的鞋子,尽管已经很清楚,它的主人根本不是他的同龄人,再就是在等着达尼克给他让座。可是真没料到,刚坐下来——马上就有人说"请站起来!"但男孩决定等待几秒钟——一旦有人先站起来呢？这辆车上总应该有哪怕是一个有教养的乘客吧！

突然，前面座位靠背上——就在他的鼻子前面，一只布满细皱纹的手垂了下来。手指上的指甲很长，末端扭曲成字母 r 的形状。但让男孩吃惊的不是这些。在食指上，他看到一个宽大的金戒指，上面有一个圆形的水晶，里面有一只鱼眼在有节奏地摇曳着！

达尼克迅速抬起头，看到了一张老女人的脸——干枯、细长、下巴上有两根灰色的、像触角一样的长毛。并且眼睛——是那种很冷酷的、像戒指上的鱼眼。

"你难道不知道应该给我让座吗？"老太太用低沉难听的声音威胁地问道。

说实话，她身上所有的东西都令达尼克很不愉快：声音、脸、手、旧坎肩和长长的、带着大补丁的黑色裙子、奇怪的鞋子……

"我让不了，我的腿疼！"他撒了个谎。

并且心想："看吧，这就要开始了！"

但老太太只是撇了撇嘴，同时怒视着达尼克，以至于他不由自主地把头缩进了肩膀，垂下了眼睛。还不知道接下来会发生什么，但这时候，公交车突然熄火了。老太太挤到了车门口，开始使劲地敲门，司机只得把车门打开。还没等这位奇怪的乘客下去，公交车自己就启动了。司机困惑地耸了耸肩膀——多少次了，公交车自己熄火，又自己启动！

最后，公交车转向了另一条街，街道的左侧，城市已经渐行渐远，出现了一片田野，田野那边是一片黑漆漆的森林。

达尼克起身要往门口走，但突然他大叫了一声，跌坐到了右腿上。

"孩子，你怎么了？"他听到头顶上有人说话，他疼得紧皱了一下眉头，回答说：

"腿……"

2. 林边小屋

众所周知，所有的疾病都分为令人愉快的和令人不愉快的。刚过完寒假马上就得了感冒，就会令人很愉快，可以整天躺在床上、看电视和想象这个时候学校里的朋友们在黑板前或课桌后的痛苦。而要是牙疼呢——那就很抱歉了。最好还是坚持承受被叫到黑板前的折磨吧。

达尼克很难确定：和一条病腿一起降临在他身上的是意想不到的快乐，还是相反，是不愉快。起初，学校里还没结课的时候，他一瘸一拐地从圈椅走到电视，从电视走到厨房，从厨房走到床边，想象自己是一个刚刚救了自己班主任的真正的英雄（如果是救了校长就更好了）！然而，暑假很快就开始了，达尼克再也不想当英雄了，他想到外面去。但你一个瘸腿，能去哪儿呢——既不能踢足球，也不能滑旱冰。

当时，城市里最好的医生也无法理解，男孩的腿怎么了。

说实话，关于他不想给一个奇怪的老奶奶让座的事，达尼克很长一段时间没有告诉任何人——无论妈妈，还是姐姐，更不用说医生了。如果他承认了又会怎么样呢？格拉尼亚每次不做功课时，都会想出某种疾病，可他一种疾病也没染上啊！

因为对医生感到失望，达尼克的母亲听从了一些好心人的意见，并开始做各种草药的浸液，用它们揉她儿子的腿。然后有人向她建议，说田野那边，在森林的边上，在一个椋鸟窝一样的小屋，这是从前村庄唯一幸存的小屋，小屋里住着一个老巫医。如果她一治，任何疾病都会手到病除。可是她不是每个人都帮，有些人她连门槛都不让进，或者她就这么皱着眉头看着——那个人自己就不想进去了。

一听巫医，达尼克就开始执拗起来。

"我哪儿也不想去！"他挥了挥手。

妈妈和姐姐卡丽娜越是劝他，他就越抗拒。

有一天，当妈妈出去办事的时候，卡丽娜说：

"你干吗那么固执，像个小孩子一样！"

达尼克春天就满十岁了——他哪里还是什么小孩子！

"如果我是你，我会同意去找任何人，只要能把腿治好就行。"

卡丽娜当时已经十四岁了，她感觉，这是让达尼克所有的事都听从她的一个足够重要的理由。

"我不去。"弟弟嘟囔着。

"但为什么呢？！"

于是达尼克没忍住——跟姐姐讲了和奇怪的老太太的遭遇。

"可能，这就是那个巫医！"他降低了声音，把话说完了。

"那你就求求她原谅你。"卡丽娜建议说。

"啊哈,我可不会去求她!"达尼克笑了笑。"你没看她呢!就是长在两条腿上的恐怖故事,而不是巫医!她不但不会把我治好,反而会让我连路都走不了!"

卡丽娜还想再反驳一下弟弟,但他的声音里有那么多的坚决,这让她保持了沉默,不再强迫他接受自己的建议。但她并没有停止去想达尼克的事。

第二天,没有对任何人说什么,女孩从房子里走出来,跑过环形路,穿过绿色的田野向森林走去。早晨很冷。太阳没等从一片像灰色雪堆的乌云里钻出来,就立刻落入了另一片乌云中。

巫医住的小屋,就像一个巡逻兵,从巨大的云杉枝下面用一扇像眼睛一样的小窗户向外眺望着田野。另一扇则凝视着森林的深处。

卡丽娜走到歪斜干裂的门前,敲了敲。没等有人回答,就按了一下门闩,轻轻推了一下,门吱吱地打开了。小屋里感觉比外面看着还小。门的右边有一个炉子,左边是一张长桌子。桌子旁边的长凳上坐着一个穿着破旧坎肩、下巴上系着一块方巾的老太太。她正在挑拣着野菜并扔进小铁锅里。

"下午好。"卡丽娜说。

"你来得太好了,"巫医说,没有抬眼看,好像她早就在等着小姑娘一样,"去弄点干树枝来,否则就没有烧炉火的了,我有点不舒服。"

卡丽娜虽然对这样的接待感到很惊讶,但还是乖乖地出了

小屋。当她带着一抱树枝回来时,巫医说:

"很少有客人来找我,而且那些来的也是被疾病驱使到这里来的,而不是自己的意愿。而你,我看得出,很健康。"

"我弟弟病了,"女孩平静地回答说,"他的腿无缘无故地就开始疼。"

"无缘无故,"巫医嘲笑着重复道,"也许是他踩到了交叉的稻草,所以就生病了。"

"明斯克哪来的稻草?"卡丽娜惊讶地反驳说。

"那就是,他单腿跳的时间太长了。"

"可他的腿是在公交车上受伤的,他也不能在车上跳啊。"

巫医摇了摇头。

"你身上有他的东西吗?"

"他的东西?"女孩慌忙地反问道。

"或者他最近碰过的任何东西。"

卡丽娜耸了耸肩。

"有!"她突然激动地说,"表!我的手表坏了,我就戴上了达尼克的手表——反正他也不出去。"

"给我看看。"

卡丽娜伸出左手。手表是新的,皮革表带儿——她和妈妈几个月前送给达尼克的生日礼物。

巫医在炉子里点着了几根干树枝,命令道:

"取下表带儿扔进火里。"

"为什么?"女孩吓坏了。

但巫医只叹了口气。

卡丽娜只能服从,尽管她很心疼皮革表带儿。现在怎么对达尼克说呢?

表带儿刚变成灰烬,巫医就将其耙到簸箕里,然后将其倒进铁杯子里,洒了点水,并用手掌盖上,摇了摇。然后她看了灰烬许久,深邃的目光里出现了先是困惑,然后——是惊慌。

"你没有对我隐瞒什么吧?"她朝卡丽娜转过身。

"我不知道……"女孩慌了。"达尼克和我说过关于公交车里的一个老太太。他认为就是您,所以不想来您这里。"

她把从弟弟那里知道的关于他和一个奇怪的老太太的遭遇全都告诉了她。而她讲得越多,巫医的脸色就越阴沉。

"明白了!这是个女妖!"卡丽娜讲完后,巫医说,"要么是她没听加涅斯塔的话,要么是加涅斯塔开始放纵这些坏蛋。"

"谁是加涅斯塔?"卡丽娜惊讶地问。

"嗯,"巫医撇了撇嘴,"加涅斯塔是女妖之国的统治者。"

"有这样的国家吗?"

"有。如果你弟弟想像以前一样能用两条腿又跑又跳,他将不得不去那里,去找加涅斯塔本人。只有她才能解除他的魔咒。"

"如果我替他去呢?"卡丽娜不假思索地问道。

巫医疑惑地看了看女孩。

"别以为这很简单:你去求了情——你弟弟就健康了。加涅斯塔是一个女妖,任何她不喜欢或不能以任何方式取悦于她的人都会有灾祸。"

"那怎么能去她那里呢?"没有留意最后的话,卡丽娜问。

"这只能在伊万·库帕拉节的前夜完成,在蕨类植物开花的时候。摘一朵花,你需要走到一条森林小路上,一面向南,另一面向北,你面朝南,用蕨花的花瓣揉搓你的眼睑,闭着眼睛沿着小路走,直到你手中的花枯萎。"

"蕨类植物会开花吗?"卡丽娜问。

但巫医似乎没有听到这个问题,从桌子上端起装着草药的铁锅,把它拿到炉子跟前。

卡丽娜没有再问,向老奶奶道了谢,就去了门口。走到门槛的时候,女孩突然回头问道:

"为什么女妖要戴鱼眼戒指?"

"这只眼睛能帮她在一年中的任何时候找到通往她们国度的小路,"巫医解释说,并没有转过身来,"请你记住,女妖可以变成任何东西,甚至鸟和动物。但你总能通过带鱼眼的戒指认出她们。"

3. 寻找蕨花

关于去找过巫医的事,卡丽娜向达尼克或妈妈都没有承认过。

而到了寻找蕨花的时候,她对弟弟说:

"你知道,对我来说,你和妈妈是世界上最亲的人。我希望你健康,为此我会尽我所能。如果发生什么事,你别担心……证明就应该发生,最终,一切都会好起来的。"

"会发生什么？"达尼克惊讶地问道，但卡丽娜已经走出了房间，在门口站了一分钟，听着厨房里流水的声音——妈妈正在洗刷餐具。

卡丽娜不想骗人，也不会骗人，而说实话，说她要去哪里，会更糟糕——妈妈怎么都不会让她去森林过夜，她也不会相信任何的女妖之国。

"对不起，妈妈，"卡丽娜心里请求道，"但我们实在想不出更好的办法……"

女孩越靠近森林，就越开始感到恐怖。月亮虽然挂在天空，但它像是被强迫着发出光，只是在等待着可以逃跑的机会。

"那我一旦找不到蕨花怎么办？"卡丽娜想着，加快了步伐，"而且后来老太太说了，当花干枯的时候，你才会出现在女妖之国，这要走多长时间啊？而且怎么知道这条路通向南方而不是西方呢？"卡丽娜停了下来，看着月亮。"知道谁可以帮我了！"她猜到了。"蚂蚁。它们总是在树的南面筑蚁丘。而且还要去巫医那一趟——也许她还能给点什么建议。"

小屋的窗内一片漆黑。卡丽娜敲了敲门，但里面没有声音。女孩试图自己打开它，但这次门没开。

卡丽娜叹了口气，朝森林深处走去。在森林里徘徊了很久，最后在黑暗中一棵蕨类植物也没见到。她在宽大的叶子之间白找了半天魔法花——没有。

"这就意味着，这一切都是假的，"女孩很不高兴，"我白相信巫医了。每个小学生都知道蕨类植物不会开花。"

她疲惫地坐在了地上。下一步怎么办呢？回家还是继续寻找？突然，月亮躲在了一片云后面，而在这时，卡丽娜开始感觉她周围的树木活跃起来，开始慢慢地彼此靠近，枝叶交错。

卡丽娜吓得闭上了眼睛，睁开眼睛时，她看到了许多美丽的黄色花朵——蕨类植物开花了！树木再次一动不动，月亮已经从一片云后面爬了出来，似乎在惊讶和怀疑地往下看。卡丽娜小心翼翼地摘下一朵花，环顾了一下四周，看到不远处在一棵高大的松树下面，有一个大大的蚁丘。原来找到一条通往南方的小路要难得多。这片森林里的所有小路，似乎一时间都消失了。卡丽娜从一个方向冲向另一个方向——得猜猜，往哪边跑！

她停下来喘了口气，低垂下目光，看到她正站在一条狭窄的、几乎无法察觉到的、杂草丛生的小路上。卡丽娜把脸转向南方，急忙从花上撕下一片花瓣，闭上眼睛，把它涂在眼皮上。不到一分钟，眼皮就开始沉重起来。女孩被困倦所征服，她的腿自己带着她往前走。

不知道她沿着森林小路走了多久，突然……

"啊！"卡丽娜尖叫了一声，撞到了什么障碍物上，失去了平衡，摔倒了。

4. 格拉尼亚

卡丽娜摔得不重，但似乎睡意全无。她睁开眼睛，看到面前一个十岁左右的男孩，穿着磨损的牛仔裤和灰色坎肩，牛仔裤剪到膝盖。男孩和她一样，也躺在地上，疑惑地看着她。

男孩先跳了起来，揉了揉左肩。

"对不起。"卡丽娜说，然后站起来抖了抖她蓝色连衣裙上的沙土。

"你应该看着点往哪走。"男孩埋怨说，不再揉他的肩膀。

"是应该，"卡丽娜表示同意，而她想，"如果告诉我闭上眼睛，我怎么看？"

"很疼吗？"她同情地问道，朝他的肩膀点了点头。

"没关系，不是特别疼，"男孩笑了笑，"如果你想知道，告诉你，它根本不是因为你才疼的。"

"那因为谁？"卡丽娜很惊讶。

"因为那个你最好不要见到的人。我和你说，"男孩眯着眼睛，"我感觉以前在什么地方见过你。"

"我也见过你。只是在哪里呢？"

"我知道了！你是达尼克的姐姐。"

"那你……你……"

"我是格拉尼亚，我和达尼克在平行班学习。我向达尼克借滑雪板的时候，我们在你们家见过面。"

"可能是，"卡丽娜不确定地点了点头，并在这时发现男孩手里拿着一朵蕨花。"你在这干什么？"

"你呢？"格拉尼亚警觉起来。

"我……我是去找一个熟人。"

"嗯，我也是……一个熟人。"

他们对视了好几秒钟。卡丽娜第一个移开了视线，突然大声说：

中篇小说

"我们这是在哪里？"

5. 太阳兔之国

卡丽娜和格拉尼亚惊讶地看着周围。他们站在一片被阳光淹没的蓝色田野中间。田野是蓝色的，是因为上面生长的只有蓝色的花朵。

"你听我说，"卡丽娜欢欣鼓舞，"依我看，我们来到了女妖之国！"

"是啊，"格拉尼亚带着嘲弄的语气说，"只是女妖一看见我们，就吓得躲起来了。我还以为像你这么大的人已经不相信童话故事了。"男孩抬头看着卡丽娜，他特别不想让女孩拿他当孩子。

"那难道你不相信吗？"卡丽娜很惊讶，"只是别再说你要去找熟人。"

"相信女妖的是我奶奶，而不是我，"格拉尼亚解释说，"她把我拖到一个巫医那里，那个巫医编造了各种各样关于女妖之国的无稽之谈。好像只有在那里才能从我胳膊上消除魔咒。"

"胳膊怎么了？"卡丽娜问。

"哈，没有一个医生可以确定这事！我从学校往家走，突然一个老太太让我给她拿包。她也能看到，我们不是同路，但还是说：'帮帮忙，帮帮忙！'"格拉尼亚模仿了一下老太太。"我自己包里有很多书——我很勉强地背着。但这些你给她能解释清楚吗？为了不让她生气，我就说：'我胳膊疼。'她只是歪着脸笑了笑，就继续走了。而我的胳膊就真的开始疼了。"

"那怎么这之后你还不相信有女妖了呢？"卡丽娜疑惑地问道。

"我没那么幼稚，会相信有一个国家，里面住的只有女妖。"格拉尼亚不自信地回答说。

"那蕨类植物呢，"卡丽娜还是没有屈服，"它可是开花了啊！"

"那又怎么样？"格拉尼亚耸了耸肩。"谁说它就不应该开花了呢？你看，"格拉尼亚向卡丽娜伸出了手掌，手上有一朵小黄花，"如果相信巫医的话，只要这朵花一干枯，我们就应该到达了女妖之国。你觉得它干了吗？"

卡丽娜从地上捡起自己的花，摔倒的时候她失手掉在地上的。

"还真是，"她失望地说，"我的竟然还没枯萎。"

"它干枯得整整一个月！"格拉尼亚挥了挥那只大手说。

"既然我们同意了这次寻爱之旅，那我们就必须走到最后。"卡丽娜自信地说。

"要不是你，我早就不知道跑哪去了。"格拉尼亚嘟囔着说，他不满的是卡丽娜的行为，好像她是这里的主要人物似的。他背对着女孩，沿着田野开始走。

"你去哪儿？"卡丽娜在他身后喊道，"那个方向不是南，而是西！"

"不，"格拉尼亚停了下来，摇了摇头，"和你一起，可能,到假期结束都回不了家。那是南,而不是西!"

他自信地继续走了。

卡丽娜环顾了一下四周:也许格拉尼亚记的方向真的是对的?她把小黄花藏在小口袋里,追上了男孩。

"他们怎么会让你一个人去女妖之国的?"卡丽娜问。

"难道我是小姑娘吗?一定要经过什么人允许吗?"格拉尼亚轻蔑地说。

卡丽娜厌倦了他的嘲笑:

"如果你不相信任何童话国度,那为什么会在夜里进入森林?"

格拉尼亚没马上回答,似乎在思索,是否值得和女孩子们谈这样的严肃话题。最后,他不情愿地说:

"长大后,我想成为一名飞行员。而胳膊有病的人是不会要的。现在无论去哪,只要能治好它就行。"

一路上,卡丽娜采集了很多蓝色的花朵,为了以后用它们编织花环。然而,它们已经开始枯萎了——可能这片田野上已经很久没有下雨了。

当卡丽娜再次弯下腰为她的花束采一朵新的花朵时,一个奇怪的东西从她的手下面跳了出来——野兽不是野兽,鸟不是鸟。

"啊!"这个东西胆怯地喊了一声,就开始在空中盘旋。

但过了一会儿,他咧开嘴露出一个微笑,说:

"你好!"

"你是谁?"卡丽娜惊讶地问道。

"斯科尼，太阳兔，"这个东西兴高采烈地自我介绍说，"很抱歉吓到您了。只是我刚才在花朵上睡觉，其中一朵突然从我的头下猛地挣脱了出去，我差点摔到地上。"

太阳兔原来和普通兔子非常像，只是它是完全透明的——像镜子里反射出的太阳光点。

"请问，这里不会就是女妖之国吧？"卡丽娜从吃惊中恢复过来后问太阳兔。这时格拉尼亚环顾了一下四周：他不敢相信，身边并没有藏着任何手里拿着小镜子的人。

"不，这是太阳兔之国，"斯科尼回答说。看到卡丽娜手里拿着的花，他大声说，"你干了什么！你为什么要把这些花摘下来？！"

"为什么它们不能摘？"女孩很惊讶，"这里一整片田野都是花！"

"但它们都属于白乌鸦！如果它看到你……你……她会发怒的……然后……然后……"

卡丽娜没有等斯科尼说完，因为这可能需要很长时间，她问道：

"白乌鸦是谁？"

"哦！"斯科尼大声说，"白乌鸦是我们国家的现任统治者。从前，在白乌鸦不知从哪飞来，并宣布自己将统治我们国家之前，只有我们太阳兔在这里生活。"

"我无法想象，怎么会害怕一只乌鸦。"格拉尼亚嘲笑着说。

"你在说什么！"斯科尼压低了声音，"白乌鸦威胁说，如果我们不服从她，她就会朝我们降下一片乌云。"

"只有你才信她。"格拉尼亚蔑视地笑了笑。

"你们这么怕乌云吗?"卡丽娜问。

"乌云会遮住太阳,我们就会消失。"斯科尼沉重地叹了口气。

"那难道这里从来就没有乌云,也不下雨吗?"卡丽娜问。

"没有,"太阳兔说,"在我们国家,月亮也几乎像太阳一样明亮,所以我们不知道什么是黑暗。"

"现在我明白了,为什么这片田野上的花都是蔫的——没有足够的水。"卡丽娜同情地说。

"白乌鸦也说过同样的话。但我们国家没有一条河流。女王陛下非常爱她的花朵——她从另一个国家带来了它们的种子。她说如果我们……"

还没等太阳兔说完,天空就出现了一只白色的乌鸦。

"啊哈,自投罗网,无赖!"她声音嘶哑地叫了几声,开始在旅行者们身上盘旋,降得越来越低。

太阳兔吓得哆嗦起来,只是悄悄地重复着:"哎呀,会发生什么事呢!哎呀,会发生什么事!"

格拉尼亚张着嘴看着白乌鸦,卡丽娜尽可能礼貌地对她说:

"对不起,我不知道这是您的花。"

"她不知道!"白乌鸦用讽刺的语气叫了一声,"你们都听着:原来她不知道!你是不是,认为这是你的花啊?"

"没有。"

"那你为什么对别人的东西垂涎三尺呢?"

卡丽娜恨不得想说,别人暂且不说,但对乌鸦来说关于

"别人"最好闭嘴,但毕竟在她的上空盘旋的是整个国家的统治者,于是女孩平静地说:

"对不起,但您的花几周后反正也会枯萎的。"

白乌鸦最后在离卡丽娜和格拉尼亚稍远一点的田野上落了下来。

"说得对,"她愤怒地呱呱叫了几声,"这将是对你们的惩罚!你们去……不,你们中的一个去邻国提水,另一个留在这里。然后再交换过来。就这样——直到把整片田野浇完。"

"啊哈,还把我们分开了!"格拉尼亚冷笑了一下,"我这就……"

但卡丽娜还没来得及等他说完就拉住了他的胳膊。

"您是一只有智慧的乌鸦,您统治着整个国家,"她恭敬地对她说,"您应该明白,即使我们给您的整片田野浇完水,靠这点水分花也不会持续很长时间——一个月后它们还是会枯萎。"

太阳兔之国的统治者对被称为有智慧非常受用。

"那我该怎么做才能让花不凋谢呢?"她忧心忡忡地问,"我太爱它们了!"

"我感觉,我知道怎么帮助您,"卡丽娜思考了片刻后说道,"但我需要一把铲子。"

"铲子?"白乌鸦一头雾水。"嗯,那我就得……就得……"她嘟囔了一句。"好吧,想法弄把铲子。"

大约过了十分钟,她回来了——尾巴上的羽毛横七竖八的,好像太阳兔之国的统治者被谁给揍了一顿似的。

"她这么狠狈不是因为铲子吧？"卡丽娜心想，但却大声说道：

"现在我们需要在田野中间挖一口井。"

"'我们'是谁？"格拉尼亚愤愤不平，"我的胳膊疼，我什么都不会挖的。"

"当然，你可以不挖，"卡丽娜没有反对，"我争取自己完成。"

"等等！"几乎被遗忘了的斯科尼大喊了一声，"我可以把我的朋友们叫过来——太阳兔们。虽然我们没有人类那么强壮，但我们数量多。"

很快，太阳兔们开始从田野的四面八方跑过来。当他们敏捷地开始轮番挖井时，卡丽娜朝白乌鸦转过身。

"为了打水，需要一个喂得罗和一根结实的绳子。"她提醒说。

"一个喂得罗，一根绳子……"白乌鸦不解地喃喃自语着，"喂得罗，绳子……"

她不情愿地扇动了一下翅膀，消失在了去找铲子的那个方向。"

当白乌鸦带着一个小喂得罗和一根绳子回来时，井已经挖好了。

"乌鸦陛下，现在我们可以走了吗？"卡丽娜满怀希望地问道，并听到格拉尼亚带着嘲弄的语气扑哧地笑了。奇怪的是，他忍了这么久，竟然没有用拳头或别的什么东西攻击这只鸟。

"就这样吧,我放你们走。"太阳兔之国的统治者宽宏大量地说,围着井走了好几圈。她不时停下来,看着井里,好像担心水会从井里消失。

"那么您,也许,会告诉我们怎么去女妖之国吧?"

白乌鸦吃惊地看了一眼女孩。

"这是一个可怕的国度,"她声音沙哑地呱呱叫了几声,"过了这片田野就开始绵延着多里尼亚国的领土。问问多里尼亚人,虽然他们是毫无价值的人,但他们有眼睛、耳朵,甚至还有一点大脑。他们会告诉你怎么去女妖之国的。"

告别了白乌鸦和太阳兔们(说实话,只有卡丽娜告别了,格拉尼亚只是发了几句什么牢骚),两个旅行者就继续前进了。

"你和这只乌鸦谈得这么认真,看着你,让人都能笑爆了。"格拉尼亚说。

"那你认为我应该怎么和一个国家的统治者说话呢?"卡丽娜耸了耸肩。

"统治者!"格拉尼亚模仿了一下她,"就是一个普普通通的撒谎的乌鸦。"

"如果她不撒谎的话,可能,她永远都会是一只普通的白乌鸦,"卡丽娜若有所思地说,并看着乌鸦允许她带走的花束,"但她这么爱花,并希望把它们种满太阳兔之国!"

6. 在别人的阁楼上

在长满蓝色花朵的田野那边是一片稀疏的森林,两个旅行者几分钟就穿了过去。另一边，靠近森林的是一片无边的山谷。在山谷里，离森林不远处，有一个小而圆的、像烟囱一样的小房子，带着华丽的雕刻护窗板，屋顶看起来像一个倒置的深深的盘子。

"这个房子里的人如果不知道怎么去女妖之国，那也许他们至少会给我们点东西吃吧，"卡丽娜满怀希望地说，"你永远都不会像没东西吃的时候感觉那么饥饿。"

两个旅行者走上一个小小的木制门廊，敲了敲一扇小圆门。一分钟过去了，没人回应。

"咱们这可真是既吃饱了，也打听到了怎么去女妖之国了。"格拉尼亚阴沉着脸说。

"也许是没听见我们说话吧？"卡丽娜回忆起了自己是怎么去巫医的小屋的，按了一下把手，轻轻推了推门。令两个旅行者高兴的是，门开了。

卡丽娜和格拉尼亚迈过门槛，就进了一个小小的门厅，这里除了一个狭窄的、似乎不太可靠的木梯子，什么都没有。梯子通向天花板上的一个圆窟窿。

"下午好！"卡丽娜大声说，"家里有人吗？"

上面传来了沙沙声，但还是没人回答。

"我觉得，是没听见我们的声音，"卡丽娜又等了一分钟，开始小心翼翼地爬上梯子，梯子在她脚下都变弯了，以至于给人感觉马上就要断了。女孩刚登上梯子，格拉尼亚就跟在她身后爬了上去。两个旅行者上了阁楼，阁楼上散落着各种盒子和破布。中间有一只旧的大箱子。

"这里有人在吗?"卡丽娜环顾着四周问道。

大箱子后面出现了一个好笑的小脑袋,它惊恐地问道:

"你们是谁?"

"不要害怕,"卡丽娜急忙回答,"我们只是想问问怎么从这里去女妖之国。"

"去女妖之国?"好笑的脑袋惊讶地问,并躲在了箱子后面。

很快就从那里出来了一个半米高的小人儿,大大的耳朵,长长的胳膊,所有裤子上的小口袋都在膝盖以下。小人儿有一双大眼睛,蒜头鼻子和一张大嘴巴,感觉他好像一直在微笑。

"我还是第一次见到有人寻找去女妖之国的路。"他承认说。

"也不是我们自己愿意去。"卡丽娜凄楚地笑了笑,然后,趁格拉尼亚正饶有兴趣地观察着奇怪的小人儿的时候,讲述了他们此行的目的。

"我知道女妖住在哪里,"小人儿认真地听了女孩的话后说,"我们两国一河之隔。"

"当然,河上一座桥也没有,因为没有人产生过去河那边的愿望,但河里所有的浅滩我都知道。"

"那就是说,你会帮我们?"卡丽娜很高兴。

"这并不难,"小人儿耸了耸肩,"只是你们得等一会儿。"

他爬进木箱,拿出一件装饰着小钻石的天鹅绒长袍,把长袍披在肩上,自豪地问:

"怎么样?"

"现在去马戏团都行,"格拉尼亚几乎笑喷了。这个小人儿真的可能被当成一个小魔术师或小丑。

由于担心他可能会生气（虽然，你必须同意，看一个脸上还带着笑容的生气的人会很有趣），卡丽娜急忙说：

"你穿着这件长袍看起来就像一个魔术师。"

"真的吗？"小人儿很高兴，突然补充说，"而我本来就是魔术师。"

7. 魔法拐杖的故事

小矮人儿甩掉身上的袍子，再次到大箱子里，拿出一根正好和他一样高的小拐杖，上面镶嵌着小金条。

"看。"他自豪地向客人展示了一下金拐杖。

小人儿给卡丽娜和格拉尼亚讲了一个自己家族的令人惊讶的故事，甚至连格拉尼亚也认真地听着，脸上甚至没有闪过一丝怀疑其真实性的影子。

原来小矮人儿的名字叫林，卡丽娜和格拉尼亚来到的国家叫多里尼亚。林所有的祖先都是魔法师。当然，不是像仙女乌尔苏拉那样的，乌尔苏拉是多里尼亚国主要的和最强大的魔法师。但是，比如，把雨或雪送到地上对他们都算不了什么，因为林的祖先们是多里尼亚国的天气总管。晴天或阴天——这都取决于他们。不用说，他们工作非常负责任，因为多里尼亚是一个山谷之国，几乎所有的居民都从事农业；要是猜不出天气——就会为他们增加额外的工作。

林的祖先们正确地履行了他们的职责。乌尔苏拉曾经奖励他们一根魔法拐杖，上面装饰着许多小金条。借助这根拐杖，可以在一个空间里快速移动。

乌尔苏拉的礼物竟然非常有用。当时多里尼亚是一个大国，所以很难确定它的不同地区需要什么样的天气。但只要在魔法拐杖上顺时针转动其中一个蓝色的环，再用魔法拐杖击打三下——你就已经到了这个国家的另一端了。

仙女的礼物作为一个最珍贵的东西代代相传。而当林的妈妈出生的时候，本应是她一长大，金拐杖就归她所有。

但到了规定的时间，没有人对女孩提任何关于拐杖的事，并把它藏在一个旧柜子的抽屉里。你试过把东西藏在柜子的抽屉里吗？当然没有！只有成年人才能想出这个办法，他们不知为什么，总是认为，他们是世界上藏东西藏得最好的人。但你们知道，如果房子里有阁楼，把东西藏在柜子里是多么愚蠢！

所以有一天发生了一件本就应该发生的事情。当林的妈妈的父母离开房子时，女孩把拐杖从柜子里掏了出来。

说实话，她不知道这是一个魔杖——拿着玩儿够了，就把它扔在了某个地方。幸运的是，那个时候，这个国家的庄稼已经收完了，因此魔法拐杖并没有太频繁地使用——发现它不在已经是一周过后了。

小恶作剧制造者承认她在柜子里找到了拐杖，但她不记得把它弄哪去了，怎么也想不起来。

乌尔苏拉得知发生的事情后，非常生气，就剥夺了林的外祖父母掌控天气的礼物，任命他们为宝藏护卫。当然，工作也涉及一点点魔法,但没有那么有趣。

从那时起,仙女自己开始掌控国家的天气,但她的事总是很多,因此经常不是忘记发送乌云,就是忘记驱散它们,所以多里尼亚总是持续几个星期的干热或几个星期不停地下雨。

然而,多里尼亚人虽然因为天气不好而发牢骚,但对自己的统治者的爱却没有减少——因为她是一个非常善良和公正的仙女。

讲完关于魔法拐杖的故事,林松了一口气:

"而今天我很偶然地在这里发现了它,在阁楼上,箱子下面。我要尽快把拐杖给我们的统治者送去——也许那样的话,她就会原谅我们的家族,并再次任命我们为天气总管。这就是我现在不能指给你们看怎么过河去女妖之国的原因。我真的很想在我父母回来之前赶到乌尔苏拉那里。"

"你父母在哪儿?"卡丽娜问。

"埋藏宝藏。只有……"林沉重地叹了口气,心情猛然变了,"恐怕我们现在也不需要魔法拐杖了。"

"为什么?"卡丽娜很惊讶。

格拉尼亚急忙喊道:

"那就把它给我吧!你知道我有多需要它!"

"这是因为我们国家曾经是一个大国,"林开始解释,"但一些多里尼亚人认为,乌尔苏拉让他们干的活太多了。他们开始说,仙女本来可以让所有菜园里的东西一年四季自己生长,我们只要收获就行了。起初,这样的多里尼亚人很少,但他们煽动其他人反对仙女。当有几百人不满意的时候,他们就去了乌尔苏拉的城堡,向她提出了自己的要求。当然,乌尔苏拉可以惩罚不听话的人,但她没有这么做:对于那些不想干活儿的人,她把多里尼亚的一部分土地分给了他们,他们可以按自己的意愿去生活。不听话的人都是如此懒惰,他们没有耕种他们分得的土地,于是这些土地上森林开始过度生长。"

"那又怎么样,"格拉尼亚问,"他们谁都没想再回去吗?"

"没有,"小宝藏护卫说,"现在他们是一个独立的国家,我们称之为列索尼亚。"

"所以你们把那些住在这个国家的人叫列索尼亚人?"卡丽娜猜到了。

"列索尼亚人,"林点了点头,"他们现在有自己的统治者——薇莉聂娅。当然,她不是仙女,不会施魔法,但不知为什么,那里的每个人都听她的。"

"这有什么奇怪的,"格拉尼亚高兴地说,"最近我们还见过一只白色的乌鸦统治着太阳兔之国呢。"

"啊!"林大声说,"大概这就是那只经常从森林那边飞来偷东西的白乌鸦。今天她就偷了一把我们用来埋藏宝藏的铲子。"

"是她,是她!"格拉尼亚笑了起来,"我们看见这把铲子了!"

"就是说,你们是从太阳兔之国来的?"宝藏护卫问道,从头到脚仔细观察着客人,好像刚刚第一次见到他们一样。

"我们来自一个人类生活的国度。"卡丽娜说。

"哦,我们称之为巨人之国,"林恭敬地说,"离这里很远。"突然他反应过来了:"你们可能饿了吧?我这有碎苹果馅饼。我不喜欢吃,你们可以全吃了。"

8."把拐杖还给我!"

馅饼有整整一盘,但盘子是如此之小,馅饼也是如此之小,以至于卡丽娜和格拉尼亚没几分钟就全吞了,最后也没吃饱。再也没有给他们提供别的东西,所以客人感谢了盛情款待,就开始参观这个厨房。说实话,里面没什么特别好看的:一个小炉子,一个小搁板上放着小盘子的小餐具柜,厨房中间放着一张桌子(当然是一张小桌子),旁边勉强放下三张凳子,更像小长椅。

当然,这一切都是用卡丽娜和格拉尼亚的眼睛来看。对于小矮个儿的主人来说,厨房甚至很宽敞,里面的一切都既不大也不小——恰到好处。

"我从乌尔苏拉家回来之前,你们可以休息一会儿。"林说着打开了一扇门,门里是一间舒适的小卧室。

然而,三张床没有一张的尺寸适合卡丽娜和格拉尼亚。意识到这一点,林沉重地叹了口气——每一个没有能安排好客人的热情好客的主人,如果是他也都会这样,于是他建议说:

"你们可以翻翻书(几本小书散落在位于卧室唯一的窗户跟前的桌子上)或者玩一会儿宾果。"

"这是什么游戏?"格拉尼亚惊讶地问。

"我这就教你们怎么玩,但首先我要换一下衣服——毕竟,我不是每天都去拜访乌尔苏拉城堡的。"

林从衣柜里拿出一件绿色的坎肩,并在墙上挂着的镜子前试穿了一下。

"怎么样?"他转向卡丽娜和格拉尼亚问道。

"我觉得绿色非常适合你。"卡丽娜赞许地点了点头。

宝藏护卫又照了照镜子,一丝不苟地调整着自己的坎肩,若有所思地说:

"也许我应该穿一件镶钻石的天鹅绒长袍?哦,不,这太张扬了,甚至有点显眼。我们暂时还没有穿长袍的权利。我就穿绿色坎肩去。只是……只是……"林带着不满意的表情从各个角度照了半天,然后突然大声说,"我知道还缺点什么了!"

他冲到衣柜前,拿出一顶宽弯帽檐的深蓝色帽子,在镜子前试了试。

"感觉很合适。否则一个宝藏护卫被一位国家统治者接见,连顶帽子都没有!肯定得让人笑话!向仙女表达问候的时候我从头上往下摘什么呢?哎呀,应该……要不……"

林越是继续说话,说话的声音就越小,也越是面无表情——很明显,他在和乌尔苏拉见面之前就开始紧张了。

"拐杖!我的魔法拐杖呢?"他突然反应过来。

"在厨房里,"卡丽娜急忙回答,小矮人儿的紧张被传递给了她,"我马上去拿。"

她从房间冲进了厨房,在厨房的门槛上,她惊讶地愣住了:两个长手臂的小人儿站在开着的窗户旁边。他们手里握着金拐杖,仔细地看着。

看到卡丽娜，小人儿们跳上了窗台，瞬间就已经在街上了。

没有想太多，卡丽娜跟在他们后面冲了过去。

"把拐杖还给我！"她对小人儿们喊了起来，但对于小逃犯来说，听起来像是"加油，快跑！"于是他们就像是要创造一个逃跑的世界纪录似的跑了起来。可能，他们成功了。

小人儿的个子不比林高，体育课分数最高的女孩心想："不能让这些毛孩子跑得比我还快。"

不知道她的体育老师看了这场追逐会说什么，无论如何，他可能也不会称赞他最好的学生：她和小人儿之间的距离，虽然没有扩大，但也没有缩小。

9. 懒人之国

前方出现了一片稀疏的小树林，逃跑的小人儿潜入到里面就好像钻进了地缝似的。卡丽娜一会儿冲向这边，一会儿又冲向那边——差点没踩着一个穿着绿色带补丁短裤的小矮人儿，他正在树下躺着，若有所思地看着天空。

"对不起，你看到有人从这里跑过去了吗？"卡丽娜虽然很不耐烦，但还是客气地问道。

但穿绿短裤的小矮人儿连头都没转过来。她只好重复了一遍问题，这次更生硬一些。

最后，小矮人儿将目光从天上转向了卡丽娜。小人儿的眼神中带着困惑，卡丽娜心想，她只得再重复一遍自己的问题。

但她还没来得及开口,小矮人儿就不满地说:

"你可能认为,如果你多次提同样的问题,你就会更快地得到答案。"

"我可能认为,我第一次问的时候,你没回答上来我的问题。"卡丽娜发火了。

"可是,我应该先想一想吧。"小人儿似乎有点惊讶。

"难道我问的是那种需要长时间思考的问题吗?!"

"当然,"小人儿平静地回答说。"我已经在这里躺了差不多四个小时了,在这段时间里,从这里可能走过去了很多人……虽然没有,没有人从这里跑过去,否则我肯定会记得。"

"你看,"卡丽娜表现出了明显的不满,"你本来可以马上回答的。我在你身上花了这么多时间。"

"而且昨天也没有人从这里跑过去,前天也是,"好像没有听见女孩说的话,小矮人儿继续说着,"总之,如果你需要找某个喜欢跑的人,那你是没找对国家。"

"你是想说,你的国家里没人会跑吗?"卡丽娜疑惑地问道。

"不,我想说我们这里一般没人跑。"小人儿叹了口气,好像他在和一个令人讨厌的、总喜欢问为什么的孩子说话。

卡丽娜环顾了一下四周,突然惊呼起来:

"啊,这可能是列索尼亚吧?懒人之国?"

说完"懒人",女孩吓得用手捂住了嘴——怎么说走嘴了呢?!

但小人儿不仅没有对卡丽娜说"懒人"生气,甚至还自豪地补充道：

"当然，最真正的懒人。"

"嘿，"卡丽娜惊慌地说。她沉默了一分钟，不知道下一步该怎么办。"你听我说，你能告诉我你们的统治者住在哪里吗？"

小人儿吃惊地看着她，但并没急于回答。

"我想知道，"卡丽娜心想，没敢再次重复自己的问题，"他需要多长时间才能反应过来呢？"

并开始数数："一、二、三、四……"

小人儿在她数到二十的时候有了回应。

"那薇莉聂娅知道你想见她吗？"

"不知道。"女孩摇了摇头。

"那你就别着急了。"小矮人儿莫名其妙地开始高兴了起来。

"我不能不着急啊——我必须尽快见到你们国家的统治者。"卡丽娜反驳说。

"可能，你是必须，"小人儿耸耸肩，"但薇莉聂娅现在反正不会接见你。"

"为什么？"

"因为她在睡觉。"

"睡觉？"女孩大声说。"但现在离晚上还很远啊！"

"那又怎么样？"小人儿说。"难道你只有在叫你吃饭的时候才吃，而不是想什么时候吃就什么时候吃吗？"

小矮人儿提吃饭是真的很不合时宜，卡丽娜听他一说就开始流口水了,她想尽快转移话题。

"我是我,统治者是统治者。"她说,当然,不是完全自信地。

"这是很清楚的事情,"小人儿附和说,"所以薇莉聂娅应该在所有方面给我们做出榜样嘛。她得睡得比我们任何人都多才行。"

卡丽娜明白了,继续争论下去没有任何意义,于是请求说:

"也别再说了,如果你不麻烦的话,给我指一下,她住哪儿。"

10. 懒人学校

小人儿走得很慢,不时环顾着四周,抬头望着飘着一小朵白云的天空。卡丽娜已经很高兴了,因为他总体上同意了告诉她列索尼亚统治者的城堡在哪,因此并没有催促他。她想和他找话说,但小人儿不太愿意回答,有时回答得都是牛头不对马嘴,所以女孩唯一能了解到的、或多或少可以确定的东西是他的名字——奥尔。

很快就出现了一些外观相当奇怪的小房子。形成一种印象,就好像它们随时都可能倒塌。有的房子没窗户,有的没门,有的没有屋顶。

小房子旁边堆了那么多垃圾——纸片、各种皮、壳、吃剩下的东西、破旧的物品——好像主人从来没有清理过他们的院子。

"好凄凉啊!"卡丽娜心想。

好像读懂了她的想法,奥尔说:

"这都是过去的东西!一年后你再到我们这来,就会看到这里有多美!"

"我能想象到。"卡丽娜带着讽刺语气说。

"知道会有什么吧!草坪、花坛——都会长满花草,到时候就可以随意到处走了。"

卡丽娜环顾了一下四周——奥尔所说的草坪和花坛已经完全长满了杂草,还往哪种啊!

这时候,他们已经走近了一个建筑,在下垂的门上挂着一个牌子"商店"。

"如果你们有自己的商店,这意味着里面会卖东西。而如果里面卖东西,那就意味着你们也不是很懒惰。"卡丽娜总结说。

"哈!那你可傻了!"奥尔大声说。"卖东西!这根本不是商店,而是一所学校。"

"学校?"卡丽娜问。

"是啊。"奥尔点了点头,"这个牌子不知是谁从哪儿拖过来的。重新写,当然,他们懒得重写,所以就这么挂上了。"

"就是说,你们还在上学!"卡丽娜说。"既然你们在上学,那……"

"当然,我们在上学,"奥尔打断了她,"全年。"

"你是想说连暑假都没有吗?"卡丽娜很困惑。

"你可以这么认为。"奥尔狡猾地笑了笑,领着她进了这个建筑。

学校里只有一间教室,大约有三十个学生坐在书桌后。黑板上用大大的字母写着本课的题目:

《怎么沽上一百年如果什么郏丕干?》

"这题目挺有意思,"卡丽娜喃喃自语地说,算了一下,黑板上整整五个错误,"你们课上有这样……这样的题目?"

"那当然!"奥尔自豪地说。

"那你怎么不上课?"女孩带着讽刺意味问道,她已经开始感觉,他们只是决定和她玩恶作剧。

"课还没开始呢。"奥尔解释说。

而事实上,是学生们想干什么就干什么。一些人在聊天,另一些人在哗啦哗啦地弄着纸袋子,里面是关怀备至的父母放的三明治、甜甜圈和水果,有人在睡觉,有人若有所思地看着窗外——当然,如果墙上没有玻璃的拱洞可以称为窗户的话。

"还不知道今天会不会上课。"奥尔补充说。

"那你们老师在哪?"卡丽娜问。

"老师?"

奥尔伸长脖子往老师的桌子底下看了一眼。

"他还在睡觉!"

"老师在睡觉?"卡丽娜不敢相信自己的耳朵,也看了一眼桌子下面。

不可思议!一个穿着几个地方都打着补丁的灰色旧背心和皱巴巴的黑色裤子的小人儿,把长长的胳膊放在脑袋下面,正在那里小声地打着呼噜。

"别出声!"学生们对他们发出了嘘声,"别吵醒他!"

奥尔用手向卡丽娜做了个手势,让她弯下腰,在她耳边低声说:

"你知道这样的老师我们找了多久吗?整整一年!懒人中的懒人!他是无价之宝!他甚至连给我们打分都懒得打!我们自己给自己打,谁愿意打多少就打多少。"

"也许,你们这里全是优秀生吧?"卡丽娜咧嘴笑了笑。

"你在说什么!"奥尔感觉受到了侮辱,"够了!我们所有人几乎全都是二分!"

"我认为,不仅应该给你们打二分,给你们老师也应该打二分,既然他连课程的题目写得都不能不出错。"

"所以我才说:他是无价的啊!"奥尔按自己的理解剖析了卡丽娜的话。

"他一个人上所有的科目?"

"'所有科目'是什么意思?我们学校就一个科目!"

"很想知道课程的名称是什么。"卡丽娜讥笑着问。

"《懒惰学》。还能叫什么!"奥尔自豪地说。

"的确如此,我怎么没猜到呢。"卡丽娜耸了耸肩:在一所学校里,如果学习的都是懒人,而且老师——也是什么新东西都想不出来、只会在教室桌子下面睡觉的彻头彻尾的懒人,还能有什么别的科目呢?

"如果你认为这是他最擅长的,那你就错了。"奥尔兴奋地说,"今天他还走到学校了呢,好多时候他在半路的某个地方就躺在树下睡着了。"

11. 在薇莉聂娅城堡

奥尔打了几个哈欠,然后对卡丽娜说:

"你听我说,我可能会留在这里。没有人知道老师什么时候醒来,我不想错过课程的开头。"他停顿了一下,又打了几个哈欠,"而薇莉聂娅城堡离这里只有咫尺之遥,只要沿着我们走的路别拐弯就行了。"

看着奥尔困倦的眼睛,卡丽娜毫不怀疑他决定留在课堂上睡会儿觉。"那就睡吧,"她心里想,并没有生气,"如果你生活在一个懒人之国,还能对你有什么期望呢?"

女孩感谢了奥尔并走出了学校。

到薇莉聂娅城堡其实步行也就十分钟左右。卡丽娜不止一次在书上看过古城堡的图画,所以她立刻猜到了眼前是什么。虽然,应该说,处于她的位置,不是每个人都会猜到。这座城堡看起来好像最近遭到过敌人的围攻。木制的防御墙几乎被摧毁。然而,当卡丽娜走近时,她意识到没有人摧毁它们——只是懒得建完而已。

女孩以为会有一个威严的卫队在门口阻止她,但那里一个人没有。只有在宫殿的入口处,也是开始建了但没建完,她看到一个列索尼亚人,正背靠在墙上平静地打瞌睡,手里拿着一把巨大的弹弓,种种迹象表明,这显然是他的武器。

卡丽娜想了很久,她要不要叫醒这个守卫。"如果这个国家到处都有人在光天化日之下睡觉，"她最终得出结论，"那么他就是正在做着他应该做的事情。无论如何，他不应该因为未经薇莉聂娅允许就放我进去而受到她的训斥。"

卡丽娜走进了宫殿，来到了一个大大的镜子大厅。说实话，她想象的宫殿完全是另一个样子。宫殿里的一切都应该是金光闪闪或银光闪闪，墙壁和天花板上应该燃起很多蜡烛。如果女孩想看看自己的脚下，她应该在镜面般的地板上看到自己的倒影。

大厅里散发着潮湿的味道，并且很昏暗，因为所有的窗洞都紧闭着，光线只通过屋顶上的一个破洞落下来。挂在墙上的镜子上有一层厚厚的灰尘，照这样的镜子毫无意义。

"一个国家的统治者不可能住在这个昏暗的宫殿里，"女孩心想，"可能给她建了一座新宫殿。而这个宫殿如何处理尚未决定。而且，也许，它倒塌的速度可能比他们最终做出某种决定还要快。"她叹了口气，想起了奥尔，一个彻头彻尾的懒汉。

卡丽娜从镜子大厅走进另一个也是这样的又宽敞又昏暗的大厅，光线只能通过半开的护窗板渗进去。

女孩预料，这里也会是空无一人。然而，她错了。大厅中间有一个大宝座，上面一个矮小的女人正在睡觉。但她那是什么形象啊！很久没有梳理和洗过的头发纠结在一起，脸上脏兮兮的，手上是长长的没有任何护理的指甲。衣服——一条满是油斑的短裙子，曾经是白色而现在变成了肮脏的灰色的短上衣——很久没洗过了。

"难道她真的是列索尼亚的统治者吗?"卡丽娜心想,惊讶地看着这个女人。

但了解这一点唯一的办法就是叫醒她。

"下午好,陛下,"卡丽娜说,声音不大,怕吓到这个嗜睡的女人,"很抱歉打扰了您。"

女人缓缓睁开眼睛,盯着女孩。

"你是谁,你怎么胆敢叫醒我?"她不满地问道。

"我在寻找你们国家的两个居民,他们……"卡丽娜刚开始解释,但薇莉聂娅(女孩已不再怀疑她面前的是谁)打断了她,同时打着哈欠,甚至没有用手捂住嘴:

"你穿的连衣裙真漂亮!如果把它剪开,材料刚好够我两件。"

"那您觉得,我穿什么呢?"卡丽娜不是很客气地问。

"你可以拿我的衣服给自己改,我有很多很多衣服。"

"这正是我不愿意做的事,把您的衣服改了,然后穿您的衣服。"卡丽娜胆子完全大了起来。

"怎么的?你不想穿我薇莉聂娅穿过的衣服吗?"列索尼亚的统治者惊讶地,并同时带着威胁问道。

"我不想,"卡丽娜摇了摇头,"您的衣服太脏了!"

"那又怎么样?"薇莉聂娅耸了耸肩。"任何衣服都会变脏,如果不洗的话。"

"而您,一个女人,说这些不害羞吗?"卡丽娜没忍住。

说这话的时候,她心想,薇莉聂娅会尖叫,并开始用监狱甚至更可怕的惩罚("咱就看看进行这些威胁是否会那么容易！"女孩安慰着自己，想起在列索尼亚，因为太懒，干什么都没有那么迅速和有条理）来威胁她。但薇莉聂娅叹了口气，她承认说：

"害羞。你认为我的宫殿里为什么这么昏暗？"她带着信任的语气问道。

"因为您懒得开窗户。"女孩没怎么想就回答说。

"不，"薇莉聂娅苦笑了一下，"这事我的仆人就可以做。昏暗是为了看不见这里又脏又乱。"

"您为什么不命令仆人把所有的东西都清理干净、刷洗干净呢？"卡丽娜问。

"嗯，我是懒人之国的统治者，我必须和我的地位相符。"薇莉聂娅解释说，她的声音中感觉不到特别的遗憾。

"难道统治的欲望会比感觉自己像一个真正的女人的欲望——穿得漂漂亮亮，画上口红更强烈吗？"卡丽娜若有所思地说。

"闭嘴！"薇莉聂娅惊呼道。"要不是你，我已经忘了什么是画口红了。……快说，是什么东西把你带到这里来的？你这个洁癖女！……"

"我已经说过了，"卡丽娜叹了口气，"我要找你们国家的两个居民。他们偷……"

"一切都清楚了，"没等听完，薇莉聂娅就打断了卡丽娜，"偷东西的只能是菲尔斯和米特罗赫。列索尼亚人之中再谁都不会动一根手指去捡别人丢失的东西，更不会去钻进别人的口袋。他们从你那里偷了什么？"

"从我这——什么都没偷。"

"怎么叫什么都没偷？"薇莉聂娅没明白，"那你为什么要诽谤诚实的列索尼亚人？"

"我没有诽谤，"卡丽娜生气了，"他们偷的东西不是我的，而……是我的一个住在多里尼亚的朋友的。"

"啊—啊—啊，多里尼亚啊！"薇莉聂娅轻蔑地说，"我管不了多里尼亚发生的事。"

"但偷东西的是列索尼亚人！"卡丽娜提醒她说。

"是谁偷的，我不感兴趣，因为这事发生在另一个国家的领土上。"薇莉聂娅倔强地重复道。

"但这不公平。"卡丽娜说。

"这很公平，"薇莉聂娅反驳道，"如果我命令一个人把他的东西还给多里尼亚人，我成了什么？没准是他自己弄丢的呢？也可能是那个东西自己从他口袋里掉出去的呢？谁能证明它是被偷的呢？"

"它不能从口袋里掉出去，"卡丽娜在短暂的停顿后，忧郁地回答说，"那是一根拐杖。"

"什么拐杖？"薇莉聂娅警觉起来。

"一根用小金条装饰的拐杖。"最后的话卡丽娜是这样说的，就好像她们在谈论躺在路上的鹅卵石。

然而，在听到了黄金之后，薇莉聂娅变得激动起来，开始坐立不安。

"那就这样，"她说，"我会命人把这两个小偷带到这里来，然后我会考虑，如何处理被盗的拐杖。"

统治者摇了摇用细线挂在她宝座上方的铃铛。她摇了半天，连卡丽娜都开始耳鸣了。最后，薇莉聂娅放开了铃铛，闭上了眼睛，好像要打个盹似的。

"我认为，他们没有听到您的铃声。"卡丽娜等了一会儿，然后怯生生地说。

"听到了，"薇莉聂娅冷漠地说，"但是，这些懒人摇摇晃晃过来，就得十分钟。"

还真是，十分钟后，侧门打开了，两个睡眼蒙眬的仆人出现在宝座大厅，他们穿着破旧的、有深绿色条纹的坎肩和黑色裤子，几乎从来没有熨过。两个仆人默默地向薇莉聂娅鞠了一躬，等待着她的命令。

"事情是这样的，"统治者威严地说，"找到菲尔斯和米特罗赫，并把他们带到这里。让他们把偷来的拐杖带上。"

"而且，请命令他们尽快把盗贼带过来。"卡丽娜悄悄地请求薇莉聂娅说。

"你们走直路，别走绕到所有村庄的那条。"薇莉聂娅嘟囔着说。

"都按您说的做，陛下。当然，如果我们有翅膀，我们就可以不用走路了，但您别着急，我们不会让您久等的。"仆人们狡猾地眯眯眼睛说，并不急不慌地离开了宫殿。

"所以，明天，或者最多后天，他们就会把小偷带过来，"薇莉聂娅心满意足地说。

"什么时候？！"卡丽娜惊呼道。

"明天或后天，"女王陛下平静地重复道，"是你想让我催促他们的。"

12. 宫殿里的变化

卡丽娜厌倦了干坐在那里等仆人把小偷带来,她问列索尼亚的统治者:

"我可以打开护窗板,哪怕一小会儿吗?我在某个地方读到过,如果你经常在黑暗的房间里,你的视力就毁了。"

卡丽娜,的确,并没有完全相信那里所写的东西,但现在这已经意义不大了。

"难道会这样?"薇莉聂娅怀疑地,并同时很惊慌地说,"你知道我在这座宫殿里坐了几个月了吗?你认为我的视力变差了吗?不要相信你读到的所有东西。你看我们这里学校的门上写着:商店,但每个人都知道在列索尼亚没有任何商店。"

"只有在你们国家才可能有这样的事。"卡丽娜冷笑了一声。"好像我多关心我自己似的。"女孩不满地补充道。

"好,如果你这么想开,那就打开吧,"稍稍想了想,薇莉聂娅同意了,"虽然我忍受不了有人插手别人的事。"

卡丽娜打开了护窗板,环顾了一下四周,忍不住惊呼道:

"啊,这里这么脏!可能,宫殿已经好几个月没打扫了吧?!"

"几个月是什么意思?这里一次也没打扫过。"薇莉聂娅努力给人感觉很漠然,但从她的眼中可以清楚地看出,看到周围有这样的脏东西,她并不太高兴。

"既然我无事可做,我可以扫扫地和洗洗地板吗?"卡丽娜问。

"你难道不怕我的仆人嘲笑你吗?"薇莉聂娅很吃惊。

"我没有什么好怕的,"卡丽娜回答道,"我是从一个人人都劳动的国家来的。有些人甚至喜欢干活。"

得到了薇莉聂娅的许可,卡丽娜就开始干了。几个小时后,宝座大厅的地板像一只打过鞋油的鞋子一样闪闪发光。

吃了点儿胖胖的厨娘依照薇莉聂娅的命令端来的凉的和稍稍热了热(哦,难道现在这还有什么意义吗?)的薄饼加酸奶油,女孩就开始弄窗户。到了傍晚,它们也从泥土和灰尘中解脱了出来,开始让更多的光线照进了大厅。

薇莉聂娅并没有掩饰自己的满意。列索尼亚的统治者把卡丽娜带到自己的一间卧室,并为她提供了柔软的被褥。诚然,被褥散落得到处都是,枕套在枕头上也套得颠三倒四,但卡丽娜很快就把所有东西都整理好,很香甜地睡着了,这通常是在漫长的旅途或紧张的工作之后。

早上,女孩首先去了厨房,决定自己做早餐,而不是太寄希望于懒惰的、可能还在睡觉的厨娘。

不到一个小时,美味早餐的味道就飘满了宫殿。薇莉聂娅是第一个从这味道里醒来的,半天都没明白怎么这么奇怪——甚至因为这种香味都开始流口水了。

然后厨娘们也醒了。虽然她们很懒,自己从来也没做过任何类似的东西,但她们立刻猜出了这是炸土豆和蘑菇汤的味道。厨娘们直接穿着睡袍和拖鞋就冲进了厨房。薇莉聂娅也紧跟在她们的身后。

卡丽娜邀请女王陛下坐到餐桌旁,并把早餐摆在了她面前。薇莉聂娅舀起一勺蘑菇汤,品尝了一下,甚至很享受地闭上了眼睛。

"啊,多好吃啊!"她说。

"如果我们不懒惰,"厨娘们叹了口气,"我们也可以每天做美味的菜肴。"

"你们会做吗?"卡丽娜很惊讶。

"当然会!"厨娘们异口同声地回答说。

"我觉得,可以哪怕是几天做一次美味的菜肴,这样还可以继续做懒人。"卡丽娜短暂停顿后说。"对吗,陛下?"她转过身对薇莉聂娅说。

"我认为这些菜肴必须要做。"列索尼亚的统治者,一边满嘴津津有味地喝着蘑菇汤,一边点了点头。

吃了点东西垫了个底儿之后,卡丽娜想起,她今天还没洗脸,就问一个厨娘,漂亮的长发姑娘,宫殿里有没有浴室。

"有,"年轻的厨娘回答说,"就是,从来没人用过。"

"嗯,这一点我基本没怀疑过。"卡丽娜想了想,大声地说道:

"主要的是,浴室里得有水。"

"水应该有吧,"厨娘让女孩放心,然后就带她去了浴室,一个铸铁的浴缸占据了大部分空间。对于身材矮小的列索尼亚人来说,浴室的尺寸甚至堪称巨大,但如果卡丽娜要想洗澡,她只能屈膝才能进去。

卡丽娜转了下水龙头,把手指放在了水龙头下面。

"哎呀,水是热的!"她高兴地喊道。

"这是因为太阳,"年轻的厨娘解释道,"水从地下进入屋顶的桶里。桶里的水白天被晒得很热,一夜时间也不会变凉。"

卡丽娜使劲儿地洗了洗脸和手,然后扫了一眼,想找毛巾,但浴室里没有。

"这是很清楚的事,"女孩心想,"如果没有人在这里洗澡,哪儿来的毛巾。只得这样晾干了。"

卡丽娜看了一眼厨娘:难道她从来不洗澡吗?用脏手做饭?

但女孩的脸和手给她感觉是一尘不染的。她的蓝色连衣裙也是如此,尽管有些地方是织补过的。

"那就是说,薇莉聂娅说她所有的仆人都和她一样邋遢,有点夸张了,"卡丽娜得出了结论,"可怜啊,她如此担心自己的王位,以至于准备牺牲一切,这样就不会有人认为,她不是这个国家最伟大的懒女人!"

卡丽娜决定和列索尼亚的统治者再见一面。年轻的厨娘跟着她走出浴室。就在那一刻,一个穿着黑色燕尾服,手里拿着文件夹的小老头从他们身边傲慢地朝宫殿的出口走了过去。

"他嘴里是什么?"卡丽娜惊讶地问道。

"奶嘴儿。"厨娘漫不经心地说。

"奶嘴儿?"卡丽娜勉强克制住,让自己没笑出来。

"当然,"厨娘说,语气给人感觉好像列索尼亚的所有老人都在吮吸奶嘴儿。"这是国家机密守护总长,"她压低声音解释道,"离开自己家时,他总是随身携带一个奶嘴儿,只有在与女王陛下交谈时,他才有权从嘴里取出来。"

"为什么?"卡丽娜问。

"以免不小心把什么国家机密泄露给什么人。"

紧跟着国家机密守护总长,另一个小老头从宝座大厅里走了出来——同样穿着黑色燕尾服,腋下有一个文件夹。他脸色阴沉。从卡丽娜和厨娘身边经过时,他很恼火地说:

"必须要仔细想想!她想要一件新连衣裙!臣民会怎么看她呢?"

"这是谁啊?"卡丽娜问厨娘。

"这是女王陛下的首席顾问。"女孩回答说。

"可以问他什么呢?"卡丽娜问,用好奇的目光目送着这个小老头。

"任何可能对女王陛下有用的东西,"厨娘说,"薇莉聂娅每年接见首席顾问一次,听他报告,他在报告里会提出如何无所事事也能生活得更好的建议。"

"如果他脸色这么阴沉的话,可能是这次女王陛下不太喜欢他的建议。"卡丽娜说。

她一个人进了宝座大厅,而厨娘回到了厨房。

薇莉聂娅坐在她的宝座上,若有所思地望着窗外,早晨的阳光透过窗子照进大厅。

"啊,陛下!"卡丽娜从门口大声说,"我没想到您的宫殿里还有热水!我感觉,您现在也不会拒绝洗浴了吧。"

"你又开始说蠢话了,"薇莉聂娅抱怨道。"如果仆人们看到我在浴室里洗澡,他们会怎么看我?"

"依我看,他们会羡慕死。"卡丽娜心里想,而说出来的却是赞同:

"当然,陛下自己这样做是不合常规的。但如果您不介意,我可以为您服务。您可以不用怀疑,您作为列索尼亚最懒的人的声誉也不会受到影响。什么都由我来做。您不用动一根手指。"

卡丽娜的提议如此诱人,语气如此具有说服力,以至于薇莉聂娅并没有固执己见,只是假装地叹了口气:

"啊,那难道……如果你这么坚持,又保证……"

"你们看看吧——难道这真的是女王陛下吗?这不可能!她真漂亮啊!还有她的头发,看看她的头发多蓬松啊!"当薇莉聂娅从浴室出来,并和卡丽娜一起朝宝座大厅走去的时候,女仆们低声说。干干净净的,穿着洗干净又在阳光下晒干的白色连衣裙,她现在看起来比以前年轻多了。

薇莉聂娅害怕听到有人悄悄说关于她的嘲笑和挖苦的话,说她怎么样怎么样,说我们的统治者——只是假装是世界上最懒和最邋遢的人,但实际上你们看她在干什么。可是,从四面八方听到的却只有惊讶和钦佩的惊呼。

卡丽娜也对薇莉聂娅发生的变化感到惊讶,关于这一点,她也多次告诉过女王陛下。

"我们不能半途而废,"女孩决定,"宫殿里的一切都要井井有条。也许那时我就可以向列索尼亚人证明,为自己的懒惰感到骄傲是不理智的。"

到了晚上，宫殿已经认不出来了，变得闪闪发光，以至于薇莉聂娅都不习惯地眯着眼睛，从一个房间走到另一个房间，赞赏地叫道：

"哎呀！"

她身后跟着仆人们，他们也惊呼道：

"哎呀！"

13. 卡丽娜失踪

只剩下修补好天花板上的洞了，到时候，就不会羞于在宫殿里接待来自不同国家最尊贵的客人了。

可是，没有男人应付这种工作没那么简单，卡丽娜开始思考如何让这些朝臣爬上宫殿的屋顶，并修复这个洞，但同时又不触碰他们懒惰的自尊。

可能，女孩本来能想出点什么办法，但宫殿的前门突然打开了，两个女王陛下的仆人越过了门槛，他们带来了米特罗赫和菲尔斯。

虽然对卡丽娜来说，所有的列索尼亚人在外表上都非常相似，但她立即认出了小偷。最让女孩高兴的是，他们当中的一个人手里拿着金拐杖。米特罗赫和菲尔斯被带进宝座大厅。小偷们一看见列索尼亚的统治者，惊讶得脸都拉长了。

"这是谁？"米特罗赫低声说。

"你认为这不是薇莉聂娅吗？"菲尔斯嘟囔了一句。

"她的头发怎么了……还有脸？"米特罗赫声音更小了。

"也许她学会了施魔法？"菲尔斯惊慌地说，"你看这宫殿变的。难道它会自己变成这样吗？"

女王陛下向两个小偷投去了一个严厉的目光，说道：

"你们怎么胆敢把去多里尼亚并偷了金拐杖的事瞒着我？"

"陛下，"米特罗赫急忙说，"我们没准备隐瞒什么。相反，我们自己本想来，把金拐杖送给您。"

"但是您的仆人出现了，开始对我们大喊大叫，赶我们走。"菲尔斯补充道。

"你们是想把金拐杖送给我吗？"薇莉聂娅问，仿佛在小偷们的声音中没有感觉到任何虚假。

"当然。"米特罗赫和菲尔斯点了点头。

卡丽娜惊讶地看了薇莉聂娅一眼：难道她真的不明白他们在撒谎吗？但是列索尼亚的统治者丝毫没有注意女孩。她伸出手说：

"好吧，把它拿过来。"

米特罗赫很遗憾地把金拐杖交给了薇莉聂娅。

"陛下，您答应过要把它还给我的朋友。"卡丽娜担心起来。

"嗯，但现在它已经是我的礼物了。"薇莉聂娅若有所思地说，饶有兴趣地看着金拐杖。

"但它是偷来的！"卡丽娜提醒说。

"不知道你现在有没有权利要求把它要回去，"列索尼亚的统治者皱了皱眉，"在它还是一件被盗的物品时，它毫无疑问肯定属于你的朋友。但当它变成了礼物，似乎就不属于他，而是属于我了。"

女王陛下的声音越来越自信，于是卡丽娜意识到，现在要把拐杖还给林，要比在小偷手里的时候困难得多。

这时卡丽娜想出了一个挽救的办法。

女孩故意沉重地叹了口气说：

"我的朋友非常珍惜它，因为拐杖有一种神奇的力量。"

看到列索尼亚统治者脸上的警惕，卡丽娜急忙补充道：

"比如，它可以把您木制的宝座变成纯金的。"

"我还从来没有这样骗过人。"女孩心想。

"那你知道它怎么用吗？"薇莉聂娅不耐烦地问道。

"哦，这很简单！"卡丽娜大声说，勉强掩饰住自己的兴奋，"让我，陛下，给您展示一下吧。"

于是她伸出手。

薇莉聂娅一动不动地坐了好几分钟，似乎怀疑有什么问题。她那双大眼睛的目光四处看了半天——列索尼亚的统治者正在激烈地思考着什么。

卡丽娜正要把手放下来，但这时薇莉聂娅叹了口气说：

"好，让我们看看你能展示什么神奇的力量。"

她从宝座上站起来，将拐杖交给了卡丽娜。

女孩等的就是这个。她用告别的目光扫了一眼宝座大厅，对薇莉聂娅说：

"谢谢您，陛下！"

于是她转了一下拐杖上的环。

这时薇莉聂娅张开了嘴，想对卡丽娜说些什么，但像僵住了一样，没有力气说出一个字——在刚才女孩站着的地方，已经没有了卡丽娜的踪影。

14. 第一个也是唯一一个女王陛下的天文—地理学家

一切都发生得如此之快，以至于卡丽娜甚至什么都没明白——她的眼睛瞬间暗了下来，一种未知力量突然将她举到空中，又马上就降到了地上。

"哎！"女孩惊呼道。

"哎！"非常近的地方也传来了一声。

这是林惊慌失措地大叫了一声，卡丽娜不知从哪里出现在了他的面前。

和林一起，在他的小房子旁边，站着格拉尼亚和两个卡丽娜不认识的多里尼亚人——从他们宽宽的嘴巴就能很容易猜出，他们是小宝藏护卫的父母。

"你回来了！"林欣喜若狂，一分钟前他还在悲痛欲绝，责备自己没有看好魔法拐杖。

卡丽娜详细讲述了她是如何碰巧去了列索尼亚的。

"谢谢你，孩子。"林的妈妈爱抚地说，从下往上看着卡丽娜，因为她刚到她腰那么高。"坦率地说，我们以为是你……"矮小的女人想说"偷"，但改变了主意，最后说，"拿走了魔法拐杖。"

"我和你们说过，她不擅长这个！"格拉尼亚插嘴说，"可你们不相信我!"

矮小的女人叹了口气,林的父亲面对女孩也感觉很尴尬,急忙转移了话题。

"你一定要和我们一起去乌尔苏拉那一趟,"他说,"她应该知道是谁帮忙找回魔法拐杖的。"

几分钟后,护卫们、卡丽娜和格拉尼亚已经走在通向多里尼亚统治者宫殿的小路上了。林像握着旗杆一样,把魔法拐杖骄傲地握在手中。

宫殿位于小城的最中心,小城里有很多漂亮的小房子,中心广场上有一个绿色的小小的街心公园。作为适合国家统治者居住的宫殿,它在其他建筑中以特殊的奢华格外显眼。它的墙壁装饰着祖母绿,正门映入客人们眼帘的是包着纯金的柱子,窗户上的玻璃在阳光下闪闪发光,闪着五色斑斓。

宫殿的首席警卫,了解了这个包括两个外国人的奇怪人群的拜访目的后,就把所有人带进了大厅,并命令他们候着。大厅里的一切——地板、墙壁、天花板都流光溢彩,甚至有些刺眼。

一分钟后,首席警卫回来并邀请护卫们跟随他进去。卡丽娜和格拉尼亚两个人留在了那里。两个年轻的旅行者在大厅里走来走去,无论是挂在墙壁上的巨幅画作,还是天花板上悬挂的大吊灯,都让他们惊讶不已。

突然,从首席警卫和护卫们刚进去的门里,快速走出一个手里拿着地球仪的小老头。他低头走着,看着自己的脚下,于是撞上了卡丽娜,由于突然,地球仪从他手里掉了下来。

"啊，对不起！"小人儿嘟囔着说，猛地举起双手，"我思考问题太入迷了，没有注意到您。"

卡丽娜捡起地球仪，递给了小人儿。

"谢谢，谢谢。"他重复好了几遍，小心地接过五颜六色的地球仪。

"您一定是这里的老师吧？"卡丽娜问。

"老师？您在说什么！我是女王陛下的第一位也是唯一一位天文—地理学家。"小老头儿自我介绍说。

"为什么是第一位也是唯一一位？"卡丽娜很惊讶。

"第一位，是因为在我之前无人居此高位，"科学家解释说。"唯一一位，是因为我们国家没有其他天文学家和地理学家。而这个，"小人儿指着地球仪，"就是我们的行星！我算出来了！我做了数学计算并算出我们的行星是圆球形的！你能想象吗？"

"我能想象。"卡丽娜点了点头，忍住了微笑，而格拉尼亚笑了笑，饶有兴趣地看着这个有趣的小老头儿。

"你们能听懂我说的话！到现在为止没有人能听懂，也没有人相信我，大家都叫我是晚年发疯的怪人，而你们……你们能听懂，也相信我，从你们的眼睛里我能看出来！"

"但我有什么不相信您的呢？"卡丽娜耸了耸肩，"您什么都没说……"

"就是啊！您的话就是一剂创造奇迹、恢复我精神力量的良药！"第一位也是唯一一位天文—地理学家打断了女孩的话，"但每个人都认为我们的星球不可能是圆的！"

"真是愚蠢！"卡丽娜笑了起来，"我们那里每个小学生都知道地球是圆球形的，虽然有点扁。"

"什么？"小老头儿失望地说，"你们那每个小学生都知道吗？"

"早就知道。"卡丽娜点了点头。

"你是想说，我不是第一个计算出来我们的行星不是平的吗？！"第一位也是唯一一位天文—地理学家无法相信。

"很遗憾，"卡丽娜说，"还是在公元前，希腊数学家埃拉托色尼就计算出了地球的周长，而伟大的天文学家托勒密在公元初年就确认，我们的行星是一个包裹在天穹里更大的球体里面的。"

卡丽娜对天文学感兴趣，知道很多课堂上没讲过的东西，很高兴有机会展示一下自己的学识。

不仅是第一位，也是唯一一位天文—地理学家，连格拉尼亚也张着嘴巴听着她的讲述。

"公元前……埃拉托……埃拉托色尼……周长……"小老头儿用微弱的声音重复道，"我以为我做出了一个发现呢，我的名字……啊，我彻底错了！……所以才没人相信我……"

"您不要绝望，"卡丽娜试图安慰一下这个多里尼亚人，"我们那里也不是马上就相信了地球是圆的。为了这样的信念，一些科学家甚至被烧死在火堆上。"

"在火堆上被烧死？"小老头惊恐地问道，但立刻醒悟过来，骄傲地挺直了肩膀。"真理在火堆上是烧不光的。你们看哈，"他旋转着地球仪。"你们也看见了，我把所有科学已知的国家都放在了上面。这是你们国家,认出来了吗?"

卡丽娜仔细地看了一眼第一位也是唯一一位天文—地理学家指的地方,那里用大写字母写着:

"巨人之国"。

巨人之国的轮廓,用红颜色圈了起来并涂红了,根本不像地图上可以找到的白俄罗斯或邻国的轮廓。但女孩不想让天文—地理学家更加不安,于是说:

"似乎有点像。"

这时候,她的目光落在了巨人之国的邻国上。

"多里尼亚。"卡丽娜在一个很大的,几乎与"她的"国家同样大的涂成蓝色的领土上读到了一个词。

而旁边,在西边,有一个领土涂成绿色的国家,比多里尼亚领土小一半。标注的名称是"列索尼亚"。再往西是一个画着灰色线条的国家。上面标的是"女妖之国"。

15. 乌尔苏拉的礼物

这时,卡丽娜和天文—地理学家旁边的门打开了,首席警卫出现在门槛上,庄严地说:

"女王陛下有请巨人之国的客人。"

一分钟后,卡丽娜和格拉尼亚就到了宝座大厅。它光芒四射,好像一切——墙壁、地板和天花板都覆盖着黄金一样。角落里,一个矮小的音乐家正坐在一把发亮的椅子上小声吹着长笛。柔和悦耳的音乐在大厅里流淌着。

大厅的正中央，黄金宝座上坐着多里尼亚的统治者乌尔苏拉。这是一个非常年轻的女人，金色的卷发落在肩上。乌尔苏拉的半透明长裙上闪烁着宝石。多里尼亚统治者的手里拿着魔法拐杖。宝藏护卫们站在宝座两旁。

乌尔苏拉仔细地看了看客人，并感谢卡丽娜帮护卫们找回了拐杖。然后，女王陛下问旅行者们要去哪里，目的是什么。在得到详细的回答后，乌尔苏拉沉默地坐了很久，若有所思地看着卡丽娜和格拉尼亚。最后她说：

"每个人，哪怕是只见过一次女妖，都会远离她们。她们的居心险恶是整个童话世界众所周知的。但你们真的别无选择，只能去见加涅斯塔。没有一个仙女能消除这个女妖的咒语。而我会尽力帮助你们。"

说着这些话，乌尔苏拉大声地拍了两下手，一个穿着闪亮的绿色燕尾服、戴着高帽的小仆人就出现在了宝座大厅。乌尔苏拉在他耳边低声说了些什么，仆人匆匆离开，但一分钟后就回来了，递给了女王陛下两根金线。乌尔苏拉把卡丽娜和格拉尼亚叫到跟前，并在他们每个人的左手腕上系了一根线。

"现在，"她说，"没有一个女妖可以给你们施加魔法，并把你们变成什么了。"

谢过了乌尔苏拉，卡丽娜和格拉尼亚就离开了宫殿。林追着他们跑了出去。

"我带你们到与女妖之国的边界线。我们必须沿着这条路走，"他指着众多路径中的一条，无法抑制地自夸说，"女王陛下允许我的父母重新成为天气主管了！"

"就是说，你现在也是魔法师了？"格拉尼亚羡慕地问道。

"不，"林笑了起来，"在我长大之前，没有人会相信我的那些魔法师才拥有的任何秘密。我还有很多东西要学。"

"就像在我们国家一样，"格拉尼亚叹了口气，"任何地方都没有公平。成年人只知道：学习，学习。"

"去趟列索尼亚对你会有好处，"卡丽娜略带责备地说，"你应该看看懒惰会有什么后果。"

"我不懒，"格拉尼亚生气了，"你以为我什么都不懂吗？这是成年人说的，说他们只想着我们，想让我们的生活更美好。但事实上，成年人首先想到的是自己。那你告诉我，有任何成年人不许做，而允许孩子做的事情吗？"

卡丽娜陷入了沉思，但格拉尼亚并没有等她回答。

"当然没有！"他喊道，"但孩子们几乎不能做任何成年人被允许做的事情。我们不能，但成年人可以哪怕是做客直到早上，不怕他们会因此而挨打。他们可以看任何电影，哪怕是电影里一直在互相射杀。他们可以开车，而我们得坐公共汽车去上学。"

"那是你感觉，"卡丽娜反驳说，"我可以想象，如果你被允许开车上路会发生什么事。"

"哎呀，哎呀！那可说不定会发生什么事啊！"格拉尼亚模仿了一下她，"难道为我们发明出像成年人开的那样的、真的，但没那么复杂的汽车很难吗？难道不能修一些我们可以学习开车的特殊道路吗？那么每个人从小就能学会开车了，这样城市就不会发生任何事故。"

"就是说,你还是同意所有事都必须先学习?"林嘲笑着问格拉尼亚,最后的话他没怎么听明白。

"难道我说所有事了吗?"格拉尼亚笑了笑,"他们都习惯了——为我决定我应该学习多少,什么该懂,什么不该懂。"

"我弟弟也这么认为,"卡丽娜叹了口气,"他现在怎么样了呢?还是尽快去女妖之国吧。"

"你们看见地平线上的森林了吗?"林问道,"那里就是女妖之国了。"

16. 格拉尼亚认出了女妖

半小时后,两个旅行者来到一条宽阔的河边。

"在这个地方,"林站在水边说,"到对岸连我都可以蹚过去,你们就会更容易。"

卡丽娜和格拉尼亚像和最亲密的朋友一样向他道别。

水是暖的,而且一直到对岸,水的高度都没过膝盖,所以,旅行者脱了鞋,很顺利地就蹚到了对岸。

"你还记得巫医说的话吗?"卡丽娜提醒他说,"我们到了女妖之国的时候,蕨花就应该干枯。"

女孩从口袋里拿出她的花,花立即像灰烬一样散落在手掌上。突然,来了一阵风,眨眼的工夫,散落的花就被吹散了。

"你的呢?"卡丽娜问带着遗憾的神情看着自己空空手掌的格拉尼亚。

"丢了,"格拉尼亚喃喃自语道,"但我们没有它不是也到了女妖之国嘛。"

他们穿上了鞋子，朝森林走去，森林几乎紧挨着河流。森林里安静而昏暗。高大树木浓密的树冠聚拢着，遮住了天空。膝盖高的、僵硬的蕨类植物抽打着他们的腿。

"我们得找一条小路，"卡丽娜说，"任何森林里都应该有路。"

"没准我们是最先来这里的人呢。"格拉尼亚皱了皱眉。

"但回了家，就会有东西可以和别人讲。"卡丽娜并没有失去乐观。

"是啊，如果他们会相信我们，"格拉尼亚咧嘴笑了笑，"而且如果我们不在这里迷路的话。"

"那我们分开朝两个方向走吧，"卡丽娜建议道，"这样，我们会更快地找到，就算找不到路，哪怕是一块我们可以休息的空地也好啊。"

两个旅行者朝森林深处走去，不时朝对方喊着，就像采蘑菇的人一样。但尽管他们在树木之间走了很久，一条路也没有——好像在他们之前，从没有人在这片森林里走过。

突然，仿佛从地下，一个穿着破破烂烂的小老太太出现在卡丽娜面前。她的脸是干枯的、有些拉长的，下巴上伸出两根长长的白毛。

"美女，你在这片森林里找什么呢？"她狡黠地眯起小眼睛问道。

"我们正在寻找女妖之国的统治者。"卡丽娜老实地回答说，她很高兴，终于在森林里遇到了一个活人。

老太太扫视了一下四周,发现了格拉尼亚,于是不怀好意地笑了笑。

"好吧,我来帮你们。"她嘟嘟囔囔地说,奇怪的是,一条小路突然出现在茂密的蕨类植物之中。"跟我来吧。"小老太太说,拖着她那双鼻子翘起的鞋,开始沿着小路走。

起初,这条路是直的,但突然,它向右转了过去,最后通向了一个长满苔藓的歪歪斜斜的小屋。屋顶已经腐烂了,乌鸦在烟囱上筑了一个巢。一根棍子顶着倾斜的门。

"你们可能累了。"老太太对两个旅行者说,"进屋吧,休息一下,我,咳—咳,"她咳嗽了一声,"会请你们吃一顿美味的午餐。"

她打开门,把棍子立在墙上,迈过了门槛。但老太太刚一过门槛,格拉尼亚就抓起棍子,用它从外面顶住了门。

"你干什么?!"卡丽娜惊叫了起来。

"快跑!"男孩喊道,"我认出她了!"

这时,小老太太开始拼命敲门。

"把门打开,你们这两个混蛋!"她令人恐惧地命令道,"把门打开,不然我就把你们变成毫无用处的老鼠!"

"好像顶得有点不对!"格拉尼亚喊道,但为了以防万一,他还是从门槛那向后退去。

"你想说,这就是那个女妖?"卡丽娜惊讶地问道。

"对,"格拉尼亚点了点头,"我认出了她。"

"我不会马上给你解除魔咒的!"女妖威胁说,"你等我出去!"

小屋里静了下来，突然一扇小窗户咯吱一声敞开了，女巫的头露了出来。

"好啊！"头尖叫起来，"好吧，你们等着吧，亲爱的！"

说完这话，女妖从窗户探出了半个身子，举起手恶狠狠地说出了一个咒语：

"石玛－德玛－沙赫！"

卡丽娜和格拉尼亚感觉他们身下的地面颤了一下，乌尔苏拉给他们系的金线烫痛了他们的手腕。

"怎么回事？"女妖大声说，当她意识到她的魔咒没有起作用时，"怎么回事？你们应该变成老鼠的啊！"

她开始从窗户往外钻，呼哧呼哧地喘着粗气。

"快跑！"格拉尼亚喊道。

两个旅行者沿着小路往回跑。没等他们跑几米，路突然消失了——他们脚下和周围仍然是那些多刺高大的蕨类植物。但卡丽娜和格拉尼亚不再理会这些，一直跑，直到完全筋疲力尽。

17. 金蜘蛛

"我们可能又到了一个什么国家，"格拉尼亚气喘吁吁地说，"这是什么森林，小路一会儿出现一会儿消失的！"

"这还有一条。"卡丽娜困惑地说。

的确，离他们几步远就有一条蜿蜒的小路，一分钟前还没有。

"从哪儿来的呢？"女孩问。

"可能，我们只是没有注意到它吧，"格拉尼亚不太肯定地说，"我只是想知道它通向哪里。"

"无论它通向哪里，"卡丽娜叹了口气，"沿着它总比在蕨类植物里走更轻松一些，何况我们反正也不知道女妖之国的统治者在哪个方向住。"

两个旅行者走上了小路。

"哪怕是立一个什么标志也好啊，"格拉尼亚嘟囔了一句。

"是啊，"卡丽娜带着嘲弄的语气，"往左走——你会找到女妖之国的统治者，往右走……你看！"突然，她惊叫了一声，指了指一座石头房子，它坐落在离他们大约一百米远的空地上——小路就直通向它。

她们俩默默地走近房子，犹豫地交换了一个眼神。卡丽娜伸出手去敲那扇巨大的橡木门。但还没来得及碰到门，门就不情愿地开了，发出一声长长的、恐怖的吱吱声。

卡丽娜和格拉尼亚小心翼翼地跨过门槛，进了一个阴森森的大房间，房间中间躺着一个长发的小伙子，手脚都用绳子捆着。小伙子周围的地板上散落着好多金条。

"帮帮我！"长头发的抬起头，用颤抖的声音请求道。

卡丽娜和格拉尼亚在原地踏了踏步，然后胆怯地走近这个可怜的家伙。

"帮帮我，"他重复说，但更强硬了，"快点，你们站着干什么！别磨蹭了！"

他俩面面相觑，跪下来，开始匆忙地给长头发的松绑。一开始没解开——疙瘩系得特别紧，何况格拉尼亚还只能用一只手。

"这是什么绳子?"他忍不住说,"有点滑,唉……"

"这是蜘蛛网,"长头发的叹了口气说。

"这么粗?"卡丽娜甚至哆嗦了一下,"那蜘蛛得什么样?"

但小伙子似乎没听见问题,只是一直在催促:

"快点,快点!"

突然,卡丽娜注意到了长头发的小伙子的左手——无名指上有一个带水晶的戒指,里面一只鱼眼在动。女孩立即想起了巫医的警告,女妖可以变成任何东西,但总是能根据一个独特的戒指认出她来。卡丽娜惊慌失措:难道这个小伙子其实也是个女妖吗?但谁把他绑起来的呢,为什么呢?

她看了一眼格拉尼亚:他为什么不看他的戒指呢?是忘了巫医的警告吗?

他们刚把长头发的松开,他就跳起来说:

"你们到这个房子来太好了。我已经在这里躺了两天了,本来对有人能帮我逃离这里已经不抱希望了。这里有金条,你们想拿多少就拿多少。"

"那是谁把您……"格拉尼亚刚开始问,但卡丽娜打断了他:

"谢谢,我们不需要金子。"她赶紧拒绝。

"什么意思,不需要?"小伙子蒙了,"还从来没有人拒绝过!金子——这……这可是你们做梦也想不到的财富啊!"

"我们什么都不需要。"卡丽娜固执地重复着,拉起格拉尼亚的手。

"如果你们不需要,那你们的父母会需要的。他们要是知道了你们放弃这样的财富,也不会感谢你们的。"

但卡丽娜已经把格拉尼亚拉到了门槛上。到了门口,她才停下来,回过头警惕地问长头发的说:

"告诉我,是谁把您绑起来的?"

"哦,你们最好别碰上他!"长头发的说,"金蜘蛛不喜欢陌生人。"

"金蜘蛛?"卡丽娜和格拉尼亚异口同声地惊呼道。

"是的,他是这片森林的主人。"小伙子点点头,"如果他发现你们进入他的领地,他不会放你们活着出去的。首先,他会用自己的网把你们缠住——又滑又粗。然后就开始吸你们的血,但不是一下子全吸完,而是……别出声!"长头发的把手指贴在唇边。"我感觉他回来了!他回来了!"

由于恐惧,小伙子脸都变得扭曲了,他从石头房子里蹿了出去。两个旅行者也跟着他冲了出去,但他不见了踪影,似乎钻到了地下一样。

"我们怎么办?"格拉尼亚声音颤抖着问道,"往哪边跑?"

"等等,"卡丽娜小声说,"我感觉这根本不是一个小伙子。"

"那是谁?"

"女妖。我看见她手指上带水晶的戒指了,里面漂浮着一只鱼眼。所以可能这里根本没有什么金蜘蛛,都是女妖编造出来的。"

但卡丽娜刚说出这些话,就听到灌木丛中传来一阵沉重的喘息声。紧接着一个可怕的怪物就从灌木丛后面爬了出来——一只背部金光闪闪的大蜘蛛。

"金蜘蛛!"格拉尼亚吓坏了。

他们没有再迟疑就开始奔跑。金蜘蛛原来跑得没那么快,几分钟后就被远远地抛在了后面。

18. 奇怪的城堡

"你不是说,这片森林中没有金蜘蛛嘛。"当他们筋疲力尽,躲在一棵毛茸茸的云杉下面的时候,格拉尼亚说。

"我感觉,这一切都是女妖的伎俩。"卡丽娜说。

"金蜘蛛也是?"格拉尼亚开始怀疑。

"金蜘蛛也是,"卡丽娜点点头,"难怪那个……小伙子刚一消失,它就出现了。也许,女妖并不太想让我们去这个国家的统治者那里。你明白吧?"

"我只明白,不管这是谁,蜘蛛或女妖,但如果它赶上我们,我们肯定没有好果子吃。"格拉尼亚咧嘴笑了笑。

"但现在我们可以寄希望于这个国家的统治者能帮助我们,既然女妖阻止我们和她见面。"

"是啊,只是还要找到这个统治者!如果女妖下次变成一头会飞的熊,我都不会感到惊讶了。谁都逃不出它的手掌!你看,"格拉尼亚指着马林果树丛,"好多马林果。你不想尝尝吗?"

"一旦中毒了怎么办?"卡丽娜开始怀疑。

"胆小鬼!"

格拉尼亚不能不借机表现一下他的英雄气概,先把一整把浆果扔进了嘴里。

"好吃!"他高兴地喊道。

片刻之后,两个旅行者就伸出四只手去采摘浆果了,直到他们用这些又大又甜的马林果填饱了肚子。

这工夫,傍晚来临了,森林里变得完全暗了下来。卡丽娜和格拉尼亚决定在浓密蓬松的云杉下过夜。他们太累了,瞬间就睡着了,醒来时天已经大亮了。

两个旅行者又吃饱了甜甜的马林果,就继续上路了。很快,他们就走上了一条被很多人踩过的宽宽的小路——走起来轻松多了。

突然,卡丽娜和格拉尼亚看到一个浑身污秽不堪的小女孩,大约八岁的样子,棕红色的头发乱蓬蓬的。她坐在一棵树下吃着红蘑,每次只咬一点点。

"你能告诉我们如何才能找到女妖之国的统治者吗?"卡丽娜问她。

"那有什么好找的,"她一边嚼着,一边用一种粗鲁的、完全不像儿童的声音回答说,"继续沿着刚才的路走,这条路就会把你们带到她的宫殿。"

两个旅行者谢过了红发女孩,但刚走不远,卡丽娜就若有所思地说:

"她的声音很奇怪——像老太太的声音。还有戒指……你看见她手上的鱼眼戒指了吗?"她不安地问格拉尼亚。

"看见了!也许这是个小女妖?巫医说过,所有的女妖都戴着鱼眼戒指。"

小路左拐右拐了好几次,最后正如红发女孩所说的,一座大房子出现在了两个旅行者面前。说实话,它并不像神话里的统治者住的宫殿那样雄伟壮观。原木垒的墙壁有些地方都留下了缝隙。

他俩快走到房子跟前时,一个年轻女人从一扇大门里走了出来,个子很小,鼻子尖尖的,穿着黑色长裙和前尖翘起的旧鞋子——和出现在他们城市的女妖穿的一样。

"你们是谁,是什么风把你们吹到我——女巫之国统治者这里来的?"她严肃地问道。

卡丽娜和格拉尼亚交换了一个眼色:他们面前的真的是那个假扮别人的人吗?也许,女人已经发现了他们的警惕。

"你们不必回答。我是女妖之国的统治者,我——是魔女,所以我能看出来,你的,"她用手指了指格拉尼亚的方向,"胳膊疼。你来找我是为了解除对它的魔咒,对吧?"

"是这样!"格拉尼亚窘住了。现在他不再怀疑这确实是女妖之国的统治者。

"但你为什么来这里?"尖鼻子女人转向卡丽娜问。

"我也想请您帮忙,"卡丽娜说,"有一个女妖让我弟弟的腿突然受了伤,现在他还不能走路。"

"嗯,"女人冷笑了一下,"有时这事会发生在女妖们身上。她们喜欢胡闹。"

女人的脸色顿时变得严肃起来。

"但不应该诬陷她们！你，"她转向格拉尼亚，"没有帮女妖拿袋子，而你的弟弟，"尖鼻子女人将冰冷的目光转移到了卡丽娜身上，"在公交车上没有给女妖让座位。不是这样吗？"

卡丽娜和格拉尼亚沉默着，低下了头。

"是这样的，"女妖替他们回答说，然后笑了笑，"但你们很幸运：我是一个善良的统治者，而且对我而言消除魔咒并不难。"

女人思考了一会儿自己的事情，然后对格拉尼亚说：

"跟我到屋里来。而你，"她命令卡丽娜说，"在这里等他。如果想让我解除你弟弟的魔咒，你就哪都别去。"

卡丽娜想向她保证，未经女妖之国统治者的许可，她不会迈出半步。但女妖没有听女孩说话，她让格拉尼亚先走，然后就消失在门里了。

卡丽娜不得不等了很久。终于，格拉尼亚从屋里出来了。他的眼睛发出奇怪的光芒。

"怎么样？"卡丽娜忍不住问道。

"看见了吗？"格拉尼亚说着，挥了挥他的右臂，"女妖之国的统治者已经从我身上消除了魔咒。而且你弟弟的也消除了。"

"真的吗？"卡丽娜很高兴，"我得谢谢她。我能进屋吗？"

"不，"格拉尼亚声音沙哑地说，"她正在读一本咒语书，不希望有人无故打扰她。"

"那你的嗓音怎么了?"

"嗓音?"格拉尼亚窘住了,"啊,这是女妖给了我一杯凉的草药浸液,我的嗓音就变沙哑了。不过现在我的胳膊没事了。你弟弟现在也很健康。这样你就可以回家了。"

"你呢?你这么说,好像你不准备和我一起走?"

"我……我想在这里多待一段时间,"格拉尼亚回答说,尽量不看卡丽娜的眼睛,"女妖答应教我施魔法。"

"施魔法?"卡丽娜惊讶地问道。

"这可不是白教的,"格拉尼亚有点烦躁地解释道,"她想去我们的国家,看看我们是如何生活的……我邀请她去我家做客,她就答应了教我施魔法。"

卡丽娜听了格拉尼亚的话,并没信以为真。他似乎有什么话没说完。但什么呢?……不经意瞥了一眼男孩的右手,她看到上面有一个带水晶的戒指,里面有一只鱼眼在摇曳!卡丽娜差点尖叫起来。是真的吗?就是说,她面前的是一个扮成格拉尼亚的女妖吗?!

奇怪的是:卡丽娜甚至没有对万能的女妖感到恐惧。可能是因为,她看到的还是那个与她一起走过了很长的路,甚至还没来得及要好的男孩?但真正的格拉尼亚在哪儿?女妖对他做了什么?

卡丽娜努力平静地说着,这样女妖就不会怀疑什么,她假装遗憾地说:

"你随便吧,但我得赶紧回去。我没告诉任何人我去哪里。他们可能已经满城找我很久了。但我怎么才能找到回家的路呢？"

"路不用找，"男孩说，"沿着这条小路走，别转弯。"

卡丽娜叹了口气，说她当然不想一个人回去，但她又没办法，于是就沿着假格拉尼亚指的路走了。但当小路转到了一边，女妖的房子也隐藏在毛茸茸的冷杉树后面时，卡丽娜一下子冲进了森林灌木丛。

19. 老乌鸦

很快，森林开始变得稀疏。卡丽娜停下来喘口气，突然她听到头顶上拉得长长的声音：

"嘎—啊—啊！"

女孩抬起头，看见一棵白桦树上有一只老乌鸦，正饶有兴趣地看着她。

"我还以为这个国家只有女妖呢，"这意想不到的相逢让卡丽娜很高兴，"如果你要是会说话，那我将非常幸运。"

"嘎—啊—啊！嘎—啊—啊！"乌鸦又叫了几声。

"你不会，"卡丽娜叹了口气，"可能，只有童话世界的白乌鸦才会说话。"她回忆起太阳兔之国的统治者。

"别逗我笑！"突然老乌鸦有了回应，"我甚至能猜出你指的是哪只白乌鸦。"

"说话了！说话了！"卡丽娜很高兴。

"拿她给我做榜样！这个竖尾巴知道的词还不到我的一半

呢。"

"也可能。"卡丽娜很轻松地同意了它的观点，只是为了不让老乌鸦生气：一旦它能帮她见到加涅斯塔呢？

"就是这样的，不要怀疑！她以为她已经成为整个国家的统治者，她现在就比所有其他乌鸦都聪明。好像不是这样！这个竖尾巴！让我干也不会比它差。但统治国家——这不是乌鸦的事。"

"您这么认为？"卡丽娜想取悦于老乌鸦，"国家也是各种都有……"

"哦，我在世上活了很久了，我知道我在说什么，"这鸟用阴沉的语气说，"大家都叫我们傻乌鸦。但是，你说，我们谈话的时候，你有没有理由怀疑我缺少智慧？"

"没有。"卡丽娜真诚地承认说。

"你看吧！这都是因为我坐在白桦树上和你聊天。如果我要是开始统治某个国家，去做不是自己该做的事，我的愚蠢就会立刻显现出来。就是因为有像竖尾巴这样的白乌鸦的存在，才让全世界都认为我们不太聪明。"

"那您认识白乌鸦吗？"卡丽娜问。

"我们认识吗！"乌鸦声音中带着轻蔑，"当然认识！这是我表妹，一百年我都不想见到她。她长成这么白随谁呢！换成谁都会因为羞愧而自尽的，但她却自认为与众不同。"

老乌鸦又骂了半天她的亲戚，卡丽娜耐心地等着它倾诉完。

最后，趁一个停顿的机会，卡丽娜问道：

"请问,您很了解这片森林吗?"

"哈!我是不是很了解这片森林?我可以闭着眼睛在这森林里飞!"

"那您能不能给我指一下通往女妖之国统治者房子的路呢?"

"这片森林里所有的小路都通向加涅斯塔的房子,但不是每一个走这些小路的人,都可以到她那里去。"老乌鸦浮夸地说。

"奇怪。"卡丽娜怯生生地说。

"没什么奇怪的,"老乌鸦反驳说,"都是加涅斯塔把这些小路弄混淆的,这样就不会随便什么人都可以在她家附近闲逛了。你找她有什么事吗?"乌鸦开始警觉起来。

卡丽娜从头到尾讲述了自己的悲伤故事。

"这都是阿芙佳的伎俩,"女孩刚开始沉默,老乌鸦就自信地说,"早就应该因为她的危害教训一下她了。就这样,我把加涅斯塔的房子指给你看。跟我来。"

说着,老乌鸦从白桦树上飞了下来。

20. 女妖之国的统治者很气愤

乌鸦在稍微前面一点飞着,卡丽娜勉强跟上。她时而走上小路,时而又从小路上拐下去,穿过灌木丛,在灌木丛里两条腿都划伤了。

最后,老乌鸦落在一棵低矮的云杉树梢上,说:

"你一个人继续走吧。只是不要在任何地方拐弯。"

卡丽娜对乌鸦的帮助表示了感谢,穿过茂密的赤杨树林,就来到了一片空地上,中间矗立着一座大木屋,两侧有两座两层的塔楼。塔楼的一层是房子的侧面的入口,上层设置了宽敞的阳台。一个门廊通向正门,上面有高高的木头柱子。

一只大黑猫躺在门廊上,似乎睡着了。但卡丽娜刚要从它身边走过,他就睁开眼睛不满地说:

"看见没,各色人等都在这里走来走去,全都假装没注意到门口有一个女妖之国统治者的忠实守卫。"

"对不起,"卡丽娜内疚地说,"我必须承认,我甚至没想到您是女妖之国统治者的守卫。"

"那当然了,"黑猫生气地嘟囔着,"你肯定以为门廊上躺的是一只流浪猫,在等待别人扔给它啃过的骨头。"

"不,"卡丽娜笑了,"您不像流浪猫。更像这所房子的女主人心爱的猫。"

"咕噜—噜,"黑猫满足地咕噜着,"本来就是。如果想要见加涅斯塔,你必须等我去禀告她你的到访。"

卡丽娜点头同意,黑猫消失在了门里。

一分钟后,它回来了:

"女妖之国的统治者正在等着你。"

猫重新躺回到门廊上,马上就闭上了眼睛。

卡丽娜以为她会看到一个像阿芙佳一样的讨厌又阴郁的老太太,加涅斯塔原来是一个相当年轻和有吸引力的女人。的确,她的脸色有些过分严肃。即使在加涅斯塔微笑的时候,她的眼神依然是冰冷的。

女妖之国的统治者一身黑色,黑色的长发落在肩膀上。加涅斯塔坐在圈椅上,拄着膝盖……卡丽娜简直不敢相信:统治者的腿上躺着的正是那只黑猫,女妖的忠实守卫,女孩还以为它留在了门廊上!

"她可能有好几只猫。"卡丽娜心想,但黑猫突然向她眨了眨眼,好像是对老朋友一样,现在她可以赌任何东西:它就是女妖之国统治者的忠实守卫!

"什么风把你吹来的?"加涅斯塔问道,抚摸着黑猫。

卡丽娜恭敬地向女妖鞠了一躬,讲述了是什么不幸迫使她和格拉尼亚踏上如此危险的旅程。

听到这是她的一个臣民的诡计,女妖之国的统治者非常气愤,以至于黑猫都谨慎地从她的腿上跳了下去。

"我可是禁止她们去人类的国家的!"她喊了起来,"是谁胆敢违抗我的禁令?!"

加涅斯塔猛地站了起来,走到门口,门立刻在她面前敞开了,她举起了双手。这时,狂风骤起,墙壁颤抖。树木被飓风吹得弯弯曲曲,有的被连根拔起,稀里哗啦、噼噼啪啪地倒在了地上。

然而,一分钟后,风暴平息了。加涅斯塔命令卡丽娜:

"跟我来。"

卡丽娜乖乖地从房子里走了出去,看到空地上聚集了很多女妖。他们当中有老有少,但都脏兮兮的,而且穿着破烂不堪。

"你指一下,你看见的是哪一个。"加涅斯塔对卡丽娜说。

女孩走近女妖们:他们长得很像,卡丽娜害怕认错。每个人的脸她都端详很长时间,最后用手指了一下那个紧皱着眉头看着女孩的老太太。

"怎么回事?这不是真的!你在哪儿见过我啊?"女妖假装很惊讶,"我怎么能……"

但加涅斯塔没有让她说完。

"阿芙佳!"她威严地说道,"我警告过你多少次:我厌倦了你的伎俩!"

"可我,难道可以……您怎么能想到……"女妖嘟囔着,但很快意识到,最好不要自讨苦吃,"我再也不会了。"

"和她一起来的那个男孩在哪里?"加涅斯塔朝卡丽娜的方向点了点头。

"这个……他在那……"阿芙佳喃喃地说。

"让他到这里来,马上!"加涅斯塔命令道,并挥了挥手。

老女妖在原地像陀螺一样旋转起来,瞬间从空地上消失了。还不到一分钟她就回来了,不是一个人,而是和格拉尼亚一起。

"格拉尼亚!"卡丽娜高兴地叫了起来。

但男孩只是惊讶地眨了眨眼睛,环顾着四周,什么也没明白。

"到我这来。"加涅斯塔命令阿芙佳说。

老女妖乖乖地走了过去,小心翼翼地看着统治者的眼睛。

"由于你一再违反我国法律,我剥夺了你戴金戒指的权利,"加涅斯塔用一种严肃的同时很庄严的声音说,并伸出了手。

"女妖陛下!"阿芙佳恳求道,"难道能——因为这些孩子!他们还不配!……好,如果您希望我这样,我再不会了。我再也不会踏足那里!如果我骗您,那就让……"

"戒指!"加涅斯塔只是重复着。

女妖不情愿地摘下了她手指上的带水晶、鱼眼摇曳的戒指,递给了加涅斯塔。

"现在所有人都可以回家了。"加涅斯塔稍加温和地命令道。

女妖们,仿佛是接受着命令,像陀螺一样旋转起来,从空地上消失了。

"你们到我这来。"加涅斯塔命令卡丽娜和格拉尼亚说。

当孩子们走近女妖之国的统治者时,她摸了摸格拉尼亚的右臂,说:

"现在你的胳膊不会疼了。"

格拉尼亚摸了摸肩膀,然后挥了挥胳膊,高兴地叫道:

"真的不疼了!"

加涅斯塔仔细地看了一眼卡丽娜的眼睛,若有所思地说:

"不过想要从你弟弟身上消除魔咒,可没那么容易。"

21. 黑醋栗灌木

"如果你有他的东西就好了……"加涅斯塔继续说道。

"有！"卡丽娜大声说，"有！"

女孩从口袋里拿出一条熨烫过的手帕，她在临出远门时很有远见地随身带着的，递给了加涅斯塔。

女妖之国的统治者将手帕在手中转了很久，然后把它还给了卡丽娜。

"如果你们找我再没什么别的事的话，可以回家了。并争取别再让女妖见到你们。你们很幸运能找到我，虽然我不明白你们是怎么做到的。不要等我心情改变了，尽快回自己国家去吧。"

"那我弟弟呢？"卡丽娜困惑地问道，"难道您不会帮他吗？"

"我想你弟弟的腿已经不疼了。"加涅斯塔平静地回答说。

卡丽娜忍不住高兴地拍了拍手。然后她没完没了地感谢了女妖之国的统治者——以至于她不得不打断她的美言之词。

"这就是到你们国家最短的一条路。"加涅斯塔指了指一条小路，卡丽娜和格拉尼亚感觉，这条小路不久前还没有，"沿着这条路一直走，不要拐弯。"

告别了女妖之国的统治者后，两个旅行者就匆匆回家了。现在走起路来很快乐，也很轻松。而森林也不再像以前那样阴沉。

不知从哪飞来了一只美丽的飞蛾，在他们头顶盘旋了很久。然后向前飞去，落在几乎长在小路上的黑醋栗灌木丛上。

"你看浆果多大！"他俩走近灌木丛时，格拉尼亚高兴地喊道。

"我从来没有见过醋栗长在森林里。"卡丽娜若有所思地说。

"你以前还从未见过女妖居住的森林呢。"格拉尼亚咧嘴笑了笑。

醋栗非常甜,当两个旅行者又咬开一个浆果时,它流出冷冰冰的一滴红色汁液。

孩子们吃浆果时,飞蛾一直盘旋在他们上空,而他们刚继续往前走,它就像风吹的似的,向下冲去,落进了灌木丛后。

这时从灌木丛后面出现了阿芙佳。老女妖走到小路上,在孩子们身后看了很久,眼睛里闪着怒光。

太阳挂在旅行者的头上,卡丽娜说:

"如果我们傍晚之前能到家就好了。"

"赶快吧,"格拉尼亚嘟囔着打了个哈欠,"我觉得好困,好像一个星期没合眼了。"

"我也是,"卡丽娜承认说,"我的眼皮都粘一起了。"

两个旅行者默不作声地走着,眼皮越来越沉。最后,他们终于被困倦所征服。他们俩懒洋洋地走着,周围的任何东西都没看见。当这条小路突然分成了两条小路的时候,格拉尼亚屈从于某种未知的力量,转向了往左的那条路,而卡丽娜则沿着往右的那条路走了过去。

22. 塑料小人儿

"对不起,您能帮帮我吗?"

卡丽娜一下子精神了,环顾了一眼四周。森林早就没有了,周围绵延着长着稀疏树木和灌木丛的丘陵地带。

"您能帮帮我吗?"女孩再次听到了这声音,这时才注意到离她几步之遥的一个陌生的小人儿。这是一个玩具人儿,塑料做的,约半米高。这个小人儿只有一条腿,他拄着拐杖,而用作拐杖的是灌木的树枝——甚至上面的树叶都没摘掉。

"我能帮您做什么呢?"卡丽娜问,满怀着对这个可怜的小人儿的同情。

"您知道吧,我把固定右腿的螺母弄丢了。螺母已经老了,上面的螺纹也磨掉了。我拖着一条腿找不到它。"

"您在哪儿弄丢的?离这里远吗?"女孩问。

"好像就在那里,栗树旁边,草丛里。"塑料小人儿挥了一下手。

女孩走到栗树跟前,塑料小人儿也拄着自制的拐杖,用一条腿在她身后跳着。

"很遗憾的是,这些塑料螺母和螺栓磨损得太快,经常丢失,"他忧郁地说,"其实是可以想出某种办法不用这些东西。带这些东西很不方便。唉,这些设计师啊!"

"您的意思是说你们是设计师做的?"卡丽娜很惊讶。

"还能是谁?一开始我们都是普通的玩具,但我们的仙女想把我们激活。"

"仙女的一个奇怪的愿望。"卡丽娜耸了耸肩。

"对于我们的仙女,这正是她每天做得最多的事——激活塑料玩具。"塑料小人儿带着苦涩的微笑说。

"等等！"女孩突然大声说。"你们国家叫什么？"

"就叫塑料小人儿之国。"

"那就是说……就是说，我迷路了！"卡丽娜很困惑地说。"我们走着走着，我打瞌睡了。那格拉尼亚呢？你在这条路上见过一个男孩吗？"

"没有，没看见，"塑料小人儿摇了摇头，"我在这里站了很久了，没见过任何人。我必须承认，这里很少有人走。"

这时，一辆塑料汽车在路上疾驰而过。

"完了，我错过了，"小人儿皱起了眉头，"这条路上汽车一百年才驶过一次。现在只能步行去城里了。当然，如果螺母能找到的话。"他叹了口气补充道。

"别担心，我会尽力找到的。"卡丽娜许诺道，"那您是住在城里吗？"

"不，我就住在那个小房子里，"塑料小人朝一个小山丘上的玩具小屋点了点头，"但我备用的螺母用完了，只有在城里才能买到。"

卡丽娜跪下来，开始仔细检查树周围的地面。她发现的第一个东西是一条塑料腿。

"这是您的腿吗？"女孩问。

塑料小人儿点了点头：

"先放那吧，反正没有螺母要它也没用。"

卡丽娜在草地上又爬了差不多五分钟，终于高兴地叫了起来：

"我找到了！"

她跳了起来,把小螺母递给了塑料小人儿。

"太谢谢了!"小人儿很高兴,"请把我的腿递给我。"

将腿固定在身体上,塑料小人儿跺跺脚说:

"怎么也能凑合到城里了,你去哪里?"

卡丽娜耸耸肩:

"我自己也不知道现在该怎么办。也许我只能寄希望于得到你们国家统治者的帮助了。你能告诉我怎么才能找到她吗?"

"哦,离这里不远,"塑料小人儿说,"只是我对您有一个请求。如果您能成功地进入妮奥妮拉的城堡……您知道吧,我们,普通的玩具,是不让进去的。只有您可以……"塑料小人儿很激动,所以经常停顿。"您知道,她的设计师们……他们从前也和我们一样,都是普通的塑料玩具。但是,在女王陛下的宫廷中占据了重要职位后,他们就利用我们仙女的天真和善良,几乎夺取了我们国家的所有权力。也许这也不会让我们太焦急,如果……总之,您自己也可以看到,他们想出来的都是很不成功的玩具人儿的模型,妮奥妮拉仙女然后就会把它们激活。他们设计的房子,要么屋顶漏水,要么门打不开。设计的汽车轮子总掉,而火车总是脱轨。幸运的是,乘客并没有因此而遭受太多痛苦,因为都是塑料的。最不方便的是所有这些支撑着我们的腿、手臂和头的螺母和螺栓。"

"但我该向妮奥妮拉仙女请求什么呢?"卡丽娜的问题里表现出有些不耐烦。

"您知道吧,我们国家还有别的设计师。他们就住在我家所在的小山后面。我们都是老朋友了,所以我知道我在说什么。他们,当然,都是自学成才的,没有从任何学院毕业,但他们想出了一种全新的塑料人儿模型——更耐用、很灵活,而且一个螺栓都没有。请把他们的事告诉仙女。"

"怎么,这些自学成才的设计师也不许进入城堡吗?"卡丽娜问。

"当然!"塑料小人儿大声说,"宫廷设计师怎么都不会让他们见到仙女的。他们从我们身上赚了很多钱。而我朋友们的东西只需要很少很少的开销。再说了,如果仙女发现了宫廷设计师是不学无术、坑蒙拐骗和懒惰成性的人,很可能就会把他们赶出去。所以他们就想尽一切办法不让我的朋友们进入城堡。"

"好,"卡丽娜答应说,"如果我能见到仙女妮奥妮拉,我一定会告诉她关于您朋友们的事。但我认为,如果他们能自己向她解释,他们的塑料人儿模型好在哪里会更好。因此,告诉他们在城堡附近等着,直到仙女叫他们进去。"

"哎呀,我简直不知道该怎么感谢您!"塑料小人儿大声说。

"您也可以帮我,如果您能把去城堡的路指给我。"卡丽娜说。

"路就在您面前,"塑料小人儿摊开了双臂,"您刚才走的方向就是对的。"

卡丽娜告别了塑料小人儿,而他还站在她身后挥着手,直到女孩消失在山的那边。

23. 妮奥妮拉答应帮忙

城堡的大门由两名肩上扛着塑料枪的塑料军官守卫着。

"站住！你要找谁？"其中一个大尉迎上去走了几步，对卡丽娜说，然而，步子迈得不是很自信：毕竟，这个女孩比他们每个人都高好几倍。

"找妮奥妮拉仙女。"卡丽娜平静地回答说，居高临下地微笑着，并艰难地抑制着自己的愿望，她想抓起军官的肩膀并把他拿起来好好看看。

平静的语气和居高临下的微笑让军官们更加不知所措。

"要想觐见妮奥妮拉仙女，必须有专门许可证。"大尉说。

"那谁有权签发这个许可证呢？"

"仙女妮奥妮拉。"

"嗯。"卡丽娜开始沉思。突然，她狡猾地眯起眼睛，自信地说："所以你们必须放我过去，这样我才可以拿到觐见仙女的许可证啊。"

还没等军官做出决定怎么处理，女孩已经穿过大门，到了一个长着各种果树的美丽花园里，果树之间建了很多花坛。到处都是长椅。在花园的深处，一个七岁左右的小女孩正在荡秋千，金色的头发上戴着一个漂亮的白色蝴蝶结，穿着一件白色的喇叭连衣裙，衣领上镶着花边，袖子很短。

"我还不知道仙女也有孩子。"卡丽娜心想，走到了女孩身边。

"你好。"她笑着说。

女孩狐疑地看着不速之客,问道:

"你是谁?"

"我?"卡丽娜慌了,"是人。"

"你是仙女吗?"

"不,"卡丽娜摇了摇头,"我是从另一个国家来的,我想向仙女妮奥妮拉寻求帮助。"

"帮助?"女孩问,还在继续荡着秋千,"你需要什么帮助呢?"

卡丽娜决定,没有必要和这样一个小小孩儿讲关于自己的惊险故事,于是说:

"我希望妮奥妮拉仙女不仅能帮助我回到我的国家,还能帮我找到一个男孩。"

"他怎么,走丢了吗?"

"丢了。我能见到妮奥妮拉仙女吗?"

"我就是妮奥妮拉。"小女孩说,停下来不再荡秋千。

"不……我需要找的是塑料小人儿之国的统治者,明白吗?"

"我就是塑料小人儿之国的统治者。"小女孩愤恨地说,跳下了秋千。

"你?"卡丽娜很困惑。

"我。"小仙女点了点头,"你需要找到哪个男孩,你想回到哪个国家?"

卡丽娜不得不再次讲述她的冒险经历。

"而后来,我们感觉我们特别困。我们是怎么继续走的,我已经不记得，醒过来的时候，我已经到了你的国家。我担心格拉尼亚落在了后边或是拐到另一条路上去了——那他可能就会迷路。"她讲完了自己的故事。

"我好羡慕你啊。"小仙女叹了口气。

"为什么？"

"还能为什么，你去过好多不同的国家，见过很多东西。而我在这里很无聊，没有任何有趣的事情发生，甚至没有人可以一起玩玩具。所以我才把它们激活的。"小仙女又叹了口气，然后说，"我会尽力帮你的。"

她拉着卡丽娜的手，领着她在花园里转了一圈。

"城堡里有一架直升机，你可以坐在上面哪怕飞遍全国都行，如果你的朋友在这里，找到他并不难。"

她们从果树旁走过，树枝在多汁水果的重压下都变弯曲了。路过李子树时，卡丽娜心想，世界上没有比李子更美味的了，她很想向仙女要哪怕是一个李子，但不好意思。当她们经过一棵蔓延开的梨树时，卡丽娜已经认为梨的味道比世界上任何东西都好，她现在要是能吃上一整篮子就好了。哪怕吃两个也行。甚至一个也好。而当她们来到苹果树前时，小仙女像是读懂了卡丽娜的心思，从树上摘下一个粉红色的大苹果递给了客人：

"拿着吧，尝尝。"

卡丽娜欣然接受了款待。

她远远地就看见了停在树木之间小平台上的直升机。它很小，卡丽娜认为她只能蜷缩着坐在里面，把头使劲儿缩进肩膀里。但是当她们靠近直升机时,卡丽娜开始产生了怀疑,与这种怀疑相比,直升机的大小并不重要。

"它怎么——也是塑料的吗?"她警惕地问小仙女。

"当然。"妮奥妮拉点点头。

"它能起飞吗?"

"为什么不能?"妮奥妮拉很惊讶,"没错,起初它只是一个玩具,但我把它做得可以坐在上面飞到空中了。"

"你坐着它飞过吗?"卡丽娜小心翼翼地问。

"还没有。"小仙女承认,"我往哪飞啊?也许当我有了其他国家的仙女朋友时,我就会飞去她那里做客。即使这样……但你不用担心,我的总设计师说这是世界上最可靠的直升机。"

可是,妮奥妮拉最后说的话并没有让卡丽娜太放心。女孩绕着直升机走了好几圈。

"如果我是你的总设计师,我就不会急于得出这样的结论。"她说,"前不久我和一个小塑料小人儿交谈过……"

"全都明白了,你是害怕,"小仙女笑着打断说,"原来你是个胆小鬼。你想让我和你一起飞吗?它刚好是为两名乘客设计的。"

"我感觉,如果让你的总设计师先坐着它飞,才是公平的。"卡丽娜说。

"胆小鬼!"妮奥妮拉又笑了起来。

她走到一个低矮的塑料柱子前,按下了一个按钮。这时,远处的某个地方传来了类似火车鸣笛的声音。这时卡丽娜才注意到，草地上有一条狭窄的铁轨。

很快，远远地就听到了机车噗噗喷气的声音，之后一辆小机车出现了，后面拖着一辆绿色的小车厢。小火车行驶得很缓慢，因为它的塑料车轮一直在打滑。最后，它开到了妮奥妮拉和她的客人站着的地方，疲惫地咳嗽了一声，停了下来。一位高傲的绅士从绿色小车厢里走了出来。

"这是我的总设计师。"小仙女把他介绍给了卡丽娜。"这是我的客人卡丽娜，"她对总设计师说，"她需要一架直升机，但她害怕坐在上面危险。"

"嗯，难道您没有告诉她，您的直升机是世界上最可靠的吗？"总设计师问。

"说了，但她不相信，并希望你先坐着飞一下。"仙女解释道。

"没问题，我会做任何您希望的事，但我必须提醒您，我挣的是从事设计的钱，而不是测试我的模型的钱。"总设计师说，他的声音带着怨恨，朝直升机走了过去。

由于直升机对他来说太大了，总设计师不得不蹬着梯子进了驾驶舱。最后，螺旋桨开始工作，直升机升离地面。然而，在花园上空绕了一小圈后，直升机突然像窒息了一样没了声音，螺旋桨也停止了旋转。

24. 自学成才的设计师

直升机掉进了花园，奇迹般地没有解体。当小仙女和卡丽娜走到飞机跟前的时候,总设计师已经爬出来了。

"是谁和我说这架直升机是世界上最可靠的?"妮奥妮拉威严地问总设计师。

"难道不是吗?"总设计师用问题回答了这个问题,"您看,他从这么高的地方摔了下来,都没摔碎。的确,螺旋桨不得不更换——这将需要几天的时间。"

卡丽娜想象着,如果在飞机坠落时她要是坐在直升机上会怎么样,并愤怒地对总设计师说:

"不仅直升机,你不能设计甚至……甚至……不能设计任何东西!因为你所有的设计都是有缺陷的东西。直升机从天上掉下来,火车脱轨。还有塑料小人儿!他们的手臂和腿经常脱落,因为它们都是用不可靠的螺栓和螺母固定的。"

"她在说什么?"总设计师皱了皱眉,"谁教她的?陛下,不要相信她!"

"哎呀,别说了,"妮奥妮拉皱了皱眉,"我自己不止一次告诉过你,你干的活儿有时什么用都没有。但遗憾的是,我们没有最好的设计师。"

"有!"卡丽娜反驳说,"我想他们现在已经在城堡门口了。"

"不要听她的,陛下!"总设计师大叫起来,"我认识我们国家所有的小塑料人儿。所有最好的设计师都在您的城堡里工作。别听这个外国女人的话!她从哪里来的?是谁把她放进来的?"

但妮奥妮拉只是微笑了一下,拉着卡丽娜的手说:

"走吧,我们去看看谁在城堡门口等着呢。"

总设计师不情愿地在他们身后磨磨蹭蹭地跟着。

从大门出来,妮奥妮拉和卡丽娜看到了四个小塑料人儿,军官—警卫们枪口向前斜握着枪站在他们面前。

"你们是谁?"妮奥妮拉问小塑料人儿说。

其中一人向前走了一步,递给仙女一些大纸卷,说:

"恐怕我们还没有被称为设计师的权利,因为到目前为止我们发明的所有东西都只能在这些图纸上看到。但我们希望您会对它们感兴趣。有火车、汽车,甚至塑料人的模型。它们比您的设计师制造的更可靠和耐用。"

"这是一个阴谋!"总设计师开始大惊小怪,"这是一个阴谋!接下来会发生什么事?"

妮奥妮拉没有拿图纸,但她说:

"好,我们去城堡,在那里你们给我把这一切都讲一讲。"

"不要相信他们,陛下!"总设计师哀号起来,"这些都是众所周知的骗子和失败者,他们只是幻想着取代世界上最好的设计师。"

"让我自己决定相信谁,不相信谁。"小仙女冷冷地说,朝花园走去。

在一个漂亮的凉亭里,自学成才的设计师们将他们的图纸在小圆桌上展开。

"一切都在这里画着,"他们说,"您可以自己看。"

"但我对图纸一无所知。"小仙女坦白说。

"但我明白!"试图把下巴伸到小桌子上面去的总设计师

喊道，可他没做到，"我看得出来，这些图纸毫无用处。"

"别吱声！"妮奥妮拉用手指向总设计师挥了挥，转向自学成才的设计师们，"也许你们的图纸很好，但我想在实践中测试一下你们每个人的能力。"

"那就让他们修理一下你的直升机。"卡丽娜建议道。

"对，"妮奥妮拉表示同意，"修理一下我的直升机——这将是第一个测试。"

自学成才的设计师们很高兴有机会在这样一个责任重大的工作中展示他们的技能。

半小时后，他们回到了凉亭，并报告说：

"螺旋轴固定得很差，不在原位。我们解决了这个问题，但机器本身是不完善的。我们有可以用来制造直升机的设计图，不仅能向前飞行，而且能横向飞行，甚至向后飞行。"

"胡说！"总设计师大喊道，"这不可能！……"

"告诉我，"卡丽娜打断了总设计师，转向自学成才的行家们，"你们刚修过的直升机可以飞吗？"

"可以，虽然它是不可靠的，它只能用于短距离飞行。"他们回答说。

"你会允许我去找格拉尼亚吗？"卡丽娜问妮奥妮拉。

"当然，"小仙女温柔地回答，"如果你找到自己的朋友，我会很高兴的。"

25. 又到女妖之国

直升机在卡丽娜不久前刚走过的小路上空飞过。驾驶员是自学成才的设计师之一。

"很奇怪,"女孩看着机舱说,"我感觉直升机应该有很多不同的按钮和电线,但这里,除了方向舵,什么都没有。他是怎么飞的呢?"

"这个问题最好问问我们的仙女,"自学成才的行家回答说。"是她把我们这些塑料火车、汽车和直升机激活的。"

"那就是说,这里取决于你们设计师的东西很少?"卡丽娜失望地问道。

"还能怎么取决!"塑料直升机飞行员不同意这种说法,"如果车轮脱落,难道汽车还可以行使吗?这里没有任何仙女可以帮上忙。"

卡丽娜不得不同意他的说法:而她是怎么想到要问这样一个不恰当的问题的呢?!这时候,前面出现了一片森林。

"好了,"自学成才的行家说,"再往前就是另一个国家了。"

"你是被禁止往那里飞了吗?"卡丽娜忧伤地问道。

"也可能没有禁止,我也不知道,但这是非常危险的。"自学成才的行家摊开了他的塑料手臂。

"请继续飞吧,"女孩请求道,"我们不会飞很远的!"

自学成才的行家叹了口气,却没有再反对。

直升机开始在一条狭窄的小路上空飞行——如此之低,几乎紧贴着树梢。

"我认为我们的仙女会不喜欢。"自学成才的行家嘟囔了一句。

突然,前方出现了一条湍急的林间河流。一座由三根小横杆组成的狭窄的小桥横跨河流——不是每个人都敢通过它到另一岸的。

"奇怪,"女孩低声说,声音刚刚能听见,"难道我是从这座桥上走过来的吗?我什么都不记得了。"

河流被抛在了后面。

突然,他们飞过的小路与一条宽阔而笔直的林间道路连在了一起,另一条狭窄的小路也在这个地方汇在了一起。

"停!"卡丽娜喊道,好像他们是在开车一样,而不是在直升机里飞行,"这就是那条我们应该走的回家的路。就是说,我是从这条路上下来的!而格拉尼亚要么沿着这条路继续走了,要么拐到那条路上去了。"

"我们该怎么办?"自学成才的行家问。

"如果格拉尼亚没有拐弯,那他可能已经在家了。而如果他拐到那条路上去了……走吧,我们沿着那条路飞过去!"

自学成才的行家乖乖地把直升机掉转了过来。他们在小路上空飞了几分钟,直到湍急的河流和三根小横杆组成的小窄桥再次出现。

"啊!"卡丽娜惊呼道,"如果他想沿着河流……"

她没说完。

"现在我们该怎么办?"自学成才的行家平静地问道。

中篇小说

"我们在河边降落一下吧。"卡丽娜请求道。

"这比仅仅飞越外国领土更危险。"飞行员警告说,但尽管如此,还是按女孩说的做了。

卡丽娜下了直升机,并仔细地看了看。突然,她注意到靠近岸边的一棵垂柳下躺着一个人。卡丽娜走近了,高兴地叫道:

"格拉尼亚!"

格拉尼亚从大声的呼喊声中醒了过来,睁开眼睛盯着女孩,试图弄清楚他在哪里,他怎么了。

紧接着,男孩跳了起来,环顾一下四周,失望地说:

"哦,我梦见我已经回家了,坐在桌子旁吃着美味的酸奶油煎饼。怎么也不应该在我开始吃第六张煎饼的时候把我吵醒啊。"他叹了口气。

"是我把你叫醒的,这样你就可以不是在梦里,而是在现实中回家了,"卡丽娜说,"你看我们要坐什么飞。"

看见了直升机,格拉尼亚疑惑地看着卡丽娜:

"你听我说,你确定是你把我叫醒的吗?"

"这一切都取决于你在自己面前看到的是什么——直升机还是煎饼。"女孩笑了起来。

当他们接近直升机时,格拉尼亚困惑地说:

"原来它是塑料的!"

"你再等等吧,当你看到飞行员时,你还会更惊讶的。"卡丽娜担保说。

一分钟后,直升机起飞并急转弯。这时,河流迸发出蓝色的火焰，消失了。原来河流的地方出现了树木。老阿芙佳站在树木中间，向直升机的方向挥着拳头，直升机很快就从她的视线中消失了。

26. 回家

"你看你的朋友，"妮奥妮拉说，在孩子们下了直升机时，饶有兴趣地看着格拉尼亚，"和我一样高。"

"我爸爸上小学的时候也没长起来，"格拉尼亚嘀咕着，"但现在他是我们家最高的。"

"难道这很重要吗？"妮奥妮拉扬起眉毛，然后对卡丽娜说：

"我很高兴你找到了自己的朋友。我想现在你们就会回到家，因为我的国家有一条直接通向巨人之国的道路。但首先我想让你们在我这里吃晚饭。"

卡丽娜和格拉尼亚没有拒绝邀请，和小仙女一起去了凉亭，那里的盘子里已经摆满了美味的煎肉、蔬菜和水果。

晚饭后，妮奥妮拉把卡丽娜和格拉尼亚送到了城堡的大门口，指着其中一条路说：

"沿着这条路去你们国家比到这里来要简单得多。因此，在告别之前再想一想：要不你们在我这里再住几天？"

"谢谢，但家里已经等了我们很久了，他们会很担心。"卡丽娜叹了口气，坦率地说，她很想在妮奥妮拉这里再住几天。

就在这时，总设计师跑到了他们面前：

"陛下!"他举起双手对仙女说,"这些自学成才的设计师根本不听我的!他们正在拆除你花园里的铁路,并想建造一条新的!难道这些自学成才的人能建好吗?!您会看到的,陛下……"

"啊,对不起,你已经让我厌倦了。"小仙女打断了他,从口袋里拿出一根闪亮的小树枝,用它碰了碰总设计师。

"哎呀!"总设计师惊呼了一声,倒在了地上。

妮奥妮拉再次用神奇的树枝碰了碰他,于是总设计师变得非常小。仙女把它捡起来,在手里摆弄了一下,然后递给了卡丽娜:

"拿着它留作纪念吧。现在它是一个普通的塑料玩具了。"

"谢谢。"卡丽娜说,然后她从口袋里拿出一面小镜子,"而这是给你留作纪念的。"

当城堡远远留在身后时,卡丽娜若有所思地说:

"她在这里一定很孤独。"

"如果我能像她那样施魔法,我就不会孤独。我会找到事做。"格拉尼亚梦幻般地说。

卡丽娜叹了口气,却什么也没说。前面出现了一片森林。

"如果我们再回到女妖们那里,那可就有意思了!"格拉尼亚嘟囔着说。

卡丽娜沉默着。她的眼里有太多的悲伤,感觉她马上就要哭了。

森林用寂静和阴暗迎接了他们。太阳已经消失在地平线下,一轮苍白的、仍然透明的月亮挂在空中。

"你看！"卡莉娜突然惊呼一声，向格拉尼亚展示了一下她的手。乌尔苏拉系在她手腕上的金线已经变成了普通的丝线。

格拉尼亚看了看自己的手，看到的是同样的丝线。

"现在女妖们可以把我们变成任何东西了。"他开始担心起来。

"只是她们可能不会在这里寻找我们。特别是阿芙佳，在加涅斯塔没收了她的戒指之后。"卡丽娜安慰格拉尼亚说。

很快，这条路把他们带到了森林的边缘，从那里开始往前就是田野了。在田野那边，夜幕中城市的窗口和街道正闪耀着无数的灯光。

"听我说，这是明斯克！"格拉尼亚高兴地喊道，"明斯克！我们到家了！"

卡丽娜停了下来，从口袋里掏出小塑料人儿，在张开的手掌上放了好几分钟，好像在等他开始挥动手臂大喊："放开我！我是妮奥妮拉仙女陛下的总设计师！你无权把我放在口袋里！"

但是小塑料人儿沉默着。

于是卡丽娜就把它捏在手心，赶去追格拉尼亚了。很快，他们就又并肩而行。

格拉尼亚对女孩说了些什么，她大声笑了起来。这笑声被回声拾起，并被那些神秘而无形的林间小路带回到了那些地图上找不到的、令人惊讶而神奇的国度。